BA
BE
L -
17

Samuel R. Delany

BABEL-17

Tradução
Petê Rissatti

Título original em inglês: *Babel-17/Empire Star*

Direção editorial: Victor Gomes
Coordenação editorial e
tradução de poemas: Giovana Bomentre
Tradução: Petê Rissatti
Preparação: Cássio Yamamura
Revisão: Natália Mori Marques
Capa, projeto gráfico e diagramação: Frede Tizzot

Todas as epígrafes em Babel-17 são de poemas de Marilyn Hacker. A maioria desses trechos foi incluída posteriormente nas coletâneas *Presentation Piece* (Viking Press, Nova York, 1974) e *Separations* (Alfred A. Knopf, Nova York, 1976). Alguns versos estão em versões anteriores àquelas encontradas nas coletâneas.

Dados Internacionais de Catalogação na Publicação (CIP)

D377b Delany, Samuel R.
Babel-17 e Empire Star/ Samuel R. Delany; Tradução: Petê Rissatti – São Paulo: Editora Morro Branco, 2019.
p. 400; 14x21cm.

ISBN: 978-85-92795-82-5

1. Literatura americana – Romance. 2. Ficção americana. I. Rissatti, Petê. II. Título.
CDD 813

Esta obra foi composta em Caslon Pro e Corbel e impressa em papel Pólen Soft 70g com capa em Cartão Trip Suzano 250g pela Corprint para Editora Morro Branco em outubro de 2019

Todos os direitos desta edição reservados à:
EDITORA MORRO BRANCO
Alameda Santos, 1357, 8º andar
01419-908 – São Paulo, SP – Brasil
Telefone (11) 3373-8168
www.editoramorrobranco.com.br
Impresso no Brasil
2019

– este aqui é, agora,
para Bob Folsom,
para explicar apenas um
pouquinho do ano passado –

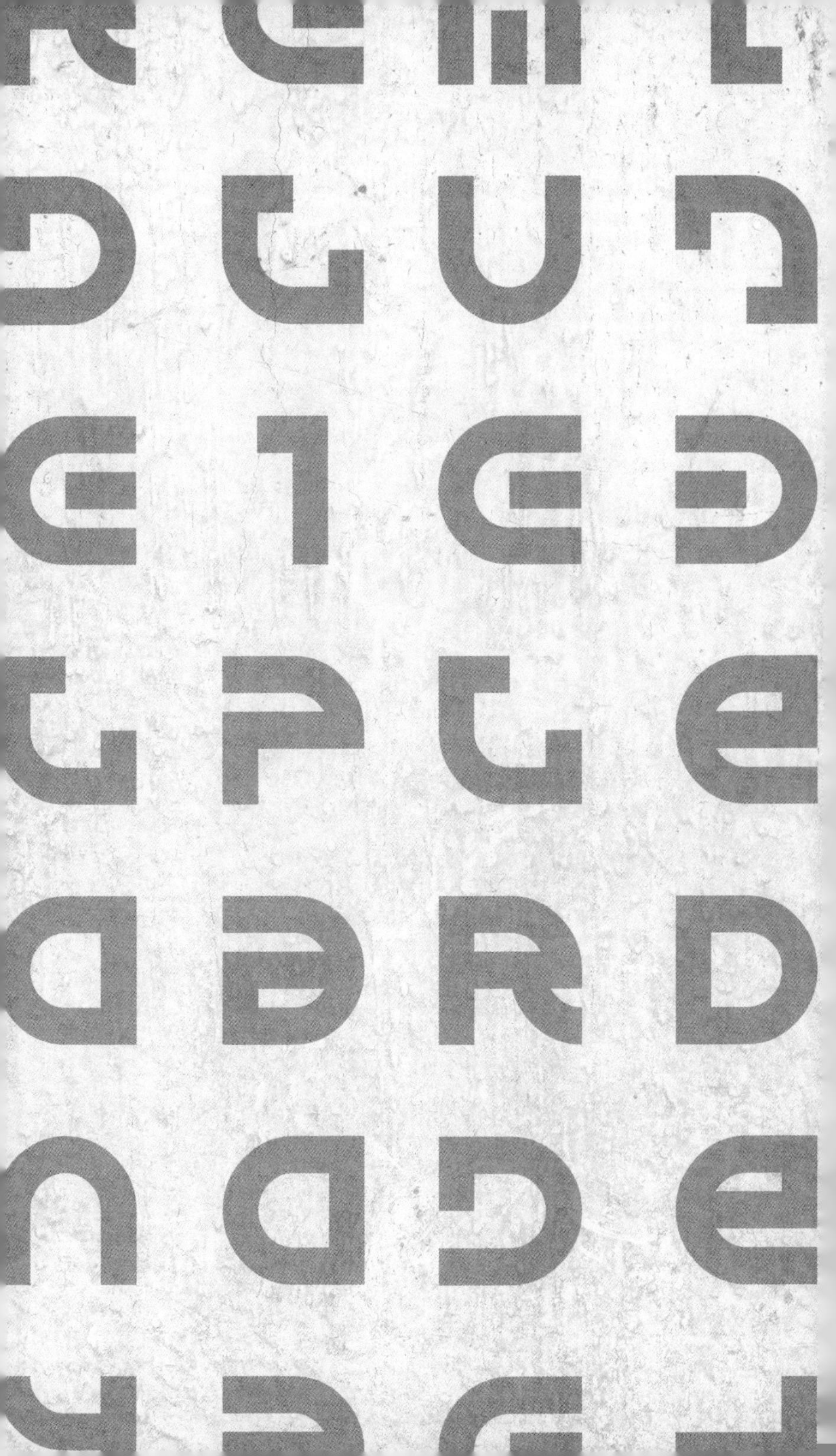

parte um

RYDRA WONG

... Eis o eixo do que é ambíguo.
Na outra calçada, espectros elétricos em respingos.
Feições sombreadas no embaraço do equívoco
de rapazes que não são rapazes;
súbita escuridão encarquilha
uma boca cheia de senilidade
ou a arremata à perfeição, escorre ácido
pela bochecha âmbar, deda a virilha
ou despedaça no ilíaco
e um coágulo escuro transborda num peito
disperso em movimento ou fugaz brilho
que incha os lábios e os mancha com sangue.
Dizem que as putas os pintam com sangue.
Dizem que a mesma turba flui rua acima
e de volta rua abaixo, como madeira flutuante
à mercê da corrente para a margem e sugada de volta
apenas para bater na areia de volta
apenas para ser empurrada e derivada.
Madeira flutuante; os quadris estreitos, os olhos líquidos
os ombros amplos e as mãos ásperas,
os chacais de faces cinza se curvando para a presa.
Ao raiar do dia, desaparecem as cores
quando a caminho do cais encontram-se os vadios
com jovens marinheiros que perambulam para o rio.

– de *Prisma e lentes*

1

É UMA CIDADE PORTUÁRIA.

Aqui a fumaça enferruja o céu, pensou o general. Gases industriais enrubesciam a noite com tons de laranja, salmão, roxo avermelhado demais. Ao oeste, transportes, ascendentes e descendentes, levando cargas para centros estelares e satélites, dilaceravam as nuvens. Também é uma droga de cidade pobre, pensou o general, virando a esquina junto ao meio-fio coberto de lixo.

Desde a Invasão, seis desastrosos embargos, cada um durando meses, estrangularam essa cidade cuja rota de salvação precisa pulsar com o comércio interestelar para sobreviver. Isolada, como esta cidade poderia existir? Seis vezes em vinte anos ele se fez essa pergunta. Resposta? Não poderia.

Pânicos, tumultos, incêndios, canibalismo por duas vezes...

O general olhava do contorno das torres de carga que se projetavam atrás do frágil monotrilho para os prédios encardidos. As ruas eram menores ali, apinhadas de trabalhadores dos transportes, estivadores, alguns homens estelares em uniformes verdes e a horda de homens e mulheres pálidos e decentes que administravam a intrincada expansão das operações alfandegárias. Estão quietos agora, concentrados em casa ou no trabalho, pensou o general. No entanto, todas essas pessoas viveram por duas décadas sob a Invasão. Morreram de fome durante os embargos, quebraram janelas, saquearam, correram aos berros diante das mangueiras de incêndio, arrancaram a carne do braço de um cadáver com dentes descalcificados.

Quem é esse homem animal? Ele se fez a pergunta abstrata para nublar as linhas da memória. Era mais fácil, sendo um general, questionar-se sobre o "homem animal" do que sobre a mulher que no último embargo se sentara no meio da calçada segurando seu bebê esquelético por uma perna, ou as três adolescentes macilentas que o atacaram na rua com navalhas (... ela havia sibilado entre dentes marrons, o feixe de metal cintilante apontado para o peito dele, "Venha aqui, seu Bife! Venha me pegar, carne do almoço..." Ele usou karatê...) ou o cego que subira a avenida gritando.

Agora pálidos e decentes, os homens e as mulheres, que falavam baixo, que sempre hesitavam antes de deixar uma expressão se fixar no rosto, com pálidas e decentes ideias patrióticas: trabalhar pela vitória contra os Invasores; Alona Star e Kip Rhyak estavam ótimos em *Feriado estelar*, mas Ronald Quar era o melhor ator sério que existia. Ouviam a música de Hi Lite (será que ouviam, questionava-se o general, durante aquelas danças lentas nas quais ninguém se encostava). Um cargo na Alfândega era um trabalho bom e seguro.

Trabalhar diretamente no Transporte provavelmente era mais emocionante e divertido de assistir nos filmes; mas, sério, que gente esquisita...

Aqueles com mais inteligência e sofisticação discutiam a poesia de Rydra Wong.

Falavam da Invasão com frequência, com algumas centenas de frases consagradas pelos vinte anos de repetição nos noticiários e nos jornais. Referiam-se aos embargos raramente, e apenas pela única palavra.

Veja qualquer um deles, veja qualquer milhão deles. Quem são? O que querem? O que diriam se tivessem a chance de dizer qualquer coisa?

Rydra Wong transformou-se na voz desta era. O general relembrou a frase superficial de uma resenha hiperbólica. Paradoxal: líder militar com um objetivo militar, ele estava indo ao encontro de Rydra Wong naquele momento.

As luzes da rua acenderam-se, e sua imagem preencheu a vidraça do bar. Isso mesmo, não estou usando meu uniforme esta noite. Ele viu um homem alto e musculoso com a autoridade de meio século no rosto endurecido. Estava desconfortável no terno civil cinza. Até os 30 anos, a impressão física que passava às pessoas era de ser "grande e desajeitado". Depois – a mudança coincidira com a Invasão – era de "sólido e autoritário".

Se Rydra Wong fosse vê-lo no Quartel-General da Aliança Administrativa, teria se sentido seguro. Mas estava com roupas civis, não no verde de um estelar. O bar era novo para ele. E ela era a poeta mais famosa das cinco galáxias exploradas. Pela primeira vez em muito tempo, ele voltou a se sentir desajeitado.

Ele entrou.

— Meu Deus, ela é linda — sussurrou sem nem precisar ter que identificá-la entre as outras mulheres. — Não sabia que era tão bonita, não pelas fotos...

Ela se virou para ele (ao passo que a figura no espelho atrás do balcão o vislumbrou e se virou), levantou-se da banqueta, sorriu.

Ele avançou, tomou a mão dela, as palavras *Boa noite, srta. Wong* tropeçando em sua língua até ele as engolir sem falá-las. E agora ela estava prestes a falar.

Ela usava um batom cor de cobre, e as pupilas eram discos batidos de cobre...

— Babel-17 — disse ela. — Não resolvi ainda, general Forester.

Um vestido índigo de malha e o cabelo como correnteza noturna escoando um ombro; ele disse:

— Não é grande surpresa, srta. Wong.

Surpresa, ele pensou. Ela pousa a mão no balcão, se inclina de volta ao banco, o quadril movendo-se no azul de malha e, a cada movimento, fico espantado, surpreso, perplexo. É possível eu estar tão desprevenido assim, ou ela consegue mesmo ser tão…

— Mas já cheguei mais longe do que vocês, das Forças Armadas. — A linha suave de sua boca curvou-se em uma risada ainda mais suave.

— Pelo que me levaram a esperar de você, isso também não me surpreende. — Quem é ela?, ele pensou. Havia feito essa pergunta referindo-se à população abstrata. Perguntou isso referindo-se à própria imagem refletida. Perguntava agora referindo-se a ela, pensando: Ninguém mais importa, mas preciso saber sobre ela. É importante. Preciso saber.

— Para começar, general — ela estava dizendo —, Babel-17 não é um código.

A mente dele derrapou de volta ao assunto e chegou cambaleando.

— Não é um código? Mas pensei que a Criptografia tivesse ao menos estabelecido… — Ele parou, porque não tinha certeza do que a Criptografia havia estabelecido e porque precisava de outro momento para descer das bordas daquelas maçãs do rosto salientes, para recuar das cavernas daqueles olhos. Contraindo os músculos do rosto, ele manobrou os pensamentos de volta a Babel-17. A Invasão: Babel-17 poderia ser uma chave para acabar com esse flagelo de vinte anos. — A senhorita quer dizer que acabamos de tentar decifrar um monte de nada?

— Não é um código — repetiu ela. — É uma língua.

O general franziu a testa.

— Bem, seja lá como chame, código ou língua, ainda precisamos descobrir o que diz. Enquanto não entendermos, estaremos longe pra caramba de onde deveríamos estar. — A exaustão e a pressão dos últimos meses abrigavam-se em sua barriga, uma fera oculta que batia na parte de trás da língua, endurecendo suas palavras.

O sorriso dela havia desaparecido, e as duas mãos estavam sobre o balcão. Ele queria retificar aquele endurecimento. Ela disse:

— O senhor não está diretamente ligado ao Departamento de Criptografia. — A voz era uniforme, tranquilizadora.

Ele fez que não com a cabeça.

— Então, deixe-me dizer uma coisa ao senhor. Basicamente, general Forester, existem dois tipos de códigos: cifras e códigos verdadeiros. No primeiro, letras, ou símbolos que representam letras, são embaralhados e manipulados de acordo com um padrão. No segundo, letras, palavras ou grupos de palavras são substituídos por outras letras, símbolos ou palavras. Um código pode ser de um tipo ou de outro, ou uma combinação de ambos. Mas os dois têm isto em comum: assim que se encontra a chave, basta usá-la e frases lógicas surgem. Uma língua, porém, tem uma lógica interna própria, uma gramática própria, uma maneira própria de aliar pensamentos a palavras que abranjam vários espectros de significado. Não há nenhuma chave que se possa girar para desvendar o significado exato. No máximo, é possível chegar a uma aproximação.

— A senhorita está dizendo que Babel-17 se decodifica em outra língua?

— Não mesmo. Foi a primeira coisa que verifiquei. Somos capazes de fazer uma varredura de probabilidade em vários elementos e conferir se são congruentes com outros padrões de língua, mesmo se esses elementos estiverem na ordem errada. Não. Babel-17 é uma língua em si, uma que não entendemos.

— Acho que… — O general Forester tentou sorrir. —… o que a senhorita está tentando me dizer é que, como ela não é um código, mas uma língua alienígena, é melhor desistir. — Se fosse uma derrota, era quase alívio que a notícia viesse dela.

Mas Rydra fez que não com a cabeça.

— Receio que não seja nada disso que quis dizer. Idiomas desconhecidos foram decifrados sem traduções, como o linear B e o hitita. Mas, se quiserem que eu avance na Babel-17, preciso saber um tanto mais.

O general ergueu as sobrancelhas.

— O que mais a senhorita precisa saber? Nós lhe demos todas as nossas amostras. Quando conseguirmos mais, certamente…

— General, preciso saber tudo o que vocês sabem sobre a Babel-17; onde a encontraram, quando, em que circunstâncias, qualquer coisa que possa me dar pistas.

— Nós liberamos todas as informações que…

— Vocês me deram dez páginas de uma salada com espaçamento duplo de codinome Babel-17 e me perguntaram o que significava. Só com isso, não consigo responder. Com mais, talvez eu consiga. Simples assim.

Ele pensou: se fosse tão simples, se ao menos fosse tão simples, nunca a teríamos convocado, Rydra Wong.

Ela disse:

— Se fosse tão simples, se ao menos fosse tão simples, o senhor nunca teria me convocado, general Forester.

Ele se assustou por um momento absurdo convencido de que ela havia lido sua mente. Mas claro que ela presumiria isso. Não é?

— General Forester, seu Departamento de Criptografia havia descoberto que era uma língua?

— Se descobriram, não me informaram.

— Tenho bastante certeza de que não sabem. Fiz alguns avanços na estrutura gramatical. Eles fizeram isso?

— Não.

— General, embora entendam pra caramba de códigos, eles não entendem nada da natureza da linguagem. Esse tipo de especialização estúpida é uma das razões pelas quais não trabalho com eles há seis anos.

Quem é ela?, pensou novamente. Um dossiê confidencial fora entregue a ele naquela manhã, mas o passara a seu assistente e simplesmente observou, mais tarde, que havia sido assinalado como "aprovado". Ouviu a si mesmo dizer:

— Talvez se pudesse me contar um pouco sobre sua pessoa, srta. Wong, eu poderia falar mais livremente. — Ilógico, ainda que tivesse falado com calma e segurança. A expressão dela era de curiosidade?

— O que o senhor quer saber?

— Sei apenas isto: seu nome e que há algum tempo trabalhou para o Departamento de Criptografia Militar. Sei que, embora tenha partido ainda muito jovem, acumulou reputação suficiente para que os que se lembravam da senhorita, em um mês de luta com Babel-17 e depois de seis anos da sua partida, dissessem com unanimidade: "Mande para Rydra Wong". — Ele fez uma pausa. — E a senhorita me diz que chegou a algum lugar. Então, eles tinham razão.

— Vamos tomar alguma coisa — disse ela.

O garçom aproximou-se, recuou, deixando dois pequenos copos de um verde fumacento. Ela tomou um gole, observando-o. Seus olhos, ele pensou, oblíquos como asas espantadas.

— Não sou da Terra — disse ela. — Meu pai era engenheiro de comunicações no Centro Estelar X-11-B, um pouco além de Urano. Minha mãe era tradutora do Tribunal dos Mundos Exteriores. Até os sete anos, eu era a pirralha mimada do Centro Estelar. Não havia muitas crianças. Nos mudamos para Urano-XXVII em '52. Ao completar doze anos, eu falava sete idiomas terráqueos e me fazia entender em cinco línguas extraterrestres. Aprendo idiomas como a maioria das pessoas aprende letras de músicas populares. Perdi meus pais durante o segundo embargo.

— A senhorita estava em Urano durante o embargo?

— O senhor sabe o que aconteceu?

— Sei que os planetas externos foram muito mais afetados que os internos.

— Então, o senhor não sabe. Mas, sim, eles foram. — Ela respirou fundo quando a lembrança a pegou desprevenida. — Porém, uma bebida não é suficiente para me fazer falar disso. Quando saí do hospital, havia chances de que eu estivesse com danos cerebrais.

— Danos cerebrais…?

— Da desnutrição o senhor deve ter ouvido. Acrescente peste neurociática.

— Também sei da peste.

— Bem, vim à Terra para ficar com uma tia e um tio e fazer neuroterapia. Só que não precisei dela. E não sei se foi psicológico ou fisiológico, mas saí da coisa toda com memória verbal absoluta. Estive próxima disso a minha vida inteira, então não foi muito estranho. Mas também tinha ouvido absoluto.

— Isso normalmente não acompanha cálculo-relâmpago e memória eidética? É fácil ver como isso tudo seria útil a uma criptógrafa.

— Sou uma boa matemática, mas não faço cálculos-relâmpago. Tenho alto rendimento em concepção visual e relações especiais, sonhos em tecnicolor e tudo o mais; mas a memória absoluta é estritamente verbal. Já tinha começado a escrever. Durante o verão, consegui um trabalho de tradução para o governo e comecei a mergulhar nos códigos. Em pouco tempo, descobri que tinha certo talento. Não sou uma boa criptógrafa. Não tenho paciência para trabalhar tanto em nada que eu mesma não tenha escrito. Neurótica pra caramba; esse é outro motivo pelo qual fui para a poesia. Mas meu "talento" para a coisa era meio assustador. De alguma forma, quando eu tinha muito trabalho para fazer, e queria muito mesmo estar em outro lugar, e ficava com medo de que meu supervisor ficasse no meu pé, de repente tudo o que eu sabia sobre comunicação se juntava na minha mente, e era mais fácil ler a coisa na minha frente e dizer o que ela dizia do que ficar assustada e cansada e infeliz.

Ela olhou para a bebida.

— Depois de um tempo, quase cheguei ao ponto de controlar esse talento. Naquela época, eu tinha dezenove anos e a reputação de ser a garotinha que conseguia decifrar qualquer coisa. Acho que isso foi causado pelo fato de eu saber alguma coisa sobre idiomas, pois ficava mais fácil reconhecer padrões, como distinguir a ordem gramatical de um rearranjo aleatório por intuição, como fiz com Babel-17.

— Por que saiu do Departamento?

— Eu lhe dei dois motivos. O terceiro é simplesmente que, quando dominei meu talento, quis usá-lo para meus próprios fins. Aos dezenove anos, saí das Forças Armadas e, bem, me… casei e comecei a escrever pra valer. Três anos depois, meu primeiro livro foi lançado. — Ela deu de ombros, sorriu. — Para qualquer coisa depois disso, leia os poemas. Está tudo lá.

— E nos mundos de cinco galáxias, agora, as pessoas investigam sua imagística e os significados para obter respostas para os enigmas da linguagem, do amor e do isolamento. — As três palavras saltaram em sua frase como bandoleiros subindo em um vagão de carga. Ela estava diante dele e falava; aqui, separado das forças armadas, ele se sentia desesperadamente isolado; e estava desesperadamente apaix… Não!

Era impossível e ridículo e simples demais para explicar o que corria e pulsava por trás de seus olhos, dentro de suas mãos.

— Outra bebida? — Defesa automática. Mas ela vai considerar isso como educação automática. Vai mesmo? O garçom chegou, saiu.

— Os mundos de cinco galáxias — repetiu ela. — É tão estranho. Tenho apenas vinte e seis anos. — Seus olhos se fixaram em algum lugar atrás do espelho. Ainda estava na metade de seu primeiro drinque.

— Ao chegar à sua idade, Keats estava morto.

Ela deu de ombros.

— É uma época estranha. Arrebata os heróis muito de repente, muito jovens, então os esquece com a mesma rapidez.

Ele assentiu com a cabeça, lembrando-se de meia dúzia de cantores, atores, até mesmo escritores do final da adolescência ou início da fase adulta que tinham sido chamados de gênios por um ano, dois, três, apenas para desaparecer em seguida. A reputação dela era apenas um fenômeno de três anos de duração.

— Faço parte da minha época — disse ela. — Gostaria de transcender minha época, mas a própria época tem muito a ver com quem eu sou. — Sua mão recuou do copo, correndo sobre o mogno. — O senhor, nas Forças Armadas, deve ser bem parecido. — Ela ergueu a cabeça. — Já dei o que o senhor queria?

Ele confirmou com a cabeça. Era mais fácil mentir com um gesto do que com uma palavra.

— Ótimo. Agora, general Forester, o que é Babel-17?

Ele olhou ao redor em busca do barman, mas um brilho levou seus olhos de volta ao rosto dela: o brilho era simplesmente seu sorriso, mas de soslaio ele havia realmente confundido com uma luz.

— Aqui — disse ela, empurrando seu segundo drinque, intocado, para ele. — Não vou terminar este.

Ele o pegou e tomou um gole.

— A Invasão, srta. Wong... tem que ter a ver com a Invasão.

Ela se apoiou em um braço, ouvindo com os olhos apertados.

— Tudo começou com uma série de acidentes... bem, no começo pareciam acidentes. Agora temos certeza de que é sabotagem. Têm ocorrido em toda a Aliança regularmente desde dezembro de '68. Alguns em naves de guerra, alguns em Estaleiros da Marinha Espacial, geralmente envolvendo falha de equipamentos importantes. Por duas vezes, explosões causaram a morte de oficiais importantes. Várias vezes esses "acidentes" aconteceram em indústrias que fabricavam suprimentos essenciais para a guerra.

— O que conecta todos esses "acidentes", além do fato de que tinham a ver com a guerra? Com a nossa economia funcionando dessa maneira, seria difícil que qualquer grande acidente industrial não a afetasse.

— O que conecta todos eles, srta. Wong, é Babel-17.

Ele a observou terminar sua bebida e pousar o copo precisamente no círculo molhado.

— Pouco antes, durante e imediatamente após cada acidente, a área fica inundada com trocas de mensagens de rádio de fontes indefinidas; a maioria delas tem apenas força de transmissão de algumas centenas de metros. Mas há picos ocasionais através de canais hiperestáticos que cobrem alguns anos-luz. Transcrevemos o material durante os três últimos "acidentes" e demos o nome provisório de Babel-17. Bem. Isso tudo lhe diz alguma coisa que tenha utilidade?

— Sim. Há uma boa chance de vocês estarem captando via rádio instruções para a sabotagem entre o que quer que esteja direcionando os "acidentes" e…

— Mas não conseguimos encontrar *nada*! — Bateu a exasperação. — Não há nada além daquela maldita cacofonia vazando em velocidade dupla! Acabou que alguém notou certas repetições no padrão que sugeriam um código. A Criptografia parecia achar que isso era uma boa pista, mas passou um mês sem conseguir decifrá-lo; então, convocaram você.

Enquanto ele falava, a observou refletir. Então, ela disse:

— General Forester, eu gostaria de ter acesso aos monitoramentos originais dessas centrais de rádio, além de um relatório minucioso, segundo a segundo se estiver disponível, desses acidentes, cronometrados com as gravações.

— Não sei se…

— Se não tiverem esse relatório, façam durante o próximo "acidente" que ocorrer. Se esse ruído via rádio for uma conversa, tenho que ser capaz de acompanhar aquilo do que estão falando. Talvez vocês não tenham notado, mas, na cópia que a Criptografia me deu, não havia distinção de qual voz era qual. Resumindo: no momento estou trabalhando em uma transcrição de uma conversa altamente técnica sem pontuação, nem mesmo quebra de palavras.

— Provavelmente posso conseguir tudo o que a senhorita quer, exceto as gravações originais...

— Precisa conseguir. Preciso fazer minha transcrição, com cuidado e com meu equipamento.

— Vamos fazer uma nova segundo suas especificações.

Ela fez que não com a cabeça.

— Tenho que fazer eu mesma, ou não poderei prometer nada. Existe todo o problema das distinções fonéticas e variações alofônicas. Seu pessoal nem percebeu que era uma língua, então não lhes ocorreu que...

Neste momento, ele a interrompeu.

— *Que* tipo de distinções e variações?

— O senhor já viu o modo como alguns asiáticos confundem os sons de R e L quando falam uma língua ocidental? Isso porque R e L em muitos idiomas asiáticos são alofones, ou seja, considerados o mesmo som, escritos e até mesmo ouvidos da mesma forma... assim como o S de po*s*te e o de go*s*ma.

— O que tem de diferença nesse som de S?

— Repita e ouça. Um é surdo e o outro é sonoro, pronunciado quase como Z. São tão distintos quanto F e V. O mesmo acontece no inglês com o *th* no início de *th*eater e *th*ey, mas há também variações alofônicas de acordo com país ou região. Para um falante de inglês britânico estes sons são alofones, então britânicos estão acostumados a ouvi-los como o mesmo som. Americanos, entretanto, têm o par mínimo e*th*er/ei*th*er, onde o vozeamento faz sozinho a diferença semântica...

— Ah...!

— Mas o senhor percebe o problema de um "estrangeiro" ter transcrito uma língua que ele não fala; ele pode chegar a distinções de som excessivas ou insuficientes.

— Como sugere que se faça?

— Pelo meu conhecimento de sistemas de som de muitas outras línguas e pelo que intuo.

— O "talento" de novo?

Ela sorriu.

— Suponho que sim.

Ela esperou que ele concedesse a aprovação. O que ele não teria concedido a ela? Por um momento, ele se distraiu com a voz da mulher através das sutilezas sonoras.

— Claro, srta. Wong — disse ele. — A senhorita é nossa especialista. Passe na Criptografia amanhã e poderá ter o acesso que precisar.

— Obrigada, general Forester. Vou levar meu relatório oficial.

Ele ficou parado no feixe estático do sorriso dela. Preciso ir agora, pensou desesperadamente. Ah, deixe-me dizer mais uma coisa...

— Tudo bem, srta. Wong. Nos falamos amanhã. — Mais uma coisa, mais uma...

Ele puxou o próprio corpo para longe. (Preciso me afastar dela.) Diga uma coisa mais, agradeço a você, seja você, amo você. Ele caminhou até a porta, seus pensamentos se acalmando: *quem é* ela? Ah, as coisas que deveriam ter sido ditas. Fui brusco, militar, eficiente. Mas a abundância de pensamentos e palavras que eu teria lhe dado. A porta se abriu, e a noite roçou dedos azuis sobre os olhos dele.

Meu Deus, pensou ele, quando o frio atingiu seu rosto, tudo isso dentro de mim e ela não sabe! Não comuniquei nada! Em algum lugar nas profundezas as palavras, *nada, você ainda está seguro.* Porém, mais forte na superfície era a indignação com o próprio silêncio. Não comuniquei nada...

Rydra levantou-se, as mãos sobre a borda do balcão, olhando para o espelho. O barman veio recolher os copos na ponta dos dedos dela. Quando ele chegou para pegá-los, franziu a testa.

— Srta. Wong?

O rosto dela estava imóvel.

— Srta. Wong, a senhorita está...

Os dedos estavam brancos; enquanto o barman observava, a brancura derramou-se pelas mãos dela até parecerem feitas de cera trêmula.

— Tem algo de errado, srta. Wong?

Ela virou bruscamente o rosto para ele.

— Você notou? — Sua voz era um sussurro rouco, áspero, sarcástico, tenso. Ela deu as costas para o balcão e seguiu para a porta, parou uma vez para tossir e em seguida saiu às pressas.

2

— MOCKY, ME AJUDE!

— Rydra? — Dr. Marksu T'mwarba se ergueu do travesseiro em meio à escuridão. Seu rosto surgiu em uma luz esfumaçada acima da cama. — Onde você está?

— Aqui embaixo, Mocky. Por favor. Eu te-tenho que falar com você. — Suas feições agitadas se moveram à esquerda, à direita, tentando evitar o olhar dele.

Ele estreitou os olhos contra o brilho, em seguida os abriu devagar.

— Suba aqui.

O rosto dela desapareceu.

Ele acenou sobre o painel de controle, e a luz suave inundou o quarto suntuoso. Ele empurrou a colcha dourada, pisou no tapete de pele, pegou um robe de seda preta de uma coluna de bronze retorcida e, enquanto o passava pelas costas, fios automáticos de contorno envolveram os painéis sobre seu peito e endireitaram os ombros. Resvalou de novo em uma bancada de indução na moldura rococó, e as abas de alumínio voltaram ao aparador. Um jarro fumegante e decantadores de bebida rolaram para a frente.

Outro gesto começou a inflar cadeiras de bolhas do chão. Quando o dr. T'mwarba se virou para o armário de entrada, esse rangeu, as folhas de mica deslizaram para fora e Rydra prendeu a respiração.

— Café? — Ele empurrou a jarra, que o campo de força segurou e conduziu suavemente na direção dela. — O que você andou fazendo?

— Mocky, isso… eu…?

— Beba seu café.

Ela serviu uma xícara e a ergueu até metade do caminho à boca.

— Sem sedativos?

— Creme de cacau ou creme de café? — Ele ergueu dois copinhos. — A menos que ache que o álcool também engane. Ah, e tem um pouco de guisado de feijão e linguiça que sobrou do jantar. Não estava sozinho.

Ela balançou a cabeça.

— Só cacau.

O pequeno copo seguiu o café através do feixe.

— Tive um dia perfeitamente horrendo. — Ele cruzou as mãos. — Sem trabalho a tarde toda, convidados para o jantar que queriam discutir e, em seguida, uma enxurrada de ligações assim que saíram daqui. Acabei de dormir tem dez minutos. — Ele sorriu. — Como foi a sua noite?

— Mocky, foi… foi terrível.

O dr. T'mwarba tomou um gole de sua bebida.

— Ótimo. Do contrário, nunca perdoaria você por ter me acordado.

Mesmo sem querer, ela sorriu.

— Sempre… sempre posso con-contar com sua c-compreensão, Mocky.

— Pode contar comigo para bom senso e conselhos psiquiátricos convincentes. Compreensão? Desculpe, não depois das onze e meia. Sente-se. O que aconteceu? — Um último gesto de sua mão trouxe uma cadeira para trás dela. A borda tocou a parte de trás dos joelhos e ela se sentou. — Agora, pare de gaguejar e fale. Você superou a gagueira quando tinha quinze anos. — Sua voz tornou-se muito suave e muito segura.

Ela tomou outro gole de café.

— O código, você se lembra do c-código no qual eu estava trabalhando?

O dr. T'mwarba abaixou-se até uma larga rede de couro e afastou para trás os cabelos brancos, ainda desgrenhados por ter se deitado.

— Eu lembro que você foi convidada para trabalhar em alguma coisa para o governo. Você meio que desdenhou do negócio.

— Sim. E… bem, não tem a ver com o código, que, aliás, é uma língua, mas tem a ver só com esta noite. C-conversei com o general encarregado, o general Forester, e aconteceu… digo, de novo, aconteceu, e eu *soube*!

— Soube o quê?

— Do mesmo jeito que última vez, eu soube o que ele estava pensando!

— Você leu a mente dele?

— Não. Não, foi exatamente como da última vez! Eu conseguia saber pelo que ele estava fazendo, pelo que estava dizendo…

— Você já tentou me explicar isso antes, mas ainda não entendo, a menos que você esteja falando de algum tipo de telepatia.

Ela negou com a cabeça, negou de novo.

O dr. T'mwarba cruzou os dedos e se recostou. De repente, Rydra disse em voz baixa:

— *Agora, eu tenho uma ideia do que você está tentando dizer, querida, mas vai ter que usar suas próprias palavras.* Isso era o que você estava prestes a dizer, não era, Mocky?

T'mwarba levantou as sebes brancas das sobrancelhas.

— Sim. Era. Você diz que não leu minha mente? Você já demonstrou isso para mim uma porção de vezes…

— Eu sei o que *você* está tentando dizer; e você não sabe o que *eu* estou tentando dizer. Não é justo! — Ela quase se levantou da cadeira.

Eles disseram em uníssono:

— É por isso que você é uma poeta tão boa.

Rydra continuou:

— Eu sei, Mocky. Tenho que resolver as coisas com cuidado dentro da cabeça e colocá-las em meus poemas para que as pessoas entendam. Mas não é o que tenho feito nos últimos dez anos. Sabe o que eu faço? Ouço outras pessoas, tropeçando com seus meios pensamentos e meias frases e sentimentos desajeitados que não conseguem expressar… e isso me dói. Então, vou para casa para dar polimento e verniz e soldar tudo a uma estrutura rítmica, faço as cores foscas brilharem, emudeço a artificialidade berrante para tons pastel para que não doa mais: esse é o meu poema. Sei o que elas querem dizer e digo por elas.

— A voz de sua era — disse T'mwarba.

Ela respondeu algo impublicável. Quando terminou, havia lágrimas começando a brotar.

— O que *eu* quero dizer, o que eu quero expressar, *eu* simplesmente… — Mais uma vez ela balançou a cabeça. — Não consigo dizer.

— Se quiser continuar crescendo como poeta, vai ter que dizer.

Ela assentiu com a cabeça.

— Mocky, até um ano atrás eu nem percebia que estava apenas dizendo as ideias de outras pessoas. Pensava que eram minhas.

— Todo jovem escritor que se preze passa por isso. É assim que você aprende seu ofício.

— E agora tenho coisas a dizer que são todas minhas. Não são o que outras pessoas disseram antes, apresentadas de maneira original. E não são apenas contestações violentas daquilo que outras pessoas disseram, o que equivale à mesma coisa. São coisas novas... e estou morrendo de medo.

— Todo jovem escritor que se torna um escritor maduro precisa passar por isso.

— É fácil repetir; o difícil é falar, Mocky.

— Ótimo que você esteja aprendendo isso agora. Por que não começa me dizendo exatamente como isso... esse negócio do seu entendimento funciona?

Ela ficou em silêncio por cinco segundos, que se estenderam em dez.

— Tudo bem. Vou tentar de novo. Pouco antes de sair do bar, eu estava ali, olhando para o espelho, e o barman veio e me perguntou o que tinha acontecido.

— Ele conseguiu sentir que você estava perturbada?

— Ele não "sentiu" nada. Ele olhou para as minhas mãos. Elas estavam agarradas à beirada do balcão e estavam ficando brancas. Não precisava ser um gênio para descobrir que algo estranho estava acontecendo dentro da minha cabeça.

— Os barmen são muito sensíveis a esse tipo de sinal. Faz parte do trabalho deles. — Ele terminou o café. — Seus dedos estavam ficando brancos? Tudo bem, o que esse general dizia ou não dizia para você, que queria dizer?

Um músculo na bochecha dela pulou duas vezes, e o dr. T'mwarba pensou: Eu deveria ser capaz de interpretar isso mais especificamente do que apenas nervosismo?

— Ele era um homem ríspido, ordeiro e eficiente — explicou ela. — Provavelmente solteiro, com uma carreira militar e toda a insegurança que isso implica. Tem por volta de cinquenta anos e está se sentindo estranho com isso. Entrou no bar onde deveríamos nos encontrar; seus olhos se estreitaram, depois se abriram, a mão descansava sobre a perna e os dedos de repente se curvaram, depois se esticaram. O ritmo dele diminuiu quando entrou, mas se acelerou nos últimos três passos na minha direção… e apertou minha mão como se estivesse com medo de que ela fosse quebrar.

O sorriso de T'mwarba transformou-se em gargalhada.

— Ele se apaixonou por você!

Ela assentiu com a cabeça.

— Mas por que isso a incomodou tanto assim? Acho que você deveria ficar lisonjeada.

— Ah, eu fiquei! — Ela se inclinou para frente. — Eu *fiquei* lisonjeada. E consegui acompanhar a coisa toda pela cabeça dele. Uma hora, quando ele estava tentando se concentrar no código, Babel-17, eu disse exatamente o que ele estava pensando só para deixá-lo ciente de que eu estava bem próxima dele. Observei passar o pensamento de que talvez eu estivesse lendo sua mente…

— Espere um minuto. Essa parte é que não entendo. Como você sabia *exatamente* o que ele estava pensando?

Ela ergueu a mão até o queixo.

— Ele me disse, aqui. Falei algo sobre precisar de mais informações para decifrar a língua. Ele não queria me dar. Disse que eu precisava delas ou não conseguiria avançar, simples assim. Ele levantou a cabeça por uma fração de segundo; para evitar fazer que não com ela. Se tivesse negado com a cabeça, com um leve bico, o que acha que ele estaria dizendo?

Dr. T'mwarba encolheu os ombros.

— Que a coisa não era tão simples quanto você pensava?

— Isso. Agora, ele fez um gesto para evitar fazer isso. O que significa?

T'mwarba balançou a cabeça.

— Ele evitou o gesto porque ligou o fato de não ser tão simples com o fato de eu estar ali. Então, levantou a cabeça.

— Algo como: se fosse assim tão simples, não precisaríamos de você — sugeriu T'mwarba.

— Exatamente. Agora, enquanto ele levantava a cabeça, houve uma ligeira pausa na metade do caminho. Não enxerga o que isso acrescenta?

— Não.

— Se fosse assim tão simples... agora a pausa... se *ao menos* fosse tão simples, não teríamos chamado você para isso. — Ela virou as mãos sobre o colo. — E eu disse isso para ele; então, ele cerrou os dentes...

— Surpreso?

—... Sim. Foi quando se perguntou por um segundo se eu podia ler sua mente.

O dr. T'mwarba balançou a cabeça.

— É exato demais, Rydra. O que você está descrevendo é leitura muscular, que pode ser bastante precisa, especialmente se você conhecer a área lógica na qual os pensamentos da pessoa estão concentrados. Mas ainda é exato demais. Volte para o porquê de você ter ficado tão perturbada pelo negócio. Sua modéstia foi ameaçada pela atenção desse... estelar indelicado?

Ela voltou com alguma coisa que não era nem modesta nem delicada.

Dr. T'mwarba mordeu o lábio por dentro e imaginou se ela viu.

— Não sou criança — disse ela. — Além disso, ele não estava pensando em nada indelicado. Como eu disse, fiquei lisonjeada com a coisa toda. Quando fiz minha brincadeirinha, estava apenas tentando fazer com que ele soubesse o quanto estávamos sintonizados. Achei ele charmoso. E se ele tivesse sido capaz de enxergar tão claramente quanto eu, saberia que eu não tinha nada além de simpatia por ele. Só que quando ele foi embora...

O dr. T'mwarba ouviu a aspereza voltar à voz dela.

—... quando ele foi embora, a última coisa que pensou foi: "Ela não sabe; não comuniquei nada para ela".

Seus olhos se obscureceram... não, ela se inclinou um pouco para a frente e baixou as pálpebras para que seus olhos parecessem mais obscuros. Ele observara isso acontecer milhares de vezes desde que a menina magricela de 12 anos e quase autista lhe fora enviada para neuroterapia, que se transformara em psicoterapia e, depois, em amizade. Foi a primeira vez que ele compreendeu a mecânica do efeito. A precisão de observação dela o inspirara antes a olhar mais de perto para os outros. Somente depois que a terapia terminou oficialmente, o círculo encerrou-se e o fez examiná-la mais de perto. O que o obscurecimento significava além da mudança? Ele sabia que havia inúmeras marcas de personalidade sobre si que ela lia com um microscópio. Rico, sofisticado, ele conhecia muitas pessoas semelhantes a ela em reputação. A reputação não o espantava. Muitas vezes, no entanto, ela o espantava.

— Ele achou que eu não entendi. Achou que nada havia sido comunicado. E eu fiquei com raiva. Fiquei magoada. Todos os mal-entendidos que mantêm o mundo em pé e as pessoas separadas tremeram diante de mim de uma só vez, esperando que eu os desfizesse, os explicasse, e eu não consegui. Não conhecia as palavras, a gramática, a sintaxe. E...

Algo mais estava acontecendo no rosto asiático dela, e ele se esforçou para descobrir o quê.

— Sim?

—... Babel-17.

— O idioma?

— Sim. Você sabe o que eu costumava chamar de meu "talento"?

— Quer dizer que de repente você entendeu a língua?

— Bem, o general Forester tinha acabado de me dizer que o que eu tinha não era um monólogo, mas um diálogo, e disso eu não sabia antes. Essa informação se encaixou com algumas outras coisas que eu tinha na cabeça, lá no fundo. Percebi que eu conseguia ver por conta própria onde as vozes mudavam. E então...

— Você está entendendo?

— Entendo um pouco melhor do que entendia esta tarde. Tem alguma coisa no idioma em si que me assusta ainda mais do que o general Forester.

A perplexidade fixou-se no rosto de T'mwarba.

— No idioma em si?

Ela assentiu com a cabeça.

— O quê?

O músculo na bochecha dela pulou novamente.

— Para começar, acho que sei onde vai acontecer o próximo acidente.

— Acidente?

— Sim. A próxima sabotagem que os Invasores estão planejando, se é que são os Invasores, hipótese da qual eu não tenho certeza. Mas a língua em si é... é estranha.

— Como?

— Pequena — respondeu ela. — Apertada. Espremida... Isso não significa nada para você, não é? Em uma língua, quero dizer?

— Compacidade? — perguntou o dr. T'mwarba. — Acho que é uma boa qualidade em uma língua falada.

— Sim — e a sibilação se tornou respiração. — Mocky, eu *estou* assustada!

— Por quê?

— Porque vou tentar fazer uma coisa e não sei se consigo ou não.

— Se vale a pena tentar, deve estar com um pouco de medo. O que é?

— Decidi isso lá no bar e concluí que seria melhor eu falar com alguém primeiro. Isso geralmente quer dizer você.

— Manda.

— Vou resolver essa coisa toda de Babel-17 sozinha.

T'mwarba inclinou a cabeça para a direita.

— Porque tenho que descobrir quem fala essa língua, de onde ela vem e o que está tentando dizer.

A cabeça dele foi para a esquerda.

— Por quê? Bem, a maioria dos livros didáticos diz que a língua é um mecanismo para expressar o pensamento, Mocky. Mas língua *é* pensamento. O pensamento é informação com forma. A forma é a língua. A forma desta língua é... incrível.

— O que você acha incrível?

— Mocky, quando você aprende outra língua, você aprende a maneira como outras pessoas veem o mundo, o universo.

Ele assentiu com a cabeça.

— E quando vejo essa língua, começo a ver... demais.

— Parece muito poético.

Ela riu.

— Você sempre diz isso para pôr meus pés no chão.

— O que não tenho que fazer com tanta frequência. Bons poetas tendem a ser práticos e abominam o misticismo.

— Algo sobre tentar atingir a realidade; dá para entender — disse ela. — Só que, quando a poesia tenta tocar algo real, talvez isso *seja* poético.

— Tudo bem. Ainda não entendo. Mas como você propõe resolver o mistério de Babel-17?

— Você quer mesmo saber? — As mãos dela caíram sobre os joelhos. — Vou conseguir uma nave espacial, reunir uma equipe e chegar ao local do próximo acidente.

— Muito bem, você tem os papéis do Capitão Interestelar. Consegue pagar por isso?

— O governo vai subsidiar.

— Ah, ótimo. Mas por quê?

— Estou familiarizada com meia dúzia de idiomas dos Invasores. Babel-17 não é um deles. Não é uma língua da Aliança. Quero descobrir quem fala essa língua... porque quero descobrir quem ou o que no universo pensa dessa maneira. Você acha que consigo, Mocky?

— Tome outra xícara de café. — Ele estendeu a mão por cima do ombro e fez a jarra seguir para ela novamente. — Essa é uma boa pergunta. Há muito o que considerar. Você não é a pessoa mais estável do mundo. Para se administrar uma tripulação de nave espacial é necessário um tipo especial de psicologia que... você tem. Seus documentos, se bem me lembro, foram o resultado daquele seu err... casamento estranho, alguns anos atrás. Mas você só usou uma equipe automática. Para uma viagem tão longa, você não vai gerenciar o pessoal de Transporte?

Ela assentiu com a cabeça.

— A maioria das minhas interações foi com o pessoal da Alfândega. Você é mais ou menos da Alfândega.

— Meus pais eram de Transporte. Eu era Transporte até a época do Embargo.

— Isso é verdade. Suponhamos que eu diga "sim, acho que você consegue"?

— Eu direi "obrigada" e partirei amanhã.

— Suponhamos que eu diga que gostaria de uma semana para verificar seus índices de psique com um microscópio, enquanto você tira férias na minha casa, não dá aulas, não faz leituras públicas e evita coquetéis?

— Eu direi "obrigada". E partirei amanhã.

Ele sorriu.

— Então, por que você está me enchendo com isso?

— Porque... — Ela deu de ombros. — Porque amanhã vou estar ocupada feito o diabo... e não vou ter tempo para me despedir.

— Ah. — A ironia da risadinha dele se desfez em um sorriso.

E ele pensou de novo sobre o pássaro, o mainá.

Rydra, magra, com treze anos e desajeitada, irrompera pelas portas triplas do conservatório com o novo sorriso que acabara de descobrir como fazer com a boca. E ele estava orgulhoso como um pai, pois o quase-cadáver que havia sido entregue a ele seis meses antes era agora uma garota de novo, com cabelos curtos e muxoxos e birras e perguntas e carícias nos dois porquinhos-da-índia, que chamara de Bolota e Bolita. O ar-condicionado empurrava para trás os arbustos contra a parede de vidro e o sol atravessava o teto transparente. Ela havia perguntado:

— O que é isso, Mocky?

E ele, sorrindo para ela, manchado de sol, de bermuda branca e suspensório supérfluo, disse:

— É um mainá. Ele vai falar com você. Diga olá.

O olho preto era morto como uma passa com uma cabeça de alfinete de luz viva presa no canto. As penas brilhavam e o bico agudo pousava preguiçoso sobre uma língua grossa. Ela inclinou a cabeça quando a cabeça do pássaro se inclinou e sussurrou:

— Olá?

O dr. T'mwarba treinara o pássaro durante duas semanas com minhocas recém-tiradas da terra para surpreendê-la. O pássaro olhou para trás, por cima do ombro esquerdo, e cantarolou:

— *Olá, Rydra, o dia está lindo e estou feliz.*

Gritos.

Foi muito inesperado.

Ele achou que ela começaria a rir. Mas seu rosto se contorceu, ela começou a bater em algo com os braços, cambalear para trás, cair. O grito rascou nos pulmões quase em colapso, sufocou, rascou de novo. Ele correu para segurar a figura histérica dela que se debatia, enquanto o cantarolar da voz do pássaro entrecortava seus choramingos:

— *Está um lindo dia e estou feliz.*

Ele tinha visto ataques de ansiedade agudos antes. Mas aquele o abalara. Quando ela conseguiu falar sobre o assunto mais tarde, simplesmente dissera, tensa, com os lábios brancos:

— Me assustou!

O que teria sido o fim da história, se a maldita ave não tivesse se soltado três dias depois e voado para a rede de antenas que ele e Rydra tinham montado para seu transmissor de estase para o radio amador, com o qual ela podia ouvir as comunicações hiperestáticas das naves de transporte naquele braço da galáxia. Uma asa e uma perna ficaram presas, e a ave começou a bater contra um dos cabos quentes de forma que era possível ver as faíscas, mesmo sob a luz do sol.

— Temos que tirá-lo de lá! — gritara Rydra. As pontas dos dedos dela cobriram a boca, mas, enquanto ela olhava o pássaro, ele pôde ver a cor desaparecer embaixo do bronzeado dela.

— Eu vou cuidar disso, querida — disse ele. — Você tinha acabado de se esquecer dele.

— Se ele acertar esse fio mais algumas vezes, vai morrer!

Mas ele já havia saído em disparada para buscar a escada. Quando saiu, ele parou. Ela havia escalado quatro quintos do tirante preso à árvore inclinada que sombreava o canto da casa. Quinze segundos depois, ele observou como ela estendeu a mão, recuou, estendeu a mão de novo na direção das penas rufladas. Sabia que ela também não tinha medo do cabo quente; ela mesma o prendera. Faíscas de novo. Então, ela se decidiu e agarrou. Um minuto depois, estava atravessando o quintal, segurando o pássaro desgrenhado à distância de um braço. Parecia que alguém havia soprado cal em seu rosto.

— Pegue, Mocky — disse ela, quase sem voz atrás dos lábios trêmulos —, antes que ele diga alguma coisa e eu comece a gritar de novo.

Então agora, treze anos depois, havia outra coisa falando com ela, e ela disse que estava assustada. Sabia o quanto podia ficar assustada; também sabia com quanta bravura podia enfrentar seus medos.

Ele disse:

— Adeus. Estou feliz que tenha me acordado. Ficaria louco como um galo molhado se você não tivesse vindo. Obrigado.

— Eu que agradeço, Mocky — disse ela. — Ainda estou apavorada.

DANIL D. APPLEBY, QUE raramente pensava em si mesmo com esse nome – ele era um funcionário da Alfândega – encarava a ordem pelos óculos com armação de arame e passava a mão pelos cabelos ruivos cortados à escovinha.

— Bem, aqui diz que a senhora pode, se quiser.

— E...?

— E está assinado pelo general Forester.

— Então, espero que você coopere.

— Mas eu preciso aprovar...

— Então, você vem junto e aprova imediatamente. Não tenho tempo para enviar os relatórios e esperar o processamento.

— Mas não tem como...

— Tem, sim. Venha comigo.

— Mas, sra. Wong, eu não ando pela Cidade de Transporte à noite.

— Eu gosto. Assustado?

— Não exatamente. Mas...

— Preciso conseguir uma nave e uma tripulação até o amanhecer. E esta é a assinatura do general Forester. Certo?

— Acredito que sim...

— Então, deixa disso. Preciso da minha equipe aprovada.

Insistente e hesitante, respectivamente, Rydra e o funcionário deixaram o prédio de bronze e vidro.

Esperaram pelo monotrilho quase seis minutos.

Quando desceram, as ruas eram mais estreitas, e um zumbido contínuo de naves de transporte descia do céu. Armazéns e lojas de peças com oficina imprensavam apartamentos decrépitos e pensões. Uma rua maior ficava na perpendicular, estrondando com o tráfego, carregadores ocupados, estelares. Passaram por casas de entretenimento brilhando em neon, restaurantes de muitos mundos, bares e bordéis. Naquele aperto, o funcionário da Alfândega estreitou os ombros, caminhando mais rapidamente para acompanhar o passo largo das pernas compridas de Rydra.

— Onde a senhora pretende encontrar...?

— Meu piloto? Esse é o primeiro que quero recrutar. — Ela parou na esquina, enfiou as mãos nos bolsos das calças de couro e olhou ao redor.

— Tem alguém em mente?

— Estou pensando em várias pessoas. Por aqui. — Eles viraram em uma rua mais estreita, mais apinhada, mais iluminada.

— Aonde estamos indo? A senhora conhece esta parte?

Mas ela riu, passou o braço pelo dele e, como uma dançarina conduzindo sem pressão, ela o virou na direção de uma escada de ferro.

— Aqui?

— Você já esteve neste lugar antes? — perguntou ela com uma empolgação inocente que fez com que ele sentisse, por um momento, que ele a estava escoltando.

Ele fez que não com a cabeça.

Do café no porão, subiu uma explosão negra: um homem com pele cor de ébano, joias vermelhas e verdes engastadas no peito, rosto, braços e coxas. Membranas úmidas, também cravejadas de pedras preciosas, pendiam de seus braços, ondulando em pontas finas enquanto ele subia os degraus apressado.

Rydra pegou em seu ombro.

— Ei, Lome!

— Capitã Wong! — A voz era alta, os dentes brancos, finos como agulhas. Ele se virou para ela com as membranas estendidas. As orelhas pontudas se moveram para frente. — Para que você aqui?

— Lome, Brass está lutando hoje à noite?

— Quer ver ele? Certo, capitã, com Dragão de Prata, e é uma partida equilibrada. Ei, procuro você no Deneb. Compro o seu livro também. Não consigo ler muito, mas compro. E não encontro você. Onde esteve em seis meses?

— Na Terra, dando aulas na universidade. Mas vou partir de novo.

— Convidar Brass para piloto? Vai partir pela rota de Specelli?

— Isso aí.

Lome deixou cair o braço negro ao redor do ombro dela, e a membrana a cobriu, cintilando.

— Você sai para a César, você chama Lome para piloto sempre que sair. Conhece César… — Ele fechou a cara e balançou a cabeça. — Ninguém conhece melhor.

— Quando eu for para lá, eu chamo. Mas agora é Specelli.

— Então faz bem com Brass. Trabalha com ele antes?

— Ficamos bêbados juntos quando ficamos em quarentena por uma semana em um dos planetoides de Cygnet. Pareceu saber do que estava falando.

— Fala, fala, fala — zombou Lome. — Sim, lembro de você, capitã que fala. Vai assistir aquele filho do cão lutar; então sabe que tipo de piloto ele é.

— Foi o que eu vim fazer. — Rydra virou-se para o funcionário da Alfândega, que estava encolhido contra o corrimão de ferro. (Meu Deus, ele pensou, ela vai me apresentar!)

Mas ela inclinou a cabeça com um meio-sorriso e se virou. — Vejo você de novo, Lome, quando eu voltar pra casa.

— Sim, sim, você diz isso e diz isso duas vezes. Mas eu em seis meses vejo você não. — Ele riu. — Mas eu gosto de você, sra. capitã. Me leva para César algum dia, eu te mostro.

— Quando eu for, você vai junto, Lome.

Um olhar aguçado.

— Vai, vai, você diz. Tenho que ir agora. Tchau, tchau, sra. capitã. — Ele se inclinou e tocou a cabeça, saudando. — capitã Wong. — E se foi.

— Não deveria ter medo dele — disse Rydra ao funcionário.

— Mas ele é... — Durante sua busca por uma palavra, ele se perguntou: Como ela soube? — De que quinto dos infernos ele veio?

— Ele é terráqueo. Embora eu acredite que tenha nascido na rota de Arcturus para uma das Centauris. Sua mãe era uma Coruja, acho, se ele não tiver mentido sobre isso também. Lome conta histórias de pescador.

— Quer dizer que tudo aquilo é cosmetocirurgia?

— Ã-hã. — Rydra começou a descer as escadas.

— Mas por que diabos eles fazem isso consigo mesmos? Ficam todos tão esquisitos. É por isso que gente decente não se envolve com eles.

— Marinheiros costumavam fazer tatuagens. Além disso, Lome não tem mais nada o que fazer. Duvido que tenha tido um trabalho de pilotagem em quarenta anos.

— Ele não é um bom piloto? O que foi tudo aquilo sobre a Nebulosa César?

— Tenho certeza de que ele a conhece. Mas ele tem pelo menos cento e vinte anos. Depois dos oitenta, os reflexos começam a sumir, e esse é o fim da carreira de um piloto. Ele só fica vagabundeando de cidade portuária em cidade portuária, sabe tudo o que acontece com todo mundo, se mantém bom para fofocas… e conselhos.

Eles entraram no café por uma rampa que fazia uma curva brusca sobre a cabeça dos clientes que bebiam no balcão e nas mesas nove metros abaixo. Acima e ao lado deles, uma esfera de quinze metros pairava como fumaça sob holofotes. Rydra olhou do globo para o funcionário da Alfândega.

— Ainda não começaram os jogos.

— Ali é onde eles fazem aquelas… *lutas*?

— Isso aí.

— Mas isso deveria ser ilegal!

— A lei nunca foi aprovada. Depois que a debateram, ela foi engavetada.

— Ah…

Ao descerem entre os joviais trabalhadores do Transporte, o funcionário da Alfândega piscou. A maioria era de homens e mulheres comuns, mas os resultados das cosmetocirurgias eram numerosos o bastante para manter seus olhos arregalados.

— Eu *nunca* estive em um lugar desse antes! — sussurrou ele. Criaturas anfíbias ou reptilianas discutiam e riam com grifos e esfinges de pele metálica.

— Vão deixar a roupa aqui? — A garota da chapelaria sorriu. Sua pele nua era verde clara, sua touca imensa empilhava-se como algodão rosa. Seus seios, umbigo e lábios reluziam.

— Acho que não — disse o funcionário da Alfândega rapidamente.

— Tire pelo menos os sapatos e a camisa — disse Rydra, tirando a blusa. — As pessoas vão achar você estranho. — Ela se inclinou, se levantou e deixou as sandálias sobre o balcão.

Havia começado a soltar o cinto quando percebeu o olhar desesperado do homem, sorriu e voltou a fechar a fivela.

Cuidadosamente, ele tirou a jaqueta, o colete, a camisa e a camiseta por baixo. Estava prestes a desamarrar os sapatos quando alguém agarrou seu braço.

— Ei, Alfândega!

Ele se levantou diante de um homem enorme e nu, com o cenho franzido como casca estourada de árvore podre. Seus únicos ornamentos eram besouros mecânicos luminosos que se enxameavam em padrões sobre o peito, ombros, pernas e braços.

— *Hum*... perdão?

— O que está fazendo aqui, Alfândega?

— Eu não estou incomodando o senhor.

— E eu não estou incomodando você. Tome uma bebida, Alfândega. Estou sendo amigável.

— Muito obrigado, mas eu prefiro...

— Estou sendo amigável. Você não está. Se não for amigável, Alfândega, também não vou ser.

— Bem, eu estou com uma... — Ele olhou impotente para Rydra.

— Vamos lá. Vocês dois vão tomar uma bebida. Por minha conta. Amigável mesmo, caramba. — Sua outra mão foi na direção do ombro de Rydra, mas ela agarrou o pulso dele. Os dedos se abriram do estelarímetro de muitas escalas enxertado na palma da mão dele. — Navegador?

Ele assentiu, e ela soltou a mão, que se abaixou.

— *Por que* está tão "amigável" hoje?

O homem embriagado balançou a cabeça. Seus cabelos estavam amarrados em uma trança preta e grossa sobre a orelha esquerda.

— Estou só sendo amigável com o Alfândega. Gosto de *você*.

— Obrigada. Pague essa bebida para nós, e eu pago outra para você.

Enquanto ele meneava a cabeça com força, seus olhos verdes se estreitaram. Ele estendeu a mão entre os seios dela e tocou o disco dourado que pendia da corrente em volta do pescoço.

— *Capitã* Wong?

Ela assentiu com a cabeça.

— Melhor não mexer com você, então. — Ele riu. — Venha, capitã, vou pagar para você e o Alfândega aqui uma coisa que vai deixar vocês felizes. — Eles abriram caminho até o balcão.

Aquela coisa verde que vinha em copinhos em estabelecimentos mais respeitáveis aqui era servida em canecas.

— Em quem você vai apostar na luta entre Dragão e Brass, e se você disser Dragão, vou jogar isso na sua cara. Brincadeira, claro, capitã.

— Não vou apostar — disse Rydra. — Vou contratar. Conhece Brass?

— Fui navegador de sua última viagem. Cheguei faz uma semana.

— Você é amigável pela mesma razão que ele está lutando?

— Poderíamos dizer que sim.

O funcionário da Alfândega coçou o pescoço e ficou intrigado.

— A última viagem de Brass foi um fracasso — Rydra explicou para ele. — A tripulação está sem trabalho. Brass está se exibindo esta noite. — Ela se virou novamente para o navegador. — Vamos ter muitos capitães fazendo lances por ele?

Ele encaixou a língua sob o lábio superior, apertou um olho e baixou a cabeça. Deu de ombros.

— Sou a única que você encontrou?

Um aceno de cabeça, um grande gole na bebida.

— Qual seu nome?

— Calli, Navegador Dois.

— Onde estão o Um e o Três?

— O Três está em algum lugar se embriagando. A Um era uma garota linda chamada Cathy O'Higgins. Morreu. — Ele terminou a bebida e estendeu a mão para pegar outra.

— Essa é por minha conta — disse Rydra. — Por que morreu?

— Deu de cara com os Invasores. Os únicos que não estão mortos são Brass, eu e o Três; e nosso Olho. Perdeu o pelotão inteiro, nosso Coruja. Nosso bom e pobre Coruja também se foi. Capitã, foi uma viagem ruim. O Olho, ele desmoronou sem seu Ouvido e Nariz. Foram desincorporados por dez anos no total. Ron, Cathy e eu fomos um trio por só alguns meses. Mas mesmo assim… — Ele balançou a cabeça. — Foi ruim.

— Chame seu Três — pediu Rydra.

— Por quê?

— Estou buscando uma tripulação completa.

Calli franziu a testa.

— Não temos mais nossa Um.

— Você vai ficar chorando aqui para sempre? Vá para o Necrotério.

Calli *bufou.*

— Você quer ver o meu Três, então venha comigo.

Rydra deu de ombros em concordância, e o funcionário da Alfândega seguiu atrás deles.

— Ei, estúpido, vire para cá.

O garoto que girou no banquinho do balcão tinha talvez uns dezenove anos. O funcionário da Alfândega pensou em um emaranhado de placas de metal. Calli era um homem grande e espaçoso...

— Capitã Wong, este é Ron: o melhor Três a surgir neste sistema solar.

... mas Ron era pequeno, magro, com um corpo estranhamente definido: peitorais como placas de metal marcadas sob pele de cera desenhada; barriga de mangueira estriada, braços de cabos trançados. Até os músculos faciais ficavam no fundo da mandíbula e se comprimiam contra as colunas separadas do pescoço. Tinha aparência desleixada, com cabelos claros e olhos de safira, mas a única cosmetocirurgia evidente era a rosa brilhante que brotava de seu ombro. Lançou um sorriso rápido e tocou a testa com o dedo indicador para saudar. As unhas estavam roídas como nós de corda branca.

— A capitã Wong está procurando uma tripulação.

Ron se mexeu no banco, levantando a cabeça um pouco; todos os outros músculos do corpo também se moveram, como cobras mergulhadas no leite.

O funcionário da Alfândega viu os olhos de Rydra se arregalarem. Sem entender a reação dela, ele a ignorou.

— Não tenho Um — disse Ron. Seu sorriso foi rápido e triste de novo.

— Suponha que eu encontre um Um para você?

Os navegadores se entreolharam.

Calli virou-se para Rydra e esfregou a lateral do nariz com o polegar.

— Você sabe que em um trio como nós...

A mão esquerda de Rydra segurou a direita.

— Precisa ser assim. Minha escolha está sujeita à sua aprovação, claro.

— Bem, é muito difícil outra pessoa...

— É impossível. Mas a escolha é sua. Eu só dou sugestões. Mas minhas sugestões são muito boas. O que me dizem?

O polegar de Calli foi do nariz para o lóbulo da orelha. Ele deu de ombros.

— Você não consegue fazer uma oferta muito melhor que essa.

Rydra olhou para Ron.

O garoto pôs um pé sobre o banco, abraçou o joelho e espiou por sobre a rótula.

— Digo, vamos ver quem você sugere.

Ela assentiu com a cabeça.

— É justo.

— Sabe, trabalhos para trios partidos não são tão fáceis de encontrar. — Calli pousou a mão no ombro de Ron.

— Sim, mas…

Rydra olhou adiante.

— Vamos assistir à luta.

Ao longo do balcão, as pessoas levantaram a cabeça. Nas mesas, os fregueses soltavam a alavanca nos braços das poltronas, de modo que o espaldar se inclinasse um pouco.

A caneca de Calli tilintou no balcão, e Ron levou os dois pés ao banco e se recostou contra a bancada.

— O que eles estão olhando? — perguntou o funcionário da Alfândega. — Onde todo mundo…

Rydra pousou a mão na parte de trás do pescoço dele e fez um movimento que fez ele rir e erguer a cabeça. Então, ele inspirou fundo e soltou o ar lentamente.

O globo esfumaçado de gravidade zero, pendendo do teto, foi coberto de luz colorida. A sala ficou na penumbra. Milhares de watts de holofotes atingiram a superfície plástica e cintilaram nos rostos abaixo dela, enquanto a fumaça na esfera brilhante desaparecia.

— O que vai acontecer? — questionou o funcionário da Alfândega. — É lá que eles lutam…?

Rydra correu a mão pela boca do homem, e ele quase engoliu a língua, mas ficou quieto.

E Dragão de Prata entrou, as asas se movendo na fumaça, penas prateadas como lâminas se chocando, escamas nas ancas grandiosas tremendo. Ela ondulou o corpo de três metros e se contorceu no campo antigravidade, lábios verdes maliciosos, pálpebras prateadas batendo sobre o verde.

— É uma mulher! — sussurrou o funcionário da Alfândega.

Um tamborilar de apreciação de dedos estalando se espalhou pela plateia.

A fumaça rolou dentro do globo…

— Esse é nosso Brass! — sussurrou Calli.

… e Brass bocejou e balançou a cabeça, dentes de sabre de marfim reluzindo com saliva, músculos contraídos nos ombros e braços; quinze centímetros de garras de latão desembainhadas saindo de patas peludas amarelas. Faixas agrupadas em sua barriga se inclinavam sobre elas. A cauda farpada bateu na parede do globo. Sua juba, tosquiada para evitar agarramentos, fluía como água.

Calli puxou o ombro do funcionário da Alfândega.

— Estale seus dedos, cara! Esse é *nosso* Brass!

O funcionário da Alfândega, que nunca conseguira estalar os dedos antes, quase quebrou a mão tentando.

O globo avivou-se em vermelho. Os dois pilotos ficaram frente a frente no diâmetro da esfera. Vozes aquietaram-se. O funcionário da Alfândega olhou do teto para as pessoas ao redor. Todos os outros rostos estavam erguidos. O navegador

Três estava curvado em posição fetal sobre o banco do balcão. Cobre se deslocando; Rydra também baixou os olhos para ver os braços magros e as coxas retas do garoto com a rosa no ombro.

Acima, os oponentes flexionavam e alongavam os membros, pairando. Um movimento súbito de Dragão, e Brass recuou, depois se lançou da parede.

O funcionário da Alfândega agarrou alguma coisa.

As duas formas chocaram-se, agarraram-se, giraram contra uma parede e ricochetearam. As pessoas começaram a bater os pés. Braço envolveu braço, perna se enrolou em perna, até que Brass se soltou dela e foi arremessado para a parede superior da arena. Balançando a cabeça, ele se endireitou. Lá embaixo, alerta, Dragão se retorceu e se contorceu; a expectativa fazia suas asas tremerem. Brass saltou do teto, inverteu a posição de repente e acertou Dragão com as patas traseiras. Ela cambaleou para trás, debatendo-se. Os dentes de sabre fecharam-se e erraram o alvo.

— O que estão tentando fazer? — perguntou o funcionário da Alfândega em um sussurro. — Como é possível dizer quem está ganhando? — Ele olhou para baixo novamente: o que ele havia agarrado era o ombro de Calli.

— Quando alguém consegue jogar o outro contra a parede e somente tocar a parede contrária com um membro no ricochete — explicou Calli, sem olhar para baixo —, é um ponto.

Dragão de Prata estalou o corpo como um metal dobrado sendo liberado, e Brass se afastou e se espalhou contra o globo. Mas quando ela flutuou de volta para aguentar o choque com uma das pernas traseiras, perdeu o equilíbrio e a segunda perna também tocou.

Uma respiração ansiosa soltou-se na plateia. Incentivo com estalos de dedo; Brass se recuperou, saltou, empurrou--a contra a parede, mas seu rebote foi forte demais e ele também cambaleou sobre três membros.

Um giro no centro novamente. Dragão rosnou, esticou--se e sacudiu suas escamas. Brass olhou com raiva, espreitando com olhos que pareciam moedas de ouro encaixadas, girou para trás e, em seguida, saltou para frente.

Prata girou sob o golpe do ombro de Brass, atingindo o globo. Ela buscou o mundo como se estivesse tentando escalar a parede. Brass recuperou-se levemente, pendurou-se com uma pata e se afastou.

O globo ficou verde, e Calli bateu no balcão.

— Olhe para ele dando uma lição nessa sacana brilhosa!

Membros agressivos trançaram-se um no outro, e garra prendeu em garra até que os braços contidos tremeram, se separaram. Mais dois pontos que não foram para nenhum dos lados; então, Dragão Prateado voou de cabeça no peito de Brass, o derrubou para trás e se recuperou só sobre a cauda. Abaixo, a multidão batia os pés.

— Isso foi uma falta! — exclamou Calli, sacudindo o funcionário da alfândega. — Droga, isso foi uma falta! — Mas o globo ficou verde de novo. Oficialmente, o segundo ponto foi dela.

Agora, com cautela, eles nadavam na esfera. Duas vezes Dragão fintou, e Brass puxou as garras para o lado ou murchou a barriga para evitar os golpes.

— Por que ela não dá um tempo para ele? — Calli exigiu lá de cima. — Ela está provocando demais. Agarre e lute!

Como se respondesse, Brass saltou, passando pelo ombro dela; o que teria sido um ponto perfeito ficou confuso, pois Dragão pegou o braço dele, e ele se desviou, batendo com desajeito contra o plástico.

— Ela não pode fazer isso! — Desta vez foi o funcionário da Alfândega. Ele agarrou Calli novamente. — Ela pode fazer isso? Não acho que deveriam permitir... — E ele mordeu a língua, porque Brass se afastou, puxou-a da parede, virou-a entre as pernas e, ao se afastar do plástico, saltou sobre o antebraço e pairou no centro, mostrando os músculos para a multidão.

— É isso! — gritou Calli. — Dois de três!

O globo ficou verde de novo. Os estalos de dedos viraram aplausos.

— Ele venceu? — perguntou o funcionário da Alfândega. — Ele venceu?

— Ouça! Claro que ele venceu! Ei, vamos vê-lo. Venha, capitã!

Rydra já havia começado a passar pela multidão. Ron saltou atrás dela, e Calli, arrastando o funcionário da Alfândega, veio depois. Um lance de degraus com lajotas pretas os levou a uma sala com sofás, onde alguns grupos de homens e mulheres estavam em volta de Condor, uma grande criatura dourada e carmesim, que estava sendo preparada para lutar com Ebony, que esperava sozinho no canto. A saída da arena se abriu, e Brass entrou, suando.

— Ei — chamou Calli. — Ei, foi ótimo, garoto. E a capitã aqui quer falar com você.

Brass esticou-se, depois caiu de quatro, um estrondo baixo em seu peito. Ele sacudiu a juba, depois os olhos dourados se arregalaram em reconhecimento.

— Cabitã Wong! — A boca, distendida por presas cosmetocirurgicamente implantadas, não conseguia lidar com uma oclusiva bilabial, a menos que fosse sonora. — Gostou de be ver esta noite?

— Tanto que quero você para me guiar através do Specelli. — Ela encaixou um tufo de amarelo atrás da orelha dele. — Você disse um tempo atrás que gostaria de me mostrar o que poderia fazer.

— Sim. — Brass assentiu com a cabeça. — Só acho que estou sonhando. — Ele arrancou a tanga e enxugou o pescoço e os braços com o pano embolado, então captou a expressão espantada do funcionário da Alfândega. — Só cosbetocirurgia. — Ele continuou esfregando.

— Entregue para ele sua classificação de psique — disse Rydra —, e ele vai aprovar você.

— Significa que bartimos amanhã, Cabitã?

— Ao amanhecer.

Da pochete, Brass puxou um fino cartão de metal.

— Aqui está, Alfândega.

O funcionário da Alfândega examinou a marcação rúnica. Em uma placa de rastreio metálica tirada do bolso de trás, ele observou a mudança no índice de estabilidade, mas decidiu integrar para fazer o somatório exato mais tarde. A prática lhe dizia que estava bem acima do aceitável.

— Sra. Wong, quer dizer, capitã Wong, e os cartões deles? — Ele se virou para Calli e Ron.

Ron chegou por trás do pescoço dele e esfregou a escápula do homem.

— Você não se preocupe conosco até conseguirmos um Navegador Um. — O rosto endurecido e adolescente tinha uma beligerância ativa.

— Vamos verificá-los mais tarde — disse Rydra. — Temos que encontrar outras pessoas primeiro.

— Você está brocurando por uma equibe combleta? — perguntou Brass.

Rydra assentiu.

— E o Olho que voltou com você?

Brass sacudiu a cabeça.

— Berdeu seu Ouvido e Nariz. Eram um trio bem bróximo, cabitã. Ele berambulou cerca de seis horas antes de voltar ao Necrotério.

— Entendo. Pode recomendar alguém?

— Ninguém em barticular. Dê uma bassada no Setor de Desincorboração bara ver o que rola.

— Se quer uma tripulação até o amanhecer, é melhor começar agora — disse Calli.

— Vamos — disse Rydra.

Enquanto caminhavam até a base da rampa, o funcionário da Alfândega perguntou:

— Setor de Desincorporação?

— O que tem? — Rydra estava na parte de trás do grupo.

— Isso é tão… bem, não gosto da ideia.

Rydra riu.

— Por causa dos mortos? Eles não vão machucar você.

— E eu sei que é *ilegal* pessoas incorporadas estarem no Setor de Desincorporação.

— Em certas partes — corrigiu Rydra, e os outros homens riram. — Vamos ficar fora das seções ilegais… se pudermos.

— Quer suas roupas de volta? — perguntou a garota da chapelaria.

As pessoas paravam para parabenizar Brass, batendo no quadril dele com pancadinhas de reconhecimento e estalos de dedos. Agora, ele jogou a capa de contorno sobre a cabeça.

Ela caiu sobre os ombros, prendeu-se ao pescoço, passou por baixo dos braços e rodeou as coxas grossas. Brass acenou para a multidão e começou a subir a rampa.

— Consegue mesmo avaliar um piloto só de vê-lo lutar? — perguntou o funcionário a Rydra.

Ela fez que sim com a cabeça.

— Na nave, o sistema nervoso do piloto é conectado diretamente aos controles. Todo o trânsito da hiperestase consiste em ele literalmente lutando contra as mudanças da estase. Você avalia pelos reflexos, pela capacidade de controlar o corpo artificial. Um Transportador experiente consegue dizer exatamente como um piloto vai trabalhar com as correntes de hiperestase.

— Ouvi dizer, claro. Mas esta foi a primeira vez que vi. Quer dizer, pessoalmente. Foi… emocionante.

— É — disse Rydra —, não é?

Quando chegaram ao topo da rampa, as luzes novamente atravessaram o globo. Ebony e Condor circulavam na esfera de combate.

Na calçada, Brass recuou, engatinhando ao lado de Rydra.

— Que tal um Coruja e um belotão?

O pelotão era um grupo de doze pessoas que fazia todos os trabalhos mecânicos da nave. Esse trabalho simples era feito pelos muito jovens, então geralmente precisavam de uma babá: era o Coruja.

— Eu gostaria de obter um pelotão de uma viagem, se pudesse.

— Bor que tão cru?

— Quero treiná-los do meu jeito. Grupos mais antigos tendem a ser definidos demais.

— Bode ser um inferno disciblinar um grubo de uma viagem. E ineficiente bra caramba, belo que soube. Eu mesmo nunca estive com um desses.

— Desde que não haja doidos de pedra, não me importo. Além disso, se eu quiser um agora, vai ser mais certo eu conseguir até amanhã se fizer um pedido na marinha espacial.

Brass concordou com a cabeça.

— Seu bedido ainda está de bé?

— Queria verificar com meu piloto primeiro e ver se você tinha alguma preferência.

Estavam passando por um telefone público no poste de luz da esquina. Rydra abaixou-se sob a cobertura de plástico. Um minuto depois, ela estava dizendo:

—... um pelotão para ir em direção a Specelli, marcado para o amanhecer de amanhã. Sei que está em cima da hora, mas não preciso de um grupo especialmente experiente. Até um de uma única viagem serve. — Ela olhou por baixo da cobertura e piscou para eles. — Está bem. Ligo mais tarde para pegar seus índices de psique para aprovação da Alfândega. Sim, estou com um funcionário aqui. Obrigada.

Ela saiu debaixo da cobertura.

— O caminho mais curto para o Setor de Desincorporação é por lá.

As ruas estreitaram-se ao redor deles, se contorcendo e se cruzando, desertas. Em seguida, um trecho de concreto onde torres de metal ser erguiam. Cruzados e recruzados, os fios as mantinham em uma teia. Postes de luz azulada lançavam meias sombras.

— Isto é...? — O funcionário de Alfândega começou. Então, ficou quieto. Caminhando para fora dali, diminuíram os passos. Contra a escuridão, a luz vermelha disparava entre as torres.

— O que...?

— Só uma transferência. Acontecem a noite toda — explicou Calli. Um relâmpago verde estalou à sua esquerda.

— Transferência?

— É uma troca rápida de energias resultante da realocação de estados desincorporados — comentou o Navegador Dois, todo falante.

— Mas eu ainda não...

Eles caminhavam entre as torres de transferência quando um tremeluzir se aglutinou. A treliça prateada com fogo vermelho cintilou através da fumaça industrial. Três figuras se formaram: os esqueletos de lantejoulas das mulheres cintilaram na direção deles, formando olhos vazios.

O funcionário da Alfândega sentiu um arranhar nas costas, pois os postes de suporte brilharam por trás das barrigas das aparições.

— Os rostos — sussurrou ele. — Assim que você tira os olhos deles, não consegue se lembrar de como são. Quando olha para eles, parecem com pessoas, mas quando desvia o olhar... — Ele prendeu a respiração quando outro passou. — Não consegue lembrar...! — Ele os encarou. — Mortos? — Ele balançou a cabeça. — Você sabe que venho aprovando índices de psique em trabalhadores do Transporte incorporados e desincorporados há dez anos. E nunca estive perto o bastante para falar com uma alma desincorporada. Ah, vi fotos e às vezes passo por uma das menos fantásticas na rua. Mas isso...

— Existem alguns trabalhos — a voz de Calli era tão carregada de álcool quanto seus ombros eram de músculos — alguns trabalhos em uma nave de transporte que simplesmente não se pode dar a um ser humano vivo.

— Eu sei, eu sei — disse o funcionário da Alfândega. — Então, vocês usam os mortos.

— Isso mesmo. — Calli concordou com a cabeça. — Como o Olho, o Ouvido e o Nariz. Um ser humano vivo que rastreasse tudo isso e entrasse naquelas frequências de hiperestase... bem, morreria primeiro e enlouqueceria na sequência.

— Sei da teoria — afirmou o funcionário da Alfândega, ríspido.

De repente, Calli enganchou o pescoço do funcionário com a mão e puxou-o para perto de seu rosto marcado.

— Você não sabe de nada, Alfândega. — O tom era da primeira conversa entre eles no café. — Ah, você se esconde na gaiola da Alfândega, gaiola escondida na gravidade segura da Terra, a Terra segura pelo Sol, o Sol fixo pelo polo direcionado a Vega, tudo na maré prevista desse braço espiral... — Ele apontou para a noite, onde a Via Láctea apareceria numa cidade menos brilhante. — E você nunca se solta! — De repente, ele empurrou a cabecinha ruiva com óculos para longe. — Ê! Você não tem que me dizer nada!

O navegador enlutado pegou no tirante que descia do suporte até o concreto. Ele fez *tong*. A nota grave ajustou algo solto na garganta do funcionário, que chegou à boca com o gosto metálico da indignação.

Ele teria cuspido, mas os olhos acobreados de Rydra estavam agora tão perto de seu rosto quanto aquele rosto hostil e marcado tinha ficado.

Ela disse:

— Ele era parte — as palavras enxutas, calmas, os olhos decididos a não se afastarem dos dele — de um trio, uma relação próxima, precária, emocional e sexual com duas outras pessoas. E uma delas acabou de morrer.

Aquele tom na voz dela esvaneceu a maior parte da raiva do funcionário; mas um laivo escapou dele:

— Pervertidos!

Ron inclinou a cabeça para o lado, sua musculatura mostrando claramente o dobro de dor e perplexidade.

— Existem alguns empregos — ecoou ele a sintaxe de Calli —, alguns empregos em uma nave de transporte que você simplesmente não pode dar apenas para duas pessoas. São trabalhos complicados demais.

— Eu *sei* — Então ele pensou: Eu magoei o garoto também. Calli recostou-se em uma viga. Tinha mais alguma coisa em curso na boca do funcionário.

— *Você* tem algo a dizer — disse Rydra.

A surpresa por ela saber fez os lábios dele se abrirem. Ele olhou de Calli para Ron e vice-versa.

— Sinto muito por vocês.

As sobrancelhas de Calli ergueram-se, depois se abaixaram, sua expressão se acalmando.

— Sinto muito por você também.

Brass recuou.

— Há um conclave de transferência a cerca de quatrocentos metros adiante nos estados de energia média. Isso atrairia o tibo de Olho, Ouvido e Nariz que você quer bara Sbecelli. — Ele sorriu para o funcionário através das presas. — Essa é uba das suas seções ilegais. A contagem de alucinação sobe buito, e alguns egos incorborados não conseguem lidar com isso. Bas a baioria das bessoas sãs não tem nenhum broblema.

— Se for ilegal, prefiro esperar aqui — disse o funcionário da Alfândega. — Vocês podem simplesmente voltar e me buscar. Então, eu aprovo os índices deles.

Rydra concordou com a cabeça. Calli jogou um braço ao redor da cintura do piloto de três metros, o outro ao redor do ombro de Rony.

— Bora, capitã, se quiser ter sua tripulação pela manhã.

— Se não encontrarmos o que queremos em uma hora, estaremos de volta de qualquer maneira — disse ela.

O funcionário da Alfândega acompanhou-os se afastando dele entre as torres esguias.

4

... LEMBRANÇAS DE BANCOS QUEBRADOS e da cor da terra invadindo uma poça limpa umedecem os olhos; a figura piscando os olhos e falando.

Ele disse:

— Um funcionário, senhora. Um funcionário da Alfândega.

Surpresa com sua resposta espirituosa, a princípio magoada, seguida de diversão. Ele respondeu:

— Cerca de dez anos. Há quanto tempo você está desincorporada?

E ela se aproximou dele, o cabelo dela mantendo o odor lembrado de. E as feições transparentes bem-marcadas lembrando-o de. Mais palavras dela, agora, fazendo-o rir.

— Sim, tudo isso é muito novo para mim. Toda a imprecisão com que tudo parece acontecer não pega você também?

Mais uma vez a resposta dela, persuasiva e espirituosa.

— Ora, sim. — Ele sorriu. — Para você, acho que não seria.

A tranquilidade dela o contagiou; e, ou ela estendeu a mão de brincadeira para pegar a dele ou ele se surpreendeu pegando a dela, e a aparição era real sob seus dedos com a pele tão suave quanto.

— Você é tão atirada. Quer dizer, não estou acostumado com mulheres jovens chegando e... se comportando assim.

A lógica encantadora dela de novo esclarecia, fazendo com que ele se sentisse próximo, mais próximo, se aproximando, e sua provocação criava música, uma frase vinda de.

— Ora, sim, você está desincorporada, então não importa. Mas...

E sua interrupção foi uma palavra ou um beijo ou um cenho franzido ou um sorriso, sem enviar humor através dele agora, mas o assombro luminoso, o medo, o entusiasmo; e a sensação da forma dela contra a dele, completamente nova. Ele lutou para mantê-lo, o padrão de pressão contra pressão, desaparecendo à medida que a pressão em si desvanecia. Ela estava se afastando. Estava rindo como, assim como, como se. Ele ficou de pé, perdendo a risada dela, substituída por um espanto rodopiante nas ondas de sua consciência se desvanecendo…

5

QUANDO VOLTARAM, Brass gritou:

— Boas notícias! Temos quem queríamos.

— A tripulação está chegando — comentou Calli.

Rydra entregou-lhe as três fichas.

— Vão se apresentar à nave desincorporados duas horas antes… o que foi?

Danil D. Appleby estendeu a mão para pegar os cartões.

— Eu… ela… — E não conseguiu dizer mais nada.

— Quem? — perguntou Rydra. A preocupação em seu rosto estava afastando até mesmo suas lembranças remanescentes, e ele se ressentia daquilo, lembranças de, de.

Calli riu.

— Um súcubo! Enquanto estávamos fora, um súcubo se aproveitou dele!

— É! — disse Brass. — Olhe bra ele!

Ron riu também.

— Era uma mulher… acho. Consigo me lembrar do que *eu* disse…

— Quanto ela te levou? — perguntou Brass.

— Me levou?

Ron disse:

— Não acho que ele saiba.

Calli sorriu para o Navegador Três e depois para o funcionário.

— Dê uma olhada na sua carteira.

— Hein?

— Dê uma olhada.

Incrédulo, ele enfiou a mão no bolso. O envelope metálico se abriu em suas mãos.

— Dez... vinte... Mas eu tinha *cinquenta* aqui quando saí do café!

Calli deu um tapa nas coxas, rindo. Ele estendeu o braço e abraçou o ombro do funcionário da Alfândega.

— Vai acabar como um homem do Transporte depois que isso acontecer mais algumas vezes.

— Mas ela... eu... — O vazio de suas recordações roubadas era real como qualquer perda de amor. A carteira aliviada parecia trivial. Seus olhos marejaram. — Mas ela era... — A confusão embaralhou o final da frase.

— Ela era o quê, meu amigo? — perguntou Calli.

— Ela... era. — Essa era a triste totalidade.

— A partir da desincorboração, você *bode* carregar isso com você — disse Brass. — Tentam com alguns métodos questionáveis bra caramba também. Eu teria vergonha de contar bra você quantas vezes isso aconteceu comigo.

— Ela deixou o suficiente para você chegar em casa — disse Rydra. — Vou te reembolsar.

— Não, eu...

— Para com isso, capitã. Ele pagou por ela e fez o dinheiro valer, certo, Alfândega?

Sufocado pelo constrangimento, ele fez que sim com a cabeça.

— Então... verifique essas avaliações — disse Rydra. — Ainda precisamos de um Coruja e um Navegador Um.

Em um telefone público, Rydra ligou de novo para a marinha espacial. Sim, havia um pelotão. Um Coruja foi recomendado junto com ele.

— Tudo bem — disse Rydra e entregou o telefone ao funcionário. Ele pegou os índices de psique do agente da marinha e os incorporou para a integração final com os cartões do Olho, do Ouvido e do Nariz que Rydra lhe dera. O Coruja parecia particularmente favorável.

— Parece ser um coordenador talentoso — arriscou ele.

— Bra um Coruja, todo talento é bouco. Brincibalmente com um belotão novo. — Brass sacudiu a juba. — Brecisa manter essa criançada na linha.

— Esse aqui deve bastar. O mais alto índice de compatibilidade que vi em muito tempo.

— Qual é a hostilidade nele? — perguntou Calli. — Compatibilidade, inferno! Consegue dar um coro em você quando precisar?

O funcionário deu de ombros.

— Pesa 122 quilos e tem só 1,65m. Já conheceu um gordo que não fosse malvado como um rato por baixo do peso todo?

— Aí sim! — Calli riu.

— Aonde vamos bara curar a ferida? — Brass perguntou a Rydra.

Ela ergueu as sobrancelhas, questionadora.

— Bara conseguir um brimeiro navegador — explicou ele.

— Para o Necrotério.

Ron franziu a testa. Calli pareceu intrigado. Os insetos piscando rodearam seu pescoço, em seguida se derramaram sobre o peito, espalhando-se.

— Sabe que nossa primeira navegadora tem que ser uma garota que vai...

— Ela vai ser — disse Rydra.

Eles saíram do Setor de Desincorporação e tomaram o monotrilho através dos restos tortuosos da Cidade de Transporte, depois ao longo da borda do campo espacial. A escuridão além das janelas corria com as luzes azuis das placas. Naves subiam em labaredas brancas, azuladas à distância, e se tornavam estrelas sangrentas no céu enferrujado.

Eles fizeram piadas durante os primeiros vinte minutos sobre os corredores que zumbiam. O teto fluorescente lançava uma luz esverdeada nos rostos, nos colos. Um a um, o funcionário da Alfândega observou como ficaram em silêncio enquanto a inércia de um lado para o outro se tornava um impulso forte. Não havia falado nada, ainda tentando recuperar o rosto dela, suas palavras, sua forma. Mas tudo isso permaneceu distante, frustrante como o comentário imperativo que deixa a mente quando o discurso começa, e a boca fica vazia, um referente perdido ao amor.

Quando pisaram na plataforma aberta da Estação Thule, o vento quente corria do leste. As nuvens haviam se despedaçado sob uma lua de marfim. Cascalho e granito prateavam as bordas quebradas. Atrás estava a névoa vermelha da cidade. Adiante, na noite rompida, se erguia o escuro Necrotério.

Desceram os degraus e caminharam em silêncio pelo parque de pedra. O jardim de água e rocha era sinistro e deserto. Nada crescia ali.

No metal grosso da porta sem luz externa, a escuridão cegava.

— Como entrar aí? — perguntou o funcionário enquanto subiam os degraus baixos.

Rydra ergueu o pingente de capitã do pescoço e encostou-o contra um pequeno disco. Algo zumbiu e a luz dividiu a entrada quando as portas recuaram. Rydra entrou; o restante a seguiu.

Calli olhou para as abóbadas metálicas acima.

— Sabe que há carne de transporte congelada neste lugar suficiente para servir a cem estrelas e todos os seus planetas.

— E gente da Alfândega também — disse o funcionário.

— Alguém já teve o trabalho de chamar de volta um Alfândega que decidiu dar uma descansada? — perguntou Ron com franca ingenuidade.

— Não sei para quê — disse Calli.

— Sabe-se que acontece — respondeu o funcionário secamente. — Às vezes.

— Mais raramente do que com Transporte — comentou Rydra. — Até agora, o trabalho da Alfândega relativo a levar naves de estrela em estrela tem sido uma ciência. O trabalho do Transporte de manobrar através dos níveis de hiperestase é uma arte. Em cem anos, talvez os dois sejam ciências. Ótimo. Mas hoje, uma pessoa que aprende bem as regras da arte é um pouco mais rara do que uma pessoa que aprende as regras da ciência. Além disso, há uma tradição envolvida. Pessoas do Transporte estão acostumadas a morrerem e serem chamadas de volta, trabalhando com mortos ou vivos. Isso ainda é um pouco difícil para os Alfândegas aceitarem. Daqui para os Suicidas.

Eles saíram do saguão principal para o corredor rotulado que subia pelas câmaras de armazenamento. Ele os desovou em uma plataforma em uma sala indiretamente iluminada, apinhada por sua altura de trinta metros com caixas de vidro, contando com passarelas e escadas como o covil de uma aranha. Nos caixões, formas escuras estavam rígidas embaixo do vidro congelado.

— O que não entendo nesse negócio todo — sussurrou o funcionário — é o chamado de volta. Qualquer um que morre pode ser reincorporado? A senhora tem razão, capitã Wong, na Alfândega é quase indelicado falar sobre coisas como… esta.

— Qualquer suicida que desincorporar através dos canais normais do Necrotério pode ser chamado de volta. Mas no caso de uma morte violenta em que o Necrotério apenas recolhe o corpo depois, ou do final senil comum que a maioria de nós atinge com cem ou cento e cinquenta anos mais ou menos, então a pessoa está morta para sempre; embora aí, se você passar por canais regulares, seu padrão cerebral é registrado e sua capacidade de raciocínio pode ser aproveitada se alguém quiser, embora sua consciência vá para aonde quer que as consciências vão.

Ao lado deles, um cristal de arquivamento de três metros brilhava como quartzo rosa.

— Ron — disse Rydra. — Não, Ron e Calli também.

Os navegadores aproximaram-se, confusos.

— Vocês conhecem algum primeiro navegador que tenha se suicidado recentemente e que acham que poderíamos...

Rydra balançou a cabeça. Passou a mão diante do cristal de arquivamento. Na tela côncava na base, palavras piscaram. Ela parou os dedos.

— Navegador Dois... — Ela virou a mão. — Navegador Um... — Ela fez uma pausa e correu a mão em uma direção diferente. —... homem, homem, homem, mulher. Agora, falem comigo, Calli, Ron.

— Hã? Sobre o quê?

— Sobre vocês, sobre o que querem.

Os olhos de Rydra moviam-se de um lado para o outro entre a tela, o homem e o garoto ao seu lado.

— Bem, hum...? — Calli coçou a cabeça.

— Bonita — disse Ron. — Quero que seja bonita. — Ele se inclinou para frente, uma luz intensa em seus olhos azuis.

— Ah, sim — disse Calli —, mas não pode ser uma garota irlandesa gorducha e doce, de cabelos pretos e olhos de ágata e sardas que brotam depois de quatro dias de sol. Não pode ter aquela língua levemente presa que faz a pessoa tremer, mesmo quando recita seus cálculos mais rápida e mais corretamente que a voz de um computador, mas ainda com a língua presa, ou fazer a pessoa tremer quando segura sua cabeça no colo e fala do quanto precisa sentir...

— Calli! — interrompeu Ron.

E o homem grande parou com o punho contra o estômago, respirando com dificuldade.

Rydra observou, sua mão passando por centímetros sobre a face do cristal. Os nomes na tela piscavam de um lado para o outro.

— Mas bonita — repetiu Ron. — E que goste de esportes, de luta, acho, quando estivermos no planeta. Cathy não era muito atlética. Sempre pensei que teria sido melhor, para mim, se ela fosse, entende? Consigo conversar melhor com pessoas com quem eu possa lutar. É sério, estou falando de trabalho. E rápida como Cathy conseguia pensar. Só que...

A mão de Rydra pairou para baixo e fez um movimento brusco à esquerda.

— Só que — disse Calli, sua mão se afastando da barriga, a respiração mais fácil — ela precisa ser uma pessoa inteira, uma nova pessoa, não alguém que é metade do que nos lembramos de outra pessoa.

— Isso — disse Ron. — Quer dizer, se ela for uma boa navegadora e nos amar.

—... puder nos amar — disse Calli.

— Se ela fosse tudo o que quisessem e ela mesma também — perguntou Rydra, com a cabeça balançando entre dois nomes na tela —, vocês conseguiriam amá-la?

A hesitação, o meneio de cabeça lento do grande homem, rápido do garoto.

A mão de Rydra desceu pela face de cristal, e o nome brilhou na tela.

— Mollya Twa, Navegadora Um. — Seus números de coordenadas vieram em seguida. Rydra discou-os no painel.

Vinte e dois metros acima deles, algo brilhou. Um entre centenas de milhares de caixões de vidro estava recuando da parede acima deles por um feixe indutor.

A fase de recolhimento projetou um padrão de suportes com as pontas brilhando. O caixão despencou, seu conteúdo obscurecido por estrias e explosões hexagonais de gelo dentro do vidro. Os apoios encaixaram-se no modelo na base do caixão. Ele balançou um momento, assentou-se, estalou.

O gelo derreteu de repente, e a superfície interna ficou embaçada, depois ficou cheia de gotículas. Eles avançaram para ver.

Faixa escura no escuro. Um movimento embaixo do vidro brilhante; depois, o vidro se abriu, afastando-se da pele escura e quente e dos olhos vibrantes, aterrorizados.

— Está tudo bem — disse Calli, tocando o ombro dela. Ela levantou a cabeça para olhar a mão dele e depois voltou para o travesseiro.

Ron debruçou-se sobre a Navegadora Um.

— Olá?

— *Hum*... sra. Twa? — perguntou Calli. — A senhora está viva agora. Vai nos amar?

— *Ninyi ni nani?* — Seu rosto estava confuso. — *Nino wapi hapa?*

Ron ergueu os olhos, surpreso.

— Acho que ela não fala inglês.

— É. Eu sei — Rydra sorriu. — Mas, tirando isso, ela é perfeita. Assim vocês terão que se conhecer antes de poderem dizer qualquer idiotice de verdade. Ela gosta de lutar, Ron.

Ron olhou para a jovem na caixa. Seu cabelo cor de grafite era natural, os lábios escuros roxos de frio.

— Você luta?

— *Ninyi ni nani?* — ela perguntou novamente.

Calli tirou a mão do ombro dela e recuou. Ron coçou a cabeça e franziu a testa.

— Então? — disse Rydra.

Calli deu de ombros.

— Ora, não sabemos.

— Instrumentos de navegação são equipamentos padrão. Não haverá problemas para se comunicar lá.

— Ela é bonita — disse Ron. — Você é bonita. Não tenha medo. Está viva agora.

— *Ninaogapa!* — Ela pegou a mão de Calli. — *Jee, ni usiku au mchana?* — Seus olhos estavam arregalados.

— Por favor, não se assuste! — Ron pegou o pulso da mão que havia agarrado o de Calli.

— *Sielewi lugha yenu.* — Ela balançou a cabeça, um gesto sem negação, apenas de perplexidade. — *Sikujuweni ninyi nani. Ninaogapa.*

E com a urgência nascida do luto, tanto Ron como Calli assentiram com a cabeça, em confirmação.

Rydra colocou-se entre eles e falou.

Depois de um longo silêncio, a mulher fez que sim com a cabeça, devagar.

— Ela diz que vai com vocês. Perdeu dois terços de seu trio sete anos atrás, também mortos pela Invasão. Por isso veio ao Necrotério e se matou. Diz que vai com vocês. Vocês vão levá-la?

— Ela ainda está com medo — disse Ron. — Por favor, não fique. Não vou te machucar. Calli não vai te machucar.

— Se ela vier com a gente — disse Calli —, nós a levamos.

O funcionário da Alfândega tossiu.

— Onde posso conseguir a classificação de psique dela?

— Bem na tela embaixo do cristal de arquivamento. Assim que eles são organizados dentro de categorias maiores.

O funcionário voltou para o cristal.

— Bem… — Ele pegou seu bloco e começou a registrar os números. — Demorou um pouco, mas a senhora tem basicamente todo mundo.

— Integre — disse Rydra.

Ele integrou e ergueu os olhos, surpreso mesmo sem querer.

— Capitã Wong, acho que a senhora tem sua tripulação!

6

Querido Mocky,

Quando você receber esta carta, eu já terei partido há duas horas. Vai amanhecer daqui a meia hora e quero falar com você, mas não vou acordá-lo de novo.

Estou, de um jeito bem nostálgico, saindo com a velha nave de Fobo, a Rimbaud *(o nome foi a ideia de Muels, lembra?). Pelo menos estou familiarizada com ela; muitas boas lembranças aqui. Parto em vinte minutos.*

Localização atual: estou sentada em uma cadeira dobrável na eclusa de carga olhando o campo. O céu está salpicado de estrelas a oeste e cinza a leste. As agulhas negras das naves formam um padrão ao meu redor. Linhas das luzes sinalizadoras azuis apagam-se ao sul. Está calmo agora. Objeto do meu pensamento: uma noite frenética de caça à tripulação que me levou por toda a Cidade de Transporte e até o Necrotério, por mergulhos e atalhos cintilantes etc. Alto e barulhento no começo, chegando a esta calma no final.

Para conseguir um bom piloto, veja-o lutar. Um capitão treinado consegue dizer exatamente que tipo de piloto dará uma pessoa observando seus reflexos na arena. Só que não sou tão bem treinada.

Você se lembra do que comentou sobre leitura muscular? Talvez você esteja mais certo do que pensava. Ontem à noite encontrei um rapazinho, um Navegador, que parece as doações de Brâncuși depois de se graduar ou talvez com o que Michelangelo desejou que fosse o corpo humano. Ele nasceu no Transporte e, pelo visto, conhece as lutas de piloto até do avesso. Então, observei como ele assistia ao meu piloto lutar e, apenas olhando para seus tremores e sacolejos, consegui uma análise completa do que estava acontecendo na minha cabeça.

Você conhece a teoria de De Faure de que os índices psíquicos têm suas tensões musculares correspondentes (uma reafirmação da antiga hipótese de couraça muscular de Wilhelm Reich); eu estava pensando nisso ontem à noite. O garoto de quem eu falava era parte de um trio desfeito, dois rapazes e uma garota, e a garota morreu na mão dos Invasores. Os garotos me fizeram querer chorar. Mas eu não chorei. Em vez disso, eu os levei ao Necrotério e encontrei uma substituta. Um negócio estranho. Tenho certeza de que eles vão achar que foi magia pelo resto da vidas. Os requisitos básicos, no entanto, estavam todos em arquivo: uma mulher Navegadora Um a quem faltavam dois homens. Como ajustar os índices? Li Ron e Calli aos ver seus movimentos enquanto conversavam. Os cadáveres são arquivados segundo seus psico-índices, então eu só precisei sentir em que momento estavam em consonância. A escolha final foi um golpe de gênio, se eu puder dizer isso. Cheguei a seis jovens que serviriam. Mas eu tinha que ser mais precisa que isso, e não conseguia ser mais precisa, pelo menos não de ouvido. Uma jovem era de N'gonda, província de Pan-África. Havia se suicidado sete anos atrás. Perdeu dois maridos em um ataque da Invasão e retornou à Terra no meio de um embargo. Você lembra como era a política então entre a Pan-África e a Americásia; eu tinha certeza de que ela não falava inglês. Nós a acordamos, e ela não falava mesmo. Agora, neste instante, seus índices podem estar um pouco dissonantes. Mas no momento em que lutarem para aprender a entender um ao outro – e vão, porque precisam – vão se firmar de forma harmônica na grade logarítmica. Esperto, né?

E Babel-17, a verdadeira razão para esta carta. Eu disse a você que tinha decifrado o bastante para saber onde será o próximo ataque. No Estaleiro de Guerra da Aliança, em Armsedge. Só para garantir, queria que você soubesse aonde estou indo. Fa-

lar e falar e falar: que tipo de mente pode falar como aquele idioma fala? E por quê? Ainda apavorada – como uma criança em uma competição de soletração –, mas me divertindo. Meu pelotão se apresentou faz uma hora. Garotos imprudentes, indolentes e adoráveis. Em poucos minutos, vou ver meu Coruja (um gordo desengonçado de olhos, cabelos, barba pretos; anda devagar e pensa rápido). Sabe, Mocky, ao juntar essa equipe, eu estava interessada em uma coisa (mais do que em competência, e eles são todos competentes): tinham que ser pessoas com quem eu pudesse conversar. E eu posso.

Com amor,
Rydra

7

LUZ, MAS NENHUMA SOMBRA. O general levantou-se na prancha redonda de transporte, olhando para a nave preta, o céu pálido. Na base, ele desceu do disco deslizante de sessenta centímetros de diâmetro e subiu de elevador os trinta metros na direção da eclusa. Ela não estava na cabine da capitã. Encontrou um homem gordo e barbudo que o conduziu pelo corredor até a eclusa de carga. Subiu até o topo da escada e tomou fôlego, pois estava prestes a fugir.

Ela tirou os pés da parede, sentou-se direito na cadeira de lona e sorriu.

— General Forester, pensei que talvez fosse vê-lo esta manhã. — Ela dobrou um pedaço de tecido de mensagens e selou a borda.

— Queria ver a senhora — e sua respiração fugiu e teve que ser recuperada mais uma vez — antes de partir.

— Eu também queria vê-lo.

— A senhora me disse que se eu lhe desse a licença para conduzir esta expedição, me informaria onde...

— Meu relatório, que o senhor provavelmente considerará satisfatório, foi enviado ontem à noite e está em sua mesa na sede da Aliança Administrativa... ou estará em uma hora.

— Ah, entendo.

Ela sorriu.

— O senhor vai ter que partir em breve. Decolamos em alguns minutos.

— Sim. Na verdade, estou indo para a sede da Aliança Administrativa agora de manhã, então estava aqui no campo e já recebi uma sinopse do seu relatório por estelarfone há alguns minutos, e só queria dizer... — e não disse nada.

— General Forester, uma vez escrevi um poema de que me lembrei agora. Chamava-se "Conselho àqueles que amariam os poetas".

O general abriu os dentes sem separar os lábios.

— Começava mais ou menos assim:

Rapaz, ela vai arrancar sua língua fora.
Senhora, ele vai roubar suas mãos...

— O senhor pode ler o restante, está no meu segundo livro. Se não estiver disposto a perder um poeta sete vezes por dia, vai ser frustrante pra caramba.

Ele simplesmente disse:

— Você sabia que eu...

— Sabia e sei. E fico feliz.

A respiração perdida voltou, e algo nada familiar estava acontecendo em seu rosto: ele sorriu.

— Quando eu era soldado raso, sra. Wong, e ficávamos confinados no quartel, só conversávamos sobre garotas, garotas e garotas. E alguém disse sobre uma delas: "era tão bonita que não precisava me dar nada, só me prometer um pouco". — Ele deixou a rigidez abandonar seus ombros por um momento e, embora realmente tivessem descido um centímetro, pareciam que tinham ficado dois centímetros mais largos. — Era isso que eu estava sentindo.

— Obrigada por me dizer — disse ela. — Gosto do senhor, general. E prometo que ainda vou gostar na próxima vez que eu o vir.

— Eu... agradeço. Acho que isso é tudo. Só tenho a agradecer... por saber e prometer. — Então, ele disse: — Preciso ir agora, não é?

— Vamos decolar em dez minutos.

— Sua carta — disse ele —, enviarei para a senhora.

— Obrigada.

Ela entregou a carta para ele, ele tomou a mão dela e, por um instante ínfimo com uma pressão ínfima, a segurou. Então, ele se virou, saiu. Minutos depois, ela viu a prancha redonda dele deslizar pelo concreto, seu lado iluminado pelo sol se avivando de repente quando a luz se espalhou no leste.

parte dois
VER DORCO

Se palavras são primordiais, receio que
palavras sejam só o que estas mãos conheçam…

– de *Quarteto*

1

O MATERIAL RETRANSCRITO PASSOU na tela de seleção. Ao lado do console do computador, havia quatro páginas de definições que ela havia acumulado e um *cuaderno* cheio de especulações gramaticais. Mordendo o lábio inferior, ela passou pela tabulação de frequência dos ditongos decrescentes. Na parede, ela havia pregado três quadros rotulados:

Estrutura Fonêmica Possível...

Estrutura Fonética Possível...

Ambiguidades Semióticas, Semânticas e Sintáticas...

A última continha problemas a serem resolvidos. As perguntas, formuladas e respondidas, eram transferidas como certezas para as primeiras duas.

— Capitã?

Ela girou na poltrona-bolha.

Pendurado na escotilha de entrada pelos joelhos estava Diavalo.

— Sim?

— O que a senhora quer para o jantar? — O pequeno cozinheiro do pelotão era um garoto de dezessete anos. Dois chifres cosmetocirúrgicos projetavam-se de cabelos albinos espetados. Estava coçando uma orelha com a ponta de sua cauda.

Rydra deu de ombros.

— Não tenho preferência. Verifique com o restante do pelotão.

— Esses caras vão comer lixo orgânico batido se eu der para eles. Sem imaginação, capitã. Que tal faisão abafado ou talvez um galeto de caça?

— Está no clima das aves?

— Bem… — Ele soltou a barra com um joelho e chutou a parede para balançar para frente e para trás. — Algo de penas cairia bem.

— Se ninguém tiver objeções, experimente um *coq au vin*, batatas assadas e tomates coração-de-boi.

— Agora sim, isso é cozinhar!

— Torta de morango de sobremesa?

Diavalo estalou os dedos e se virou na direção da escotilha. Rydra riu e voltou para o console.

— Vinho Mâcon no *coq*, maitrank para acompanhar a refeição! — O rosto de olhos cor-de-rosa desapareceu.

Rydra descobrira o terceiro exemplo do que poderia ter sido síncope quando a poltrona-bolha se recostou para trás. O *cuaderno* bateu contra a borda da mesa. Seus ombros se espremeram. Atrás dela, o couro da poltrona-bolha havia se partido e dali brotava silício suspenso.

A cabine silenciou, e ela se virou para ver Diavalo girar pela escotilha e requebrar o quadril enquanto agarrava a parede transparente.

Babaca…!

Ela deslizou pelo couro úmido e murcho da poltrona-bolha. O rosto do Coruja saltou no interfone.

— Capitã!

— Que droga é essa…! — questionou ela.

A luz da Manutenção de Turbina estava piscando. Alguma coisa sacudiu a nave de novo.

— Ainda estamos respirando?

— Aguarde um… — O rosto do Coruja, pesado e ladeado com uma fina barba negra, fez uma expressão desagradável. — Sim. Ar: tudo bem. O problema está na Manutenção de Turbina.

— Se esses moleques desgraçados tiverem... — Ela os chamou.

Flip, o chefe de Manutenção do pelotão, disse:

— Meu Deus, capitã, alguma coisa explodiu.

— O quê?

— Eu não sei. — O rosto de Flop apareceu por cima do ombro.

— Os transformadores A e B estão bem. O C está cintilando como fogos de Quatro de Julho. Aliás, onde diabos estamos?

— No turno da primeira hora entre a Terra e Luna. Nem nos afastamos do Centro Estelar 9. Navegação? — Outra chamada.

O rosto escuro de Mollya apareceu.

— *Wie geht's?* — questionou Rydra.

A Primeira Navegadora desenrolou a curva de probabilidade deles e os localizou entre duas espirais logarítmicas vagas.

— Até agora estamos orbitando a Terra — a voz de Ron interrompeu. — Algo nos tirou da rota. Não temos nenhuma força propulsora e estamos apenas à deriva.

— Altura e velocidade?

— Calli está tentando descobrir agora.

— Vou dar uma olhada nos arredores. — Ela chamou o Destacamento Sensorial: — Nariz, está cheirando o que lá fora?

— Está fedendo. Nada neste intervalo. Estamos atolados.

— Consegue ouvir alguma coisa, Ouvido?

— Nem um pio, capitã. Todas as correntes de estase nesta área estão paralisadas. Estamos perto demais de uma grande massa gravitacional. Há uma contracorrente étrica fraca com cerca de cinquenta espectros no sentido K. Mas não acho que nos levará a lugar nenhum, exceto a um trajeto em círculos. Estamos sendo levados pela inércia desde o último vento da magnosfera da Terra.

— Como está o visual, Olhos?

— Parece que estamos dentro de um transportador de carvão. O que quer que tenha acontecido conosco, escolhemos uma zona morta para isso acontecer. No meu alcance, essa contracorrente é um pouco mais forte e pode nos levar a uma boa maré.

Brass interveio.

— Bas eu gostaria de saber aonde ela está indo antes de bular dentro dela. Significa que tenho que saber onde estamos brimeiro.

— Navegação?

Silêncio por um momento. Então, os três rostos apareceram. Calli disse:

— Não sabemos, capitã.

O campo gravitacional havia se estabilizado com erro de alguns graus. A suspensão de silício da cadeira rompida concentrou-se em um canto. O pequeno Diavalo balançou a cabeça e piscou. Pela contorção de dor no rosto, ele sussurrou:

— O que aconteceu, capitã?

— Queria eu saber — disse Rydra. — Mas vou descobrir.

Jantaram em silêncio. O pelotão, todos garotos com menos de 21 anos, fazia o menor barulho possível. Na mesa dos oficiais, os Navegadores se sentaram diante das figuras espectrais dos Observadores Sensoriais. O robusto Coruja à cabeceira da mesa servia vinho para a tripulação silenciosa. Rydra jantava com Brass.

— Sei lá. — Ele balançou a cabeça com juba, virando o copo nas garras reluzentes. — Estávamos navegando suave e sem nada no caminho. O que quer que tenha acontecido, aconteceu dentro da nave.

Diavalo, com o quadril em uma bandagem de pressão, trouxe a torta com seriedade, serviu Rydra e Brass, depois se retirou para seu lugar na mesa do pelotão.

— Então — disse Rydra —, estamos orbitando a Terra com todos os nossos instrumentos apagados e nem conseguimos dizer onde estamos.

— Os instrubentos de hiberestase estão bons — ele lembrou a ela. — Simblesmente não sabemos onde estamos neste lado do salto.

— E não podemos saltar se não soubermos de onde estamos saltando. — Ela olhou para o refeitório. — Acha que eles esperam sair dessa, Brass?

— Esberam que você bossa tirá-los dessa, Cabitã.

Ela tocou a borda do copo no lábio inferior.

— Se ninguém o fizer, ficaremos aqui comendo a boa comida de Diavalo bor seis meses, debois sufocaremos. Não conseguiremos nem um sinal até debois de sairmos bara a hiberestase com o comunicador normal quebrado. Berguntei aos Navegadores bara ver se eles boderiam fazer alguma coisa, mas não. Só tiveram tembo de ver que fomos lançados em um grande círculo.

— Deveríamos ter janelas — disse Rydra. — Pelo menos conseguiríamos olhar as estrelas e identificar nossa órbita. Não podem ser mais que algumas horas.

Brass assentiu com a cabeça.

— Isso mostra o que significam as conveniências modernas. Uma escotilha e um sextante antiquado boderiam nos botar no rumo, mas estamos debendentes dos eletrônicos até os cabelos, e por isso ficamos aqui barados, com um broblema bem insolúvel.

— Circulando… — Rydra largou seu vinho.

— O que foi?

— *Der Kreis* — disse Rydra. Ela franziu a testa.

— O que é isso? — perguntou Brass.

— *Ratas, orbis, il cerchio.* — Ela pôs a palma das mãos sobre o tampo da mesa e pressionou. — Círculos — disse ela. — Círculos em diferentes idiomas!

A confusão de Brass era terrível de se ver através das presas. O velo brilhante acima de seus olhos se arrepiou.

— Esfera — continuou ela —, *il globo, gumlas.* — Ela se levantou. — *Kule, kuglet, kring!*

— Imborta em que língua está? Um círculo é um cír…

Mas ela estava rindo, correndo para fora do refeitório.

Na cabine, ela pegou sua tradução. Seus olhos percorreram as páginas. Bateu no botão para chamar os Navegadores. Ron, limpando o creme de leite da boca, disse:

— Sim, capitã? O que deseja?

— Um relógio — disse Rydra — e um… saco de bolinhas de gude!

— Hein? — perguntou Calli.

— Pode terminar seu bolo mais tarde. Me encontre no Centro G, agora mesmo.

— Bolinhas… — Mollya articulou, espantada —… de gude?

— Um dos garotos do pelotão deve ter trazido um saco com bolinhas de gude. Pegue e me encontre no Centro G.

Ela saltou sobre o couro arruinado da poltrona-bolha e subiu pela escotilha, virou no túnel radial sete e disparou pelo corredor cilíndrico em direção à câmara esférica oca do Centro G. O centro de gravidade calculado da nave era uma câmara de nove metros de diâmetro em constante queda livre, e era onde certos instrumentos sensíveis à aceleração faziam suas leituras. Um instante depois, os três Navegadores apareceram através de entradas triamétricas. Ron levantou uma rede com bolinhas vítreas.

— Lizzy pediu para a senhora tentar devolver para ela amanhã à tarde, pois ela foi desafiada pelos garotos na Turbina e ela quer continuar campeã.

— Se isso funcionar, provavelmente vai tê-las de volta hoje à noite.

— Funcionar? — Mollya quis saber. — Você ideia?

— Tenho. Só que a ideia não é minha de verdade.

— De quem é, e o que é? — perguntou Ron.

— Creio que pertença a alguém que fala outro idioma. O que temos que fazer é dispor as bolinhas de gude ao redor da parede da sala em uma esfera perfeita, e então esperar com o relógio e ficar de olho no segundo ponteiro.

— Para quê? — perguntou Calli.

— Para ver aonde elas vão e quanto tempo levam para chegar lá.

— Não entendi — disse Ron.

— Nossa órbita tende na direção de um grande círculo ao redor da Terra, certo? Significa que tudo na nave também tende a orbitar em um grande círculo e, se ficar livre de influência, automaticamente buscará esse caminho.

— Certo. E daí?

— Me ajudem a colocar essas bolinhas no lugar — disse Rydra. — Essas coisas têm núcleos de ferro. Magnetizem as paredes, por favor, para segurá-las no lugar de forma que todas possam ser liberadas de uma só vez. — (Ron, confuso, foi ligar as paredes de metal da câmara esférica.) — Vocês ainda não entenderam? Vocês são matemáticos, me falem sobre círculos máximos.

Calli pegou um punhado de bolinhas de gude e começou a espaçá-las – estalinho após estalinho – sobre a parede.

— Um círculo máximo é o maior círculo que se pode recortar em uma esfera.

— O diâmetro de um círculo máximo é igual ao diâmetro da esfera — disse Ron quando voltou do interruptor de energia.

— O somatório dos ângulos de interseção de quaisquer três círculos máximos dentro de uma forma contida topologicamente aproxima-se 540 graus. A soma dos ângulos de N círculos máximos aproxima-se de 180 graus vezes N. — Mollya entoou as definições que ela havia começado a memorizar em inglês com a ajuda de uma personafix naquela manhã, em sua voz musicalmente flexionada. — Bolinha aqui, sim?

— Sobre tudo, sim. Da forma mais uniforme que puder espaçá-las, mas não precisa ser exato. Me falem um pouco mais sobre as intersecções.

— Bem — disse Ron —, em qualquer esfera todos os círculos máximos se cruzam... ou são congruentes.

Rydra riu.

— Simples assim, não é? Há outros círculos em uma esfera que precisam ter uma intersecção, não importa como forem manuseados?

— Acho que é possível mover todos os outros círculos para que fiquem equidistantes em todos os pontos e não se toquem. Mas todos os círculos máximos precisam ter *ao menos* dois pontos em comum.

— Pensem nisso por um minuto e olhem para essas bolinhas, todas sendo puxadas ao longo de grandes círculos.

Mollya de repente flutuou para longe da parede com uma expressão de reconhecimento e juntou as mãos. Deixou escapar algo em suaíli, e Rydra riu.

— Isso mesmo — disse ela. Para a perplexidade de Ron e Calli, ela traduziu: — Elas vão se mover uma na direção da outra e seus caminhos vão se cruzar.

Os olhos de Calli se arregalaram.

— É verdade, exatamente a um quarto do caminho em torno de nossa órbita elas deveriam ter se achatado até um plano circular.

— Deitadas ao longo do plano de nossa órbita — concluiu Ron.

Mollya franziu a testa e fez um movimento de extensão com as mãos.

— Sim — disse Ron —, um plano circular distorcido com uma cauda em cada extremidade, a partir das quais poderemos calcular em que posição a Terra está.

— Inteligente, não é? — Rydra voltou para a abertura do corredor. — Imagino que podemos fazer isso uma vez, depois acionar nossos foguetes o bastante para nos lançarmos setenta ou oitenta milhas para cima ou para baixo sem danificar nada. A partir disso, conseguiremos o comprimento de nossas órbitas, bem como nossa velocidade. Essa será toda a informação de que precisaremos para nos localizarmos em relação à influência gravitacional de grande escala mais próxima. De lá, podemos pular a estase. Todos os nossos instrumentos de comunicação para estase estão funcionando. Podemos enviar um sinal de ajuda e pedir algumas substituições para uma estação de estase.

Os espantados Navegadoress juntaram-se a ela no corredor.

— Contagem regressiva — disse Rydra.

Em zero, Ron liberou as paredes magnéticas. Lentamente, as bolinhas começaram a flutuar, alinhando-se devagar.

— Acho que se aprende alguma coisa todos os dias — disse Calli. — Se tivesse me perguntado, eu teria dito que ficaríamos presos aqui para sempre. E saber coisas assim deveria ser o meu trabalho. De onde você tirou a ideia?

— Da palavra para "círculo máximo" em... outra língua.

— Língua falar? — perguntou Mollya. — Quer dizer?

— Bem. — Rydra pegou uma placa de metal e uma caneta stylus. — Estou simplificando um pouco, mas vou mostrar para vocês. — Ela riscou a placa. — Digamos que a palavra para círculo é O. Essa língua tem um sistema melódico para ilustrar comparativos. Vamos representá-lo pelos sinais diacríticos: ˇ, ¯ e ^, ou seja, respectivamente, o menor, o médio e maior. Então, o que Ǒ significaria?

— O menor círculo possível — disse Calli. — É um ponto único.

Rydra fez que sim com a cabeça.

— Agora, ao nos referirmos a um círculo dentro de uma esfera, suponha que a palavra para apenas um círculo comum seja O, seguida por qualquer um dos dois símbolos; um dos quais significa não tocar em mais nada, o outro significa cruzar: 11 ou X. O que significaria ŌX?

— Círculo médio que tem intersecção — disse Ron.

— E como todos os círculos máximos se cruzam, nessa língua a palavra para círculo máximo será sempre ÔX. Ela carrega as informações diretamente na palavra. Assim como *ponto de ônibus* ou *catavento* carregam informações em português que faltam a *la gare* ou *la girouette*, palavras equivalentes em francês. "Círculo máximo" carrega *algumas* informações com ela, mas não as necessárias para nos tirar do problema em que estamos. Precisamos ir a outro idioma para pensar claramente sobre o problema sem passar por todo tipo de desvios dos aspectos corretos daquilo com que queremos lidar.

— Que língua é essa? — perguntou Calli.

— Não sei seu nome verdadeiro. Por enquanto é chamada de Babel-17. Pelo pouco que já sei sobre ela, a maioria de suas palavras traz mais informações sobre as coisas a que se referem do que a soma de quaisquer quatro ou cinco línguas que conheço... e em menos espaço. — Ela fez uma breve tradução para Mollya.

— Quem fala? — perguntou Mollya, decidida a se manter em seu inglês escasso.

Rydra mordeu o lábio por dentro. Quando ela se fez essa mesma pergunta, seu estômago se contraiu, as mãos se estenderam na direção de alguma coisa e o anseio por uma resposta cresceu quase até causar dor no fundo da garganta. Estava acontecendo naquele momento; desapareceu.

— Não sei. Mas queria saber. É esse o principal motivo para essa viagem, descobrir.

— Babel-17 — repetiu Ron.

Um dos garotos de tubulação no pelotão tossiu atrás deles.

— O que foi, Carlos?

Atarracado como um touro, com cabelo preto cheio e encaracolado, Carlos tinha músculos grandes e soltos e a língua ligeiramente presa.

— Capitã, posso mostrar uma coisa para a senhora? — Ele se deslocou de um lado para o outro em um constrangimento adolescente, esfregando os pés descalços, calejados pelo calor da escalada pelas tubulações das turbinas, no batente da porta. — Tem alguma coisa nas tubulações. Acho que a senhora deveria dar uma olhada.

— O Coruja disse para você vir me procurar?

Carlos cutucou atrás da orelha com a unha roída.

— Ã-hã.

— Vocês três conseguem cuidar desse negócio aqui, certo?

— Claro, capitã. — Calli olhou para as bolinhas de gude se fechando.

Rydra seguiu Carlos. Desceram pela plataforma de elevação e se encolheram para passar pelo corredor de teto baixo.

— Aqui embaixo — disse Carlos, hesitante, assumindo a linha de frente sob as barras arqueadas. Em uma plataforma gradeada, ele parou e abriu um gabinete de componentes na parede. — Veja só. — Ele removeu uma placa de circuitos impressos. — Ali. — Uma rachadura fina corria pela superfície plástica. — Foi quebrada.

— Como? — perguntou Rydra.

— Desse jeito. — Ele pegou a placa com as duas mãos e fez como se fosse dobrá-la ao meio.

— Certeza de que não quebrou sozinha?

— Impossível — respondeu Carlos. — Quando está no lugar, fica muito bem apoiada. Não seria possível quebrá-la nem com uma marreta. Este painel carrega todos os circuitos de comunicação.

Rydra concordou com a cabeça.

— Os defletores giroscópicos de campo para todas as nossas manobras de espaço regulares... — Ele abriu outra porta e tirou outro painel. — Aqui.

Rydra passou a unha ao longo da rachadura na segunda placa.

— Alguém na nave quebrou estas placas — disse ela. — Leve-as para a oficina. Diga a Lizzy para, quando ela terminar de reimprimi-las, trazê-las para mim, e eu vou instalá-las. Aproveito para devolver as bolinhas de gude dela.

2

Jogue uma joia em óleo espesso. O brilho se amarela lentamente, fica âmbar, por fim se avermelha, morre. Esse era o salto para o espaço hiperestático.

No console do computador, Rydra ponderava as tabelas. O dicionário havia duplicado de tamanho desde o início da viagem. A satisfação preenchia um lado de sua mente como uma boa refeição. Palavras, e sua padronização fácil, fluíam sempre sobre a língua, nos dedos, ordenavam-se para ela, reveladoras; definidoras e reveladoras.

E havia um traidor. A questão, um vácuo onde nenhuma informação chegaria para responder quem ou o que ou por quê, causava um vazio do outro lado do cérebro, agonizando até o colapso. Alguém tinha deliberadamente quebrado aquelas placas. Lizzy disse a mesma coisa. Quais as palavras para isso? Os nomes de toda a tripulação e, ao lado de cada um, um ponto de interrogação.

Jogue uma joia em uma profusão de joias. Esse era o salto da hiperestase para dentro da área dos Estaleiros de Guerra da Aliança, em Armsedge.

No quadro de comunicação, ela pôs o Capacete Sensorial.

— Podem traduzir para mim?

A luz indicadora piscou, indicando aceitação. Cada observador desincorporado percebeu os detalhes do fluxo gravitacional e eletromagnético das correntes de estase para uma certa frequência com todos os sentidos, cada um em seu alcance próprio. Esses detalhes eram inúmeros, e o piloto conduzia a nave através dessas correntes como barcos à vela singravam o oceano líquido. Mas o capacete fez uma condensação que a capitã pôde visualizar como um levantamento geral da matriz, reduzido a termos que deixariam o observador incorporado são.

Ela abriu o capacete, cobrindo olhos, ouvidos e nariz.

Lançado através de laços de azul e retorcidos com índigo, pairava o complexo de estações e planetoides que compunha os Estaleiros de Guerra. Um zumbido musical pontuado por rajadas de estática ressoou nos fones de ouvido. Os emissores olfativos trouxeram um odor confuso de perfumes e óleo quente carregado com o cheiro intenso de cascas de frutas cítricas queimando. Com três de seus sentidos preenchidos, ela foi descolada da realidade da cabine para passar por abstrações sensoriais. Demorou quase um minuto para absorver suas sensações, para começar sua interpretação.

— Tudo bem. Para que estou olhando?

— As luzes são os vários planetoides e estações circulares que compõem os Estaleiros de Guerra — explicou o Olho. — Esta cor azulada à esquerda é uma rede de radares que espalharam na direção ao Centro Estelar 42. Aqueles flashes vermelhos no canto superior direito são apenas um reflexo de Bellatrix a partir de um disco solar semivitrificado girando quatro graus fora do seu campo de visão.

— O que é esse zumbido baixo? — perguntou Rydra.

— Turbina da nave — explicou o Ouvido. — É só ignorar. Eu bloqueio se a senhora quiser.

Rydra meneou a cabeça, e o zumbido cessou.

— Esses cliques... — o Ouvido começou.

—... são código Morse — concluiu Rydra. — Reconheço. Devem ser dois radioamadores que querem evitar os circuitos visuais.

— Isso mesmo — confirmou o Ouvido.

— O que está fedendo assim?

— O cheiro geral é apenas o campo gravitacional da Bellatrix. Não é possível receber sensações olfativas em estéreo, mas o cheiro de casca de limão queimada vem da usina de energia localizada naquele clarão verde à sua frente.

— Onde ancoramos?

— No som da tríade de mi menor.

— No óleo quente; a senhora consegue sentir o cheiro borbulhante à esquerda.

— Mire naquele círculo branco.

Rydra mudou o canal para o piloto.

— Tudo bem, Brass, leve a nave até lá.

A prancha em forma de disco deslizou pela rampa enquanto ela se equilibrava facilmente nos quatro quintos de gravidade. Uma brisa percorrendo o crepúsculo artificial empurrou os cabelos para trás dos ombros. Ao redor dela, estendia-se o principal arsenal da Aliança. Por um instante, ela ponderou sobre o acaso do nascimento que a tinha estabelecido com firmeza no reino da Aliança. Se tivesse nascido a uma galáxia de distância, poderia facilmente ter sido uma Invasora. Seus poemas eram populares nos dois lados. Aquilo era perturbador. Ela afastou esse pensamento. Ali, deslizando pelos Estaleiros de Guerra da Aliança, não era inteligente ficar perturbada com aquilo.

— Capitã Wong, a senhora vem sob os auspícios do general Forester.

Ela assentiu com a cabeça quando sua prancha parou.

— Ele nos enviou informações de que a senhora atualmente é a especialista em Babel-17.

Ela assentiu mais uma vez. Nesse momento, a outra prancha parou diante dela.

— Então, fico muito feliz em conhecê-la e, se eu puder prestar qualquer ajuda, por favor, peça.

Ela estendeu a mão.

— Obrigada, barão Ver Dorco.

Sobrancelhas pretas ergueram-se e o filete de boca se curvou no rosto escuro.

— A senhora estuda heráldica? — Ele levantou os dedos longos para o escudo no peito.

— Estudo.

— Um feito, capitã. Vivemos em um mundo de comunidades isoladas, cada qual mal faz fronteira com o vizinho, cada uma falando, por assim dizer, uma língua diferente.

— Eu falo muitas.

O barão assentiu.

— Às vezes eu acredito, capitã Wong, que sem a Invasão, sem algo em que a Aliança concentrasse suas energias, nossa sociedade se desintegraria. Capitã Wong... — Ele parou, e as linhas finas de seu rosto mudaram, contraídas para concentração, depois para uma abertura repentina. — *Rydra* Wong...?

Ela assentiu com a cabeça, sorrindo para o sorriso dele, mas cautelosa diante do que o reconhecimento significaria.

— Eu não sabia... — Ele estendeu a mão como se estivesse se apresentando de novo. — Mas, claro... — A superfície de suas maneiras descamou-se, e, se ela nunca tivesse visto essa transformação antes, teria ficado entusiasmada com o entusiasmo dele. — Seus livros, quero que a senhora saiba... — A frase terminou em um ligeiro tremor da cabeça. Olhos escuros arregalados demais; lábios, em seu humor, muito próximos de uma expressão de desejo; mãos buscavam uma à outra: tudo lhe falava de um apetite inquietante pela presença dela, uma fome de algo que ela era ou poderia ser, um voraz... — O jantar em minha casa será servido às sete. — Ele interrompeu seu pensamento com uma inquietante decência. — A senhora jantará com a baronesa e comigo esta noite.

— Obrigada. Mas gostaria discutir com minha tripulação...

— Estendo o convite a todos de sua companhia. Temos uma casa espaçosa, salas de conferência à disposição, assim como entretenimento. Certamente é menos limitada que sua nave. — A língua, arroxeada e bruxuleante atrás de dentes brancos, brancos; as linhas marrons dos lábios, ela pensou, formam palavras tão languidamente quanto as lentas mandíbulas do louva-a-deus canibal. — Por favor, chegue um pouco cedo para que possamos preparar a senhora...

Ela prendeu o fôlego, depois se sentiu idiota; um leve estreitamento dos olhos dele lhe dissera que ele havia registrado, embora não houvesse compreendido, o susto dela.

—... para sua visita pelos Estaleiros. O general Forester sugeriu que deixássemos a senhora a par de todos os nossos esforços contra os Invasores. Seu acesso será bastante privilegiado, senhora. Há muitos oficiais experientes nos Estaleiros que não viram algumas das coisas que serão mostradas à senhora. Ouso dizer que boa parte de tudo isso provavelmente será tediosa. Na minha opinião, vão encher a senhora com uma porção de detalhes triviais. Mas algumas de nossas tentativas foram bastante engenhosas. Mantemos nossa imaginação fervilhando.

Este homem traz à tona a paranoica em mim, ela pensou. Não gosto dele.

— Prefiro não pressioná-lo, barão. Há alguns assuntos na minha nave que preciso...

— Venha, sim. Garanto que seu trabalho aqui será muito facilitado se aceitar minha hospitalidade. Seria uma honra para minha casa receber uma mulher com seu talento e seus feitos. E recentemente tenho estado faminto — lábios escuros deslizaram sobre dentes reluzentes — por conversas inteligentes.

Ela sentiu a mandíbula travar involuntariamente em uma terceira recusa cerimoniosa. Mas o barão disse:

— Espero a senhora e sua tripulação, sem pressa, antes das sete.

A prancha discoide afastou-se pela passagem. Rydra olhou para a rampa onde sua nave aguardava, a silhueta contra a falsa noite. Sua prancha começou a acertar a inclinação de volta para a *Rimbaud*.

— Bem — disse ela para o pequeno cozinheiro albino que acabara de sair de sua bandagem de pressão no dia anterior —, você está de folga hoje à noite. Coruja, a tripulação vai sair para jantar. Veja se consegue repassar maneiras à mesa com os garotos... garanta que todos saibam com qual faca comer suas ervilhas e tudo mais.

— O garfo de salada é o pequeno do lado de fora — anunciou Coruja suavemente, voltando-se para o pelotão.

— E o pequeno do lado de fora dele? — perguntou Allegra.
— É para as ostras.
— Mas e se não servirem ostras?
Flop esfregou o lábio inferior com o nó do polegar.
— Acho que você poderia palitar os dentes com ele.
Brass pousou uma pata no ombro de Rydra.
— Como se sente, Cabitã?
— Como um porco sobre uma fogueira.
— Parece meio acabada... — começou Calli.
— Acabada? — perguntou ela.
—... de exaustão — terminou ele, intrigado.

— Talvez eu esteja trabalhando demais. Somos convidados do barão Ver Dorco esta noite. Acho que todos podemos relaxar um pouco lá.

— Ver Dorco? — perguntou Mollya.

— Ele está no comando da coordenação de vários projetos de pesquisa contra os Invasores.

— É aqui que fazem todas as maiores e melhores armas secretas? — questionou Ron.

— Também fazem armas menores e mais fatais. Imagino que será uma experiência instrutiva.

— Essas tentativas de sabotagem — disse Brass. Ela lhes dera uma ideia aproximada do que estava acontecendo. — Uma bem-sucedida aqui nos Estaleiros de Guerra boderia ser bem ruim bara nossos esforços contra os Invasores.

— É o golpe mais certeiro que poderiam tentar, fora plantar uma bomba no próprio Quartel-General da Aliança Administrativa.

— Você vai conseguir impedi-lo? — perguntou Coruja.

Rydra deu de ombros, voltando-se para as ausências fervilhantes da tripulação desincorporada.

— Tenho algumas ideias. Vejam, vou pedir a vocês que sejam um tanto inamistosos esta noite e espionem um pouco. Olho, quero que fique na nave e cuide para que seja o único aqui. Ouvido, assim que sairmos para ir à casa do barão, fique invisível e, a partir daí, não se afaste mais de dois metros de mim até voltarmos à nave. Nariz, você vai ser o mensageiro. Tem alguma coisa acontecendo, e não estou gostando disso. Não sei se é minha imaginação ou o quê.

O Olho falou algo sinistro. Normalmente, os incorporados só podiam conversar com pessoas desincorporadas – e lembrar da conversa – com um equipamento especial. Rydra resolveu o problema traduzindo imediatamente o que lhe falavam para o basco antes que as fracas sinapses se rompessem. Embora as palavras originais se perdessem, a tradução permanecia: "aquelas placas de circuito quebradas não eram sua imaginação", foi a essência do basco que havia retido.

Ela olhava para a tripulação com desconforto persistente. Se um dos garotos ou dos oficiais fosse apenas psicoticamente destrutivo, isso apareceria em seu índice de psique. Havia, entre eles, alguém deliberadamente destrutivo consciente. Doía, como uma farpa não localizável na sola do pé que espetava às vezes com o peso do caminhar. Ela se lembrou de como ela os havia buscado pela noite. Orgulho. Orgulho agitado pelo modo como suas funções se mesclavam enquanto moviam sua nave através das estrelas. A agitação era a expectativa aliviada por conta de tudo o que poderia dar errado com a máquina-chamada-nave se a máquina-chamada-equipe não fosse coesa e precisa. Orgulho tranquilo em outra parte da mente, na facilidade com que se moviam um pelo outro: os garotos, inexperientes tanto na vida como no trabalho; os adultos, tão próximos de situações de pressão que poderiam ter lesado sua eficiência polida e criado lascas psíquicas para alfinetar uns aos outros. Mas ela os escolhera; e a nave, seu mundo, era um belo lugar para caminhar, trabalhar, viver, pela duração de uma jornada.

Mas havia um traidor.

Aquilo tirava alguma coisa do lugar. *Em algum lugar no Éden, agora...* ela lembrou, novamente examinando a tripulação. *Em algum lugar no Éden, agora, um verme, um verme.* Aquelas placas rachadas lhe diziam: o verme queria destruir não só ela, mas a nave, sua tripulação e seu conteúdo, lentamente. Sem lâminas mergulhadas na noite, sem tiro disparado de um canto, sem cordão preso na garganta quando ela entrasse em uma cabine escura. Babel-17, quão boa seria essa língua para negociar a própria vida?

— Coruja, o barão quer que eu vá primeiro para ver alguns de seus mais recentes métodos de massacre. Chegue lá com os garotos cedo, em um horário decente, tudo bem? Estou saindo agora. Olho e Ouvido, venham a bordo.

— Certinho, capitã — disse o Coruja.

A tripulação desincorporada se desperceptualizou.

Ela encostou a prancha sobre a rampa de novo e se afastou dos oficiais e jovens trabalhadores, curiosa com a fonte de sua apreensão.

3

— **Armas grosseiras, não civilizadas.** — O barão apontou para a fileira de cilindros plásticos que aumentavam de tamanho ao longo do expositor. — É uma pena perder tempo com essas engenhocas desajeitadas. A pequena ali pode demolir uma área de cerca de 130 quilômetros quadrados. As grandes deixam uma cratera de 43 quilômetros de profundidade e 240 de diâmetro. Bárbaro. Não sou a favor de seu uso. Aquela à esquerda é mais sutil: explode uma vez com força suficiente para demolir um prédio de bom tamanho, mas a carcaça da bomba fica escondida e ilesa sob os escombros. Seis horas depois, explode de novo e causa o dano de uma bomba atômica de tamanho razoável. Isso dá às vítimas tempo suficiente para concentrar suas forças de recuperação, todos os tipos de trabalhadores de reconstrução, enfermeiras da Cruz Vermelha ou seja lá como os Invasores as chamam, muitos especialistas para determinar o tamanho do dano. Então, *bum*. Uma explosão protelada de hidrogênio e uma boa cratera de cinquenta ou sessenta quilômetros. Não causa tanto dano físico como a menor dessas outras, mas elimina muitos equipamentos e bons samaritanos intrometidos. Ainda assim, uma arma de criança. Eu as mantenho em minha coleção particular apenas para mostrar a eles que temos o básico.

Ela o seguiu pela arcada até o próximo corredor. Havia armários de arquivo ao longo da parede e uma única caixa expositora no centro da sala.

— Agora, eis aqui uma das que eu merecidamente me orgulho. — O barão foi até a caixa, e as paredes transparentes se abaixaram.

— O que… — perguntou Rydra —… é isso, exatamente?

— Com o que se parece?

— Um… pedaço de rocha.

— Um pedaço de metal — corrigiu o barão.

— É explosivo… ou especialmente rígido?

— Esse não explode — garantiu ele. — Sua resistência à tração é um pouco maior que a do titânio, mas temos plásticos muito mais resistentes.

Rydra começou a estender a mão, depois pensou em perguntar:

— Posso pegá-lo para examinar?

— Duvido que consiga — disse o barão. — Tente.

— O que vai acontecer?

— Veja por si mesma.

Ela estendeu a mão para pegar o objeto opaco. Sua mão se fechou no ar dois centímetros acima da superfície. Ela moveu os dedos para baixo para tocá-lo, mas eles se juntaram centímetros ao lado. Rydra franziu a testa.

Ela moveu a mão para a esquerda, mas parou do outro lado do estranho objeto.

— Só um momento. — O barão sorriu, pegou o fragmento. — Agora, se a senhora visse isso caído no chão, não pararia para olhar com mais atenção, pararia?

— Venenoso? — sugeriu Rydra. — É um componente de outra coisa?

— Não. — O barão virou o objeto na mão, pensativo. — Apenas altamente seletivo. E obediente. — Ele ergueu a mão. — Suponha que precisasse de uma arma — na mão do barão agora havia uma vibra-arma fina de um modelo de última geração que ela não tinha visto ainda — ou de um grifo. — Agora, ele estava com um grifo de trinta centímetros na mão. Ajustou a abertura. — Ou de um facão. — A lâmina brilhou quando agitou o braço para trás. — Ou de uma pequena besta. — Estava com um cabo de pistola e um arco de quase 25 centímetros. A mola, no entanto, estava retraída e retida com parafusos de seis centímetros. O barão puxou o gatilho (não havia flecha) e o *tum* do lançamento, seguido pelo contínuo *pinnnnng* da barra de tração vibrante, fez os dentes dela travarem.

— É uma espécie de ilusão — disse Rydra. — Por isso que eu não consegui tocá-lo.

— Um malho — disse o barão. Ele surgiu em sua mão, um martelo com uma cabeça particularmente grossa. Ele o bateu contra o assoalho da vitrine que continha a "arma" com um clangor estridente. — Aí está.

Rydra viu o entalhe circular deixado pela cabeça do martelo. Em relevo estava a forma fraca do escudo de Ver Dorco. Ela passou a ponta dos dedos sobre o metal marcado, ainda quente pelo impacto.

— Sem ilusão — disse o barão. — Aquela besta faz uma flecha de quinze centímetros atravessar sete centímetros de carvalho a trinta e cinco metros de distância. E a vibra-arma... tenho certeza de que a senhora sabe o que *ela* consegue fazer.

Ele segurou o... era um pedaço de metal de novo... sobre seu suporte na caixa.

— Coloque de volta ali para mim.

Ela esticou a mão embaixo dele, e ele soltou o objeto. Os dedos dela fecharam-se para agarrá-lo. Mas a coisa estava de novo no suporte.

— Nada de abracadabra. Apenas seletivo e... obediente.

Ele tocou a borda da caixa, e as laterais plásticas se fecharam sobre o suporte.

— Um brinquedo inteligente. Vamos ver outra coisa.

— Mas como aquilo funciona?

Ver Dorco sorriu.

— Conseguimos polarizar ligas dos elementos mais pesados para que existissem apenas em certas matrizes perceptivas. Caso contrário, eles se desviam. Significa que, exceto visualmente, e podemos anular isso também, é indetectável. Sem peso, sem volume; tudo o que tem é inércia. O que significa simplesmente que, se carregá-lo a bordo de qualquer embarcação de hiperestase, você deixará seus controles de acionamento fora de operação. Duas ou três gramas disso, em qualquer lugar perto do sistema de inércia-estase, criam todo o tipo de tensão inesperada. Essa é a sua principal função. Se plantarmos isso a bordo das naves dos Invasores, poderemos parar de nos preocupar com eles. O restante… é brincadeira de criança. Uma propriedade inesperada da matéria polarizada é a memória de tração. — Eles foram na direção de uma arcada na sala ao lado. — Se enrijecida em qualquer formato por um tempo e codificada, a estrutura dessa forma é retida nas moléculas. Em qualquer ângulo na direção em que a matéria foi polarizada, cada molécula tem movimento completamente livre. Se a agitar, ela se encaixará naquela estrutura como um boneco de borracha voltando à forma. — O barão olhou para a caixa. — Simples, na verdade. Ali — ele apontou para os armários de arquivo ao longo da parede — está a verdadeira arma: aproximadamente três mil projetos individuais que se incorporam naquele pequeno objeto polarizado. A "arma" é o conhecimento do que fazer com o que você tem. No combate corpo-a-corpo, um fio de vanádio de quinze centímetros de comprimento pode ser fatal. Inserido diretamente no canto interno do olho, perfurando diagonalmente os lobos frontais, e em seguida descendo rapidamente, perfura o cerebelo, causando paralisia geral; empurre completamente e ele rasga a articulação da medula espinhal e da medula: morte. Pode usar o mesmo pedaço de fio para causar curto em uma unidade de comunicações Tipo 27-QX, que é o tipo atualmente usado nos sistemas de estase dos Invasores.

Rydra sentiu os músculos ao longo da coluna ficarem tensos. A repulsa que ela reprimira até agora voltou como uma inundação.

— Essa próxima demonstração vem dos Bórgia. Os Bórgia — ele riu — é meu apelido para nosso departamento de toxicologia. De novo, alguns produtos terrivelmente grosseiros. — Ele pegou um frasco de vidro selado de uma prateleira. — Toxina da difteria pura. Suficiente aqui para tornar fatal o reservatório de água de uma cidade de bom tamanho.

— Mas o procedimento padrão de vacinação... — começou Rydra.

— Toxina da difteria, minha cara. Toxina! Sabe, quando as doenças contagiosas eram um problema, eles examinavam os cadáveres das vítimas da difteria e descobriam apenas algumas centenas de milhares de bacilos, todos na garganta da vítima. Em nenhum outro lugar. Com qualquer tipo de bacilo, basta uma infecção para causar uma pequena tosse. Demorou anos para descobrirem o que estava acontecendo. Esse pequeno número de bacilos produzia uma quantidade ainda menor de uma substância que ainda é o composto orgânico natural mais mortal que conhecemos. A quantia necessária para matar um homem, e eu diria até trinta ou quarenta homens, é, para todos os efeitos práticos, indetectável. Até agora, mesmo com todos os nossos avanços, a única maneira de obtê-lo era a partir de um bacilo da difteria disposto a colaborar. Os Bórgia mudaram isso. — Ele apontou para outra garrafa. — Cianureto, o velho companheiro! Por outro lado, o cheiro revelador de amêndoas... Está com fome? Podemos subir para uns aperitivos sempre que desejar.

Ela fez que não com a cabeça de um jeito rápido e firme.

— Agora, esses são deliciosos. Catalisadores. — Ele estendeu a mão de um frasco para o próximo. — Daltonismo, cegueira total, surdez tonal, surdez completa, ataxia, amnésia e assim por diante. — Ele abaixou a mão e sorriu como um roedor faminto. — E todos controlados por isto. Veja, o problema de qualquer coisa com um efeito muito específico é a necessidade de se introduzir quantidades comparativamente grandes dela. Tudo isso requer pelo menos um décimo de grama ou mais. Então, catalisadores. Nada do que eu mostrei à senhora teria qualquer efeito, mesmo que engolisse o frasco todo. — Ele ergueu o último recipiente que apontou e apertou um botão na ponta, e houve um leve chiado de gás escapando. — Até agora. Um esteroide atomizado perfeitamente inofensivo.

— Exceto que ele ativa os venenos aqui para produzir... esses efeitos?

— Exatamente — sorriu o barão. — E o catalisador pode estar em doses quase tão microscópicas quanto a toxina da difteria. O conteúdo do frasco azul vai lhe dar uma leve dor de estômago e pequenas dores de cabeça por meia hora. Nada mais. O verde ao lado: atrofia cerebral total durante um período de uma semana. A vítima se transforma em um vegetal vivo pelo resto da vida. O púrpura: morte. — Ele ergueu as mãos com as palmas para cima e riu. — Estou faminto. — As mãos caíram. — Vamos subir para jantar?

Pergunte a ele o que há naquela sala lá adiante, ela disse a si mesma, e teria descartado a curiosidade passageira, mas estava pensando em basco: era uma mensagem de seu guarda-costas desincorporado, invisível ao lado dela.

— Quando eu era criança, barão — ela avançou em direção à porta —, logo depois que vim para a Terra, me levaram ao circo. Foi a primeira vez que vi tantas coisas tão fascinantes tão juntas. Eu não ia para casa até quase uma hora depois de eles terem a intenção de partir. O que o senhor tem naquela sala?

Surpresa no pequeno movimento nos músculos da testa.

— Me mostre.

Ele inclinou a cabeça em uma aquiescência zombeteira e semiformal.

— A guerra moderna pode ser travada em tantos níveis deliciosamente diferentes — continuou ele, voltando para o lado dela como se nenhuma interrupção do passeio tivesse sido sugerida. — Uma pessoa ganha a batalha, garantindo que suas tropas tenham bacamartes e machados de batalha suficientes como os que você viu na primeira sala; ou quinze centímetros de fio de vanádio bem-colocado em uma unidade de comunicações Tipo 27-QX. Com as devidas ordens proteladas, o encontro nunca acontece. Armas de luta corpo a corpo, kit de sobrevivência, além de treinamento, espaço e alimentação: três mil créditos por estelar alistado durante um período de dois anos de serviço ativo. Uma guarnição de mil e quinhentos homens equivale a quatro milhões e quinhentos de créditos. Essa mesma guarnição viverá e lutará em três naves de batalha de hiperestase que, totalmente equipadas, giram cerca de um milhão e meio de créditos cada uma, um desembolso total de nove milhões de créditos. Gastamos, às vezes, talvez no máximo um milhão na preparação de um único espião ou sabotador. E isso é bem mais alto que o normal. E não consigo acreditar que um fio de vanádio de quinze centímetros de comprimento custe um terço de um centavo. A guerra é cara. E, embora tenha levado algum tempo, o Quartel-General da Aliança Administrativa está começando a perceber que a sutileza vale a pena. Por aqui, sra.... capitã Wong.

Mais uma vez estavam em uma sala com apenas uma única caixa de mostruário, mas essa tinha dois metros de altura.

Uma estátua, pensou Rydra. Não, é carne de verdade, com detalhes de músculo e articulação; não, deve ser uma estátua porque um corpo humano morto ou em animação suspensa não parece tão... vivo. Apenas a arte poderia produzir essa vitalidade.

— Então, veja, o espião adequado é muito importante. — Embora a porta tivesse se aberto automaticamente, o barão segurou-a com a mão em polidez residual. — Este é um dos nossos modelos mais caros. Ainda bem abaixo de um milhão de créditos, mas um dos meus favoritos... embora, na prática, ele tenha suas falhas. Com algumas pequenas alterações, gostaria de fazer dele uma parte permanente de nosso arsenal.

— Um modelo de espião? — perguntou Rydra. — Algum tipo de robô ou androide?

— Nada disso. — Eles se aproximaram da caixa expositora. — Fizemos meia dúzia de TW-55. Foi necessária a busca genética mais exigente. A ciência médica progrediu tanto que todo tipo de dejeto humano sem esperança vive e se reproduz a uma velocidade assustadora... criaturas inferiores que teriam sido fracas demais para sobreviver a um punhado de séculos atrás. Escolhemos nossos pais com cuidado e, depois, com a inseminação artificial, recebemos nossa meia dúzia de zigotos, três do sexo masculino e três do sexo feminino. Nós os criamos em, hum, um ambiente de nutrientes cuidadosamente controlado, acelerando a taxa de crescimento com hormônios e outras coisas. Mas a beleza disso era a estampagem experiencial. Criaturas maravilhosamente saudáveis; a senhora não tem ideia de quanto cuidado receberam.

— Passei um verão em uma fazenda de gado — disse rapidamente Rydra.

O meneio de cabeça do barão foi enérgico.

— Tínhamos usado as estampagens experienciais antes, então sabíamos o que estávamos fazendo. Mas nunca para sintetizar completamente a situação da vida de, digamos, um humano de dezesseis anos. Dezesseis foi a idade fisiológica a que os levamos em seis meses. Olhe a senhora mesma como é um esplêndido exemplar. Os reflexos são cinquenta por cento superiores aos de um ser humano envelhecido normalmente. A musculatura humana é belamente projetada: com fome de três dias, um caso de miastenia grave com seis meses de atrofia, pode, com as drogas estimulantes adequadas, virar de cabeça para baixo um automóvel de tonelada e meia. Isso o mataria, mas ainda é uma eficiência notável. Pense no que o corpo biologicamente perfeito, operando a todo o momento com eficiência quase máxima, poderia realizar apenas com força física.

— Pensava que o estímulo de crescimento com hormônios tinha sido banido. Isso não reduz o tempo de vida em uma quantidade drástica?

— Na medida em que usamos, a redução da expectativa de vida é de setenta e cinco por cento ou mais. — Talvez ele pudesse ter sorrido da mesma maneira observando algum animal estranho em suas travessuras incompreensíveis. — Mas, senhora, estamos fazendo armas. Se TW-55 pode funcionar vinte anos com eficiência máxima, então terá ultrapassado a vida de um cruzador de batalha médio em cinco anos. Mas a estampagem experiencial! Para encontrar entre homens comuns alguém que possa operar como um espião, esteja *disposto* a operar como espião, é necessário procurar às margens da neurose, muitas vezes da psicose. Embora tais desvios possam significar força em uma área específica, sempre significa uma fraqueza geral na personalidade. Funcionando em qualquer área, menos nessa específica, um espião pode ser perigosamente ineficiente. E os Invasores também têm índices psíquicos, o que manterá o espião mediano fora de qualquer lugar em que possamos querer colocá-lo. Capturado, um bom espião é uma dúzia de vezes mais perigoso que um ruim. Sugestões de suicídio pós-hipnótico e afins são facilmente contornadas com drogas; e são um desperdício. O TW-55 aqui se registrará como perfeitamente normal em uma integração psíquica. Ele tem cerca de seis horas de conversa social, sinopse dos romances mais recentes, situações políticas, música, crítica de arte... creio que, no decorrer de uma noite, ele está programado para mencionar duas vezes o nome da senhora, uma honra compartilhada apenas com Ronald Quar. Ele tem um assunto sobre o qual pode fazer exposições com perspicácia erudita por uma hora e meia... o deste, creio eu, é "agrupamentos de haptoglobina entre os marsupiais". Coloque-o em trajes formais e ele estará perfeitamente em casa em um baile de embaixadores ou no coffee break de uma conferência governamental de alto nível. É um assassino de primeira, especialista em todas as armas que você viu até agora e muito mais. O TW-55 tem doze horas de episódios em quatorze dialetos, sotaques ou jargões diferentes relativos a conquistas sexuais, experiências de jogos de azar, escaramuças e anedotas engraçadas sobre empreendimentos semi-ilegais que tiveram um fracasso retumbante. Rasgue sua camisa, esfregue graxa em seu rosto e vista um macacão nele, e ele poderá ser um mecânico em qualquer um das centenas de estaleiros e centros estelares do outro lado da Divisão. Pode desativar qualquer sistema propulsor espacial, componentes de comunicação, radares ou sistema de alarme usado pelos Invasores nos últimos vinte anos, com pouco mais que…

— Quinze centímetros de fio de vanádio?

O barão sorriu.

— Ele consegue alterar à vontade suas impressões digitais e padrão de retina. Uma pequena cirurgia neural tornou todos os músculos de seu rosto voluntários, o que significa que ele pode alterar drasticamente sua estrutura facial. Corantes químicos e bancos de hormônios sob o couro cabeludo permitem que pinte seu cabelo em segundos ou, se necessário, faça com que caia completamente e produza um novo lote em meia hora. É um mestre comprovado na psicologia e fisiologia da coerção.

— Tortura?

— Se assim desejar. Ele é totalmente obediente às pessoas a quem foi condicionado a considerar seus superiores; totalmente destrutivo perante aquele que recebeu ordens de destruir. Não há nada nessa linda cabeça sequer parecida com superego.

— Ele é… — e ela se surpreendeu falando — lindo. — Os olhos negros com as pálpebras prestes a se abrir, trêmulas, as mãos largas penduradas sobre as coxas nuas, os dedos meio curvados, prestes a se endireitar ou se fechar em punho. A luz da caixa expositora estava enevoada sobre a pele bronzeada, mas quase translúcida. — O senhor está dizendo que este não é um modelo, mas que está realmente vivo?

— Ah, mais ou menos. Mas está firmemente fixado em algo como um transe de ioga ou a hibernação de um lagarto.

Poderia ativá-lo para a senhora... mas são dez para as sete. Não queremos deixar os outros esperando à mesa agora, não é?

Ela desviou o olhar da figura no vidro para a pele opaca e tensa do rosto do barão. Sua mandíbula, sob a bochecha levemente côncava, estava involuntariamente trabalhando em suas juntas.

— Como no circo — disse Rydra. — Mas estou mais velha agora. Vamos. — Foi necessária força de vontade para oferecer seu braço. A mão dele estava ressecada como papel e era tão leve que ela teve que se esforçar para não se retrair.

4

— CAPITÃ WONG! EU ESTOU ENCANTADA.

A baronesa estendeu a mão rechonchuda, de um tom rosa e cinza, sugerindo algo semicozido. Seus ombros inchados e sardentos erguiam-se sob as tiras de um vestido de gala de bom gosto em sua figura distendida, mas ainda grotesca.

— Temos tão pouca agitação aqui nos Estaleiros que, quando alguém tão distinta como a senhora nos faz uma visita... — Ela deixou a frase terminar no que seria um sorriso extasiado, mas o peso de suas bochechas pastosas o transformou em um pastiche porcino de si mesmo.

Rydra soltou os dedos macios e maleáveis tão depressa quanto a cortesia permitia e retribuiu o sorriso. Lembrou-se, quando pequena, de ser obrigada a não chorar durante um castigo. Ter que sorrir era pior. A baronesa assemelhava-se a um silêncio abafado, amplo e vazio. As pequenas mudanças musculares, aquelas contra-comunicações com as quais estava acostumada na conversa direta, ficavam embotadas sob a gordura da baronesa. Mesmo que a voz viesse de lábios pesados em gritinhos estridentes, era como se conversassem entre cobertores.

— Mas sua tripulação! Queríamos que todos estivessem presentes... vinte e um, isso é tripulação completa. — Ela balançou o dedo em desaprovação condescendente. — Li sobre essas coisas, sabe. E há apenas dezoito de vocês aqui.

— Achei que os membros desincorporados poderiam permanecer na nave — explicou Rydra. — É necessário um equipamento especial para conversar com eles, e achei que poderiam perturbar os outros convidados. Na verdade, ficam mais contentes entre os seus, e eles não comem.

Estão comendo cordeiro assado de jantar e você vai para o inferno por mentir, ela comentou consigo mesma... em basco.

— Desincorporados? — A baronesa apalpou a complexidade laqueada de seu cabelo alto com touca. — A senhora quer dizer mortos? Ah, claro. Não tinha nem pensado nisso. Vê como estamos distantes uns dos outros neste mundo? Vou pedir para tirarem os lugares deles. — Rydra ponderou se o barão tinha um equipamento de detecção de desincorporados operando enquanto a baronesa se inclinava para ela e sussurrava em confidência: — Sua tripulação encantou a todos! Vamos entrar?

Com o barão à sua esquerda – a palma da mão era um pergaminho encaixado no antebraço – e a baronesa recostada à direita – ofegante e úmida –, eles saíram do vestíbulo de pedra branca para o corredor.

— Ei, capitã! — berrou Calli, caminhando na direção deles do outro lado do salão, a um quarto de distância. — Este lugar é muito bonito, hein? — Com os cotovelos, ele apontou o salão lotado, em seguida, ergueu o copo para mostrar o tamanho de sua bebida. Franziu os lábios e meneou a cabeça com aprovação. — Vou lhe arranjar um desses, capitã. — Nesse momento, ele ergueu um punhado de minúsculos sanduíches, azeitonas recheadas com fígado e ameixas secas embrulhadas em bacon. — Tem um cara com uma bandeja inteira cheia correndo por aí. — Ele apontou novamente com o cotovelo. — Senhora, senhor — ele olhou da baronesa para o barão —, posso pegar um pouco para os senhores também? — Ele pôs um dos sanduíches na boca e o cobriu com um gole do copo. — *Hum, gulp.*

— Vou esperar até que ele venha até aqui — disse a baronesa.

Achando graça, Rydra olhou para a anfitriã, mas havia um sorriso, de um tamanho muito mais adequado, serpenteando por suas feições carnudas.

— Espero que o senhor goste deles.

Calli engoliu.

— Gosto. — Então, ele fez uma careta, cerrou os dentes, abriu os lábios e balançou a cabeça. — *Menos* esses muito salgados com o peixe. Não gostei nem um pouco deles, senhora. Mas o restante está bom.

— Vou lhe dizer uma coisa. — A baronesa inclinou-se para frente, o sorriso se desintegrando em uma risadinha que sacudiu o peito. — Eu também nunca gostei de verdade dos salgados!

Ela olhou de Rydra para o barão com um dar de ombros fingido.

— Mas somos tiranizados pelos serviços de bufê hoje em dia, o que se pode fazer?

— Se eu não gostasse deles — disse Calli, inclinando a cabeça para o lado com determinação —, diria para não trazerem nenhum!

A baronesa olhou para trás com as sobrancelhas erguidas.

— Sabe de uma coisa? O senhor tem toda a razão! É exatamente isso o que vou fazer! — Seu olhar atravessou Rydra e foi direto para o marido dela. — É justamente o que eu vou fazer, Felix, da próxima vez.

Um garçom com uma bandeja de copos disse:

— Gostaria de beber alguma coisa?

— Ela não quer um daqueles pequeninos — disse Calli, apontando para Rydra. — Arranje um grande como o que peguei.

Rydra riu.

— Acho que preciso ser uma dama esta noite, Calli.

— Bobagem! — vozeou a baronesa. — Quero um grande também. Agora, vamos ver, eu botei o bar em algum lugar por ali, não foi?

— Foi lá que eu o vi da última vez — disse Calli.

— Estamos aqui para nos divertir esta noite, e ninguém vai se divertir com um *desses*. — Ela agarrou o braço de Rydra e falou ao marido — Felix, seja sociável — e carregou Rydra consigo. — Aquele é o dr. Keebling. A mulher com o cabelo descolorido é a dra. Crane, e aquele é meu cunhado, Albert. Vou apresentá-la quando voltarmos. São todos colegas do meu marido. Trabalham com ele naquelas coisas terríveis que ele estava lhe mostrando no porão. Gostaria que ele não guardasse sua coleção particular em casa. É medonho. Estou sempre com medo de que uma daquelas coisas suba até aqui no meio da noite e corte nossas cabeças. Acho que ele está tentando compensar o filho dele. A senhora sabe que perdemos nosso garotinho, Nyles... acho que faz oito anos. Desde então, Felix tem se dedicado totalmente ao trabalho. Mas essa é uma explicação terrivelmente simplória, não é? Capitã Wong, a senhora nos acha absurdamente provincianos?

— De jeito nenhum.

— Pois deveria. Mas a senhora não conhece nenhum de nós bem, não é? Ah, os jovens brilhantes que vêm aqui, com suas imaginações vivas, brilhantes. Não fazem nada o dia todo além de pensar em maneiras de matar. É uma sociedade terrivelmente plácida, na verdade. Mas por que não deveria ser? Todas as agressões são descarregadas das nove às cinco. Ainda assim, acho que isso causa alguma coisa na nossa cabeça. A imaginação deveria ser usada para outra coisa que não fosse ponderar assassinatos, não acha?

— Acho. — A preocupação cresceu na mulher pesada.

Só então foram paradas pelos convidados agrupados.

— O que está acontecendo aqui? — perguntou a baronesa. — Sam, o que eles estão fazendo aí?

Sam sorriu, recuou, e a baronesa se enfiou no espaço, ainda segurando o braço de Rydra.

— Segure alguns aqui!

Rydra reconheceu a voz de Lizzy. Alguém mais se moveu, e ela conseguiu ver. Os garotos da Turbina tinham aberto um espaço de três metros e o guardavam como uma polícia juvenil. Lizzy estava agachada com três garotos que, pelas suas vestes, eram da pequena nobreza local de Armsedge.

— O que vocês precisam entender — ela estava dizendo — é que o importante mesmo é o pulso. — Ela lançou uma das bolinhas com a unha do polegar: ela bateu na primeira, depois em outra, e uma das atingidas bateu em uma terceira.

— Ei, faça isso de novo!

Lizzy pegou outra bolinha de gude.

— Só um nó do dedo no chão, agora, para você conseguir girar. Mas é principalmente o pulso.

A bolinha disparou, bateu, bateu e bateu. Cinco ou seis pessoas aplaudiram. Rydra foi uma delas.

A baronesa tocou o próprio peito.

— Jogada adorável! Perfeitamente adorável! — Ela recuperou a compostura e olhou para trás. — Ah, você precisa assistir isso aqui, Sam. Quer dizer, você é o especialista em balística. — Com um constrangimento educado, ela abriu espaço e se virou para Rydra enquanto eles continuavam pelo recinto. — Isso. Isso, por isso fico tão feliz que a senhora e sua equipe tenham vindo à nossa casa hoje. Vocês trazem algo tão bacana e agradável, cheio de frescor, bem suculento.

— A senhora fala de nós como se fôssemos uma salada. — Rydra riu. Na baronesa, o "apetite" não era tão ameaçador.

— Eu me atrevo a dizer que se vocês ficassem aqui tempo suficiente nós devoraríamos vocês, se nos permitissem. Temos muita fome daquilo que vocês trazem.

— Do quê?

Chegaram ao balcão e se viraram com as bebidas. O rosto da baronesa começou a se enrijecer.

— Bem, vocês... vocês vêm até nós, e imediatamente começamos a aprender coisas, coisas sobre vocês e, por fim, sobre nós mesmos.

— Não entendo.

— Olhe seu Navegador. Ele gosta de bebidas grandes e de todos os canapés, menos das anchovas. É mais do que eu sei sobre os gostos de qualquer outra pessoa na sala. Você oferece uísque escocês, eles bebem uísque escocês. Você oferece tequila, então eles tomam tequila aos litros. E só um momento atrás eu descobri — ela balançou a mão indiferente — que o importante é o pulso. Nunca soube *disso* antes.

— Estamos acostumados a conversar.

— Sim, mas vocês conversam sobre coisas importantes. Do que gostam, do que não gostam, como fazem as coisas. A senhora realmente quer conhecer todos aqueles homens e mulheres enfadonhos que matam pessoas?

— Na verdade, não.

— Não achei que quisesse. E eu também não quero me dar a esse trabalho. Ah, há três ou quatro aqui que acho que a senhora gostaria de conhecer. Mas providencio as apresentações antes de a senhora ir embora. — Ela entrou no emaranhado de pessoas.

Marés, pensou Rydra. Oceanos. Correntes de hiperestase. Ou o movimento de pessoas em um salão. Ela percorreu os caminhos menos resistentes, que se abriam e depois se fechavam quando alguém se movia para encontrar alguém, pegar uma bebida, sair de uma conversa.

Então, lá estava uma escada de canto, em caracol. Ela subiu, parando quando deu a segunda volta para observar a multidão lá embaixo. Havia uma porta dupla entreaberta no topo, uma brisa. Ela saiu.

O violeta havia sido substituído por um púrpura astuto e cheio de nuvens. Logo o cromadomo do planetoide simularia a noite. A vegetação úmida contornava o corrimão. Em uma extremidade, as trepadeiras cobriam completamente a pedra branca.

— Capitã?

Ron, encoberto e rodeado de folhas, estava sentado no canto da varanda, abraçando os joelhos. A pele não é prateada, pensou ela, ainda assim, sempre que o vejo desse jeito, enroscado em si mesmo, imagino um nó de metal branco. Ele ergueu o queixo das rótulas e se recostou contra a sebe verdejante de modo que as folhas caíssem em seu cabelo loiro sedoso.

— O que está fazendo?

— Gente demais.

Ela fez que sim com a cabeça, observando-o abaixar os ombros, observando o tríceps pular sobre o osso, depois parar. A cada respiração no jovem corpo nodoso, os pequenos movimentos cantavam para ela. Ela escutou o canto por quase meio minuto enquanto ele a observava, sentado imóvel, mas sempre com pequenos encantos. A rosa em seu ombro sussurrava contra as folhas. Depois que ouviu a música muscular por um tempo, ela perguntou:

— Problemas entre você, Mollya e Calli?

— Não. Quer dizer… só que…

— Só quê? — Ela sorriu e se recostou na borda da varanda.

Ele apoiou o queixo nos joelhos novamente.

— Acho que eles estão bem. Mas eu sou o mais novo... e... — De repente, os ombros se ergueram. — Como é que você entenderia, caramba! Claro, a senhora sabe dessas coisas, mas não sabe *de verdade*. Escreve o que vê. Não o que faz. — As palavras saíram em pequenas explosões de som meio sussurrado. Ela ouviu as palavras e observou o músculo da mandíbula se torcer, bater e estalar, como um animalzinho dentro da bochecha. — Pervertidos — disse ele. — Isso é o que vocês, Alfândegas, acham de verdade. O barão e a baronesa, todas aquelas pessoas ali olhando para nós, que não conseguem entender por que seria possível querer mais de um amante. E a senhora também não consegue entender.

— Ron?

Ele prendeu os dentes em uma folha e arrancou-a do caule.

— Cinco anos atrás, Ron, eu estava em... um trio.

O rosto virou-se para ela como se puxasse uma mola, depois a soltasse. Ele cuspiu a folha.

— A senhora é Alfândega, capitã. Circula no Transporte, mas do jeito que a senhora deixa eles te comerem com os olhos, a maneira como eles se viram e observam para ver quem é quando a senhora passa: a senhora é uma Rainha, sim. Mas uma Rainha na Alfândega. Não é Transporte.

— Ron, sou uma pessoa pública. Por isso eles olham. Escrevo livros. As pessoas da Alfândega os leem, sim, mas olham porque querem saber quem raios os escreveu. A Alfândega não os escreveu. Eu falo com a Alfândega, e a Alfândega olha para mim e diz: “Você é Transporte”. — Ela deu de ombros. — Não sou nenhum dos dois. Mas, de qualquer forma, eu estive em um trio. Sei como é.

— Alfândegas não fazem trios — disse ele.

— Dois caras e eu. Se eu fizer de novo, será com uma garota e um cara. Para mim, seria mais fácil, eu acho. Mas permaneci em trio por três anos. É mais que o dobro do tempo em que você esteve.

— O seu não colou, então. O nosso colou. Pelo menos estava colando com a Cathy.

— Um foi morto — disse Rydra. — Um deles está em animação suspensa no Hospital Geral Hipócrates, esperando que descubram uma cura para a doença de Caulder. Não acho que vai ser durante a minha vida, mas se for… — No silêncio ele se virou para ela. — O que foi? — perguntou ela.

— Quem eram eles?

— Alfândega ou Transporte? — Ela deu de ombros. — Como eu, nem um, nem outro. Fobo Lombs, ele era capitão de um transporte interestelar; foi ele quem me fez passar nos testes e conseguir meus documentos de capitã. Também trabalhou no planeta em pesquisas de hidroponia, buscando métodos de armazenamento para transporte hiperestático. Quem ele era? Era um homem esbelto e loiro e maravilhosamente carinhoso que bebia demais às vezes; e voltava de uma viagem e ficava bêbado e se metia em uma briga e ia para a cadeia e nós tínhamos que socorrê-lo… na verdade, isso só aconteceu duas vezes. Mas nós enchemos o saco dele com isso por um ano. E ele não gostava de dormir no meio da cama porque sempre queria deixar um braço pendurado.

Ron riu e suas mãos, agarrando os ombros, deslizaram para os pulsos.

— Ele foi morto em um desmoronamento ao explorar as Catacumbas de Ganimedes durante o segundo verão em que nós três trabalhamos juntos na Pesquisa Geológica Joviana.

— Como Cathy — disse Ron depois de um momento.

— Muels Aranlyde era...

— *Estrela Imperial...?* — disse Ron, arregalando os olhos. — E o restante dos livros do Cometa Jo! Você estava em um trio com Muels Aranlyde?

Ela meneou a cabeça.

— Esses livros eram muito divertidos, não eram?

— Caramba, devo ter lido todos eles — disse Ron. Seus joelhos se separaram. — Como ele era? Era parecido com o Cometa?

— Na realidade, Cometa Jo era para ser o Fobo. Fobo se envolvia em uma coisa ou outra, eu ficava chateada e Muels começava outro romance.

— Você quer dizer que são tipo... histórias de *verdade*?

Ela fez que não com a cabeça.

— A maioria dos livros são apenas coisas fantásticas que poderiam ter acontecido ou que temíamos poderem ter acontecido. O próprio Muels? Nos livros, ele sempre se disfarça de computador. Era obscuro, retraído, incrivelmente paciente e incrivelmente gentil. Ele me ensinou tudo sobre frases e parágrafos. Você sabia que a unidade de emoção na escrita é o parágrafo? E me ensinou como separar o que você pode dizer do que pode sugerir e quando fazer um ou outro... — Ela parou. — Então ele me dava um manuscrito e dizia: "Agora você me diz o que há de errado com as palavras". A única coisa que eu conseguia determinar era que eram palavras demais. Foi logo depois que Fobo foi morto que realmente me dediquei à minha poesia. Muels costumava me dizer que, se eu o fizesse, seria ótima porque eu sabia muito sobre seus elementos para começar. Tive que escrever alguma coisa na época, porque Fobo estava... mas você sabe disso. Muels pegou a doença de Caulder cerca de quatro meses depois. Nenhum deles viu meu primeiro livro, embora tivessem visto a maioria dos poemas. Talvez algum dia Muels os leia. Talvez até escreva um pouco mais das aventuras do Cometa Jo... e talvez até mesmo vá ao Necrotério, recupere meu padrão de pensamento e peça: "Agora me diga o que há de errado com as palavras"; e eu vou poder dizer muito mais para ele, muito mais. Mas não vai ter restado nenhuma consciência... — Ela se sentiu pairando em direção às emoções perigosas, deixando-as chegar tão perto quanto podiam. Perigosas ou não, fazia três anos que suas emoções a assustavam demais para vigiá-las. —... muito mais.

Ron estava sentado de pernas cruzadas agora, antebraços nos joelhos, mãos pendendo.

— *Estrela Imperial* e Cometa Jo... nos divertimos muito com essas histórias, fosse discutindo sobre elas a noite toda tomando café, revisando provas ou entrando nas livrarias e tirando-os detrás de outros livros.

— Eu costumava fazer isso também — disse Ron. — Mas só porque eu gostava deles.

— Nós até nos divertimos discutindo sobre quem dormiria no meio.

Foi como uma deixa. Ron começou a se ajeitar, os joelhos se erguendo, os braços em volta deles, o queixo abaixado.

— Tenho os meus dois, pelo menos — disse ele. — Acho que eu deveria estar muito feliz.

— Talvez devesse. Talvez não devesse. Eles amam você?

— Foi o que me disseram.

— Você os ama?

— Meu Deus, sim. Converso com Mollya, e ela tenta explicar algo para mim e ainda não fala tão bem, mas de repente entendo o que ela quer dizer e... — Ele endireitou o corpo e olhou para cima como se a palavra que procurava estivesse em algum lugar alto.

— É maravilhoso — concluiu ela.

— Sim, é... — Ele olhou para ela. — É maravilhoso.

— Você e Calli?

— Caramba, Calli é apenas um grande urso velho, e eu posso jogar ele de um lado pro outro e brincar com ele. Mas é ele e Mollya. Ele ainda não consegue entendê-la tão bem. E como sou o mais novo, ele acha que deveria aprender mais rápido que eu. E não aprende, então se mantém longe de nós dois. Agora, como eu digo, quando ele fica de bom humor, sempre consigo lidar com ele. Mas ela é nova e acha que ele está bravo com ela.

— Quer saber o que fazer? — perguntou Rydra depois de um momento.

— A senhora sabe?

Ela assentiu com a cabeça.

— Dói mais quando há algo errado entre eles porque não parece haver nada que você possa fazer. Mas é mais fácil de consertar.

— Por quê?

— Porque eles amam você.

Ele estava esperando agora.

— Calli fica com um humor daqueles, e Mollya não sabe como chegar até ele.

Ron assentiu com a cabeça.

— Mollya fala outra língua, e Calli não consegue superar isso.

Ele assentiu com a cabeça novamente.

— Agora, você consegue fazer com que os dois se comuniquem. Não pode agir como um intermediário, isso nunca funciona. Mas pode ensinar a cada um deles como fazer o que você já sabe.

— Ensinar...?

— O que você faz com Calli quando ele fica mal-humorado?

— Eu puxo as orelhas dele — disse Ron. — Ele me diz para parar até que começa a rir, e então eu rolo ele no chão.

A expressão de Rydra mudou.

— É pouco ortodoxo, mas se funciona, tudo bem. Agora mostre a Mollya como se faz. Ela é atlética. Deixe que ela pratique em você até que acerte, se for necessário.

— Não gosto que puxem minhas orelhas — disse Ron.

— Às vezes é preciso fazer sacrifícios. — Ela tentou não sorrir, mas sorriu de qualquer maneira.

Ron esfregou o lóbulo da orelha esquerda com o polegar.

— Acho que sim.

— E você tem que ensinar a Calli as palavras para chegar até Mollya.

— Mas, às vezes, eu mesmo não sei as palavras. Consigo apenas adivinhar melhor do que ele.

— Se ele soubesse as palavras, ajudaria?

— Claro.

— Tenho livros de gramática suaíli na minha cabine. Pegue-os quando voltarmos à nave.

— Olha, isso seria bom... — Ele parou, afastando-se apenas um pouco nas folhas. — Só que Calli não lê muito.

— Você vai ajudá-lo.

— Ensinar ele? — perguntou Ron.

— Exato.

— Acha que ele vai topar?

— Para se aproximar de Mollya? — perguntou Rydra. — Você acha?

— Ele vai. — Como metal se desentortando, Ron de repente se levantou. — Ele vai.

— Você vai entrar agora? — ela quis saber. — Vamos jantar em alguns minutos.

Ron virou-se para o parapeito e olhou para o céu vívido.

— Eles mantêm um escudo lindo aqui em cima.

— Para não serem queimados pela Bellatrix — comentou Rydra.

— Assim eles não precisam pensar no que estão fazendo.

Rydra ergueu as sobrancelhas. Ainda a preocupação com o certo e o errado, mesmo em meio à confusão doméstica.

— Isso também — disse ela e pensou na guerra.

Suas costas tensas lhe disseram que ele viria mais tarde, pois queria pensar um pouco mais. Ela passou as portas duplas e começou a descer as escadas.

— Vi você sair e pensei em esperar que voltasse lá para dentro.

Déjà vu, pensou ela. Mas ela não poderia tê-lo visto antes na vida. Cabelo preto azulado sobre um rosto áspero, mas com menos de trinta anos. Ele recuou para abrir caminho para ela na escada com uma incrível economia de movimento. Ela olhou das mãos ao rosto para buscar um gesto que revelasse alguma coisa. Ele a observou também, sem entregar nada; então, ele se virou e meneou a cabeça para as pessoas lá embaixo. Indicou o barão, que estava sozinho no meio do salão.

— Yon Cassius tem um olhar enxuto e faminto.

— Imagino o quanto ele está faminto? — disse Rydra e se sentiu estranha de novo.

A baronesa estava indo em direção ao marido no meio das pessoas para pedir conselhos sobre se deveria começar o jantar, esperar mais cinco minutos ou alguma outra decisão igualmente desesperada.

— Como deve ser um casamento entre duas pessoas assim? — perguntou o estranho, divertindo-se com uma arrogância austera.

— Comparativamente simples, suponho — disse Rydra. — Eles simplesmente têm um ao outro para se preocupar.

Um olhar educado de indagação. Como ela não ofereceu nenhum esclarecimento, o estranho se voltou para a multidão.

— Eles fazem umas caretas estranhas quando olham para cá para ver se é mesmo você, sra. Wong.

— É um olhar malicioso — disse ela, breve.

— Saruês. É isso que parecem. Um bando deles.

— Imagino se o céu artificial faz com que pareçam tão adoentados? — Ela sentiu que estava deixando vazar uma hostilidade controlada.

Ele riu.

— Saruês com talassemia!

— Acho que sim. O senhor não é dos Estaleiros? — A pele dele tinha uma vida que teria desaparecido sob o céu artificial.

— Na verdade, sou.

Surpresa, ela teria lhe perguntado mais, mas os alto-falantes de repente anunciaram:

— Senhoras e senhores, o jantar está servido.

Ele a acompanhou ao descer as escadas, mas depois de dois ou três passos entre as pessoas ela descobriu que ele havia desaparecido. Ela continuou em direção à sala de jantar sozinha.

Sob a arcada, o barão e a baronesa esperavam por ela. Quando a baronesa tomou seu braço, a orquestra de câmara no palco começou a tocar.

— Venha, vamos por aqui.

Ela se manteve perto da matrona gorducha ao passar pelas pessoas que se moviam ao lado da mesa sinuosa que se curvava e se contorcia.

— Estamos ali.

E a mensagem em basco: capitã, em seu transcritor, tem algo que está indo para a nave. A pequena explosão em sua mente a deteve.

— Babel-17...!

O barão virou-se para ela.

— Sim, capitã Wong? — Ela observou a incerteza marcar linhas tensas no rosto dele.

— Existe algum lugar nos Estaleiros com materiais ou pesquisas particularmente importantes em curso que possa estar desprotegido agora?

— Tudo é feito automaticamente. Por quê?

— Barão, há um ataque de sabotagem prestes a acontecer ou acontecendo agora.

— Mas como a senhora...

— Não posso explicar agora, mas é melhor o senhor verificar se está tudo bem.

E a tensão subiu.

A baronesa tocou o braço do marido e disse com frieza repentina:

— Felix, seu lugar é ali.

O barão puxou a cadeira, sentou-se e, sem a menor cerimônia, afastou prato e talheres. Havia um painel de controle por baixo do descanso de prato. Enquanto as pessoas se sentavam, Rydra viu Brass, a seis metros de distância, abaixar-se na rede especial que havia sido montada para seu volume gigantesco e cintilante.

— A senhora se senta aqui, minha querida. Vamos simplesmente continuar com a festa como se nada estivesse acontecendo. Acho melhor assim.

Rydra sentou-se ao lado do barão, e a baronesa acomodou-se cuidadosamente na cadeira à sua esquerda. O barão sussurrava num microfone de lapela. Imagens, que ela estava no ângulo errado para ver claramente, piscavam na tela de oito polegadas. Ele olhou adiante por tempo suficiente para dizer:

— Nada ainda, capitã Wong.

— Ignore o que ele está fazendo — disse a baronesa. — Está muito mais interessante aqui.

Em seu colo, ela abriu um pequeno console de onde ele pendia sob a borda da mesa.

— Coisinha engenhosa — continuou a baronesa, olhando ao redor. — Acho que estamos prontos. Ali! — O indicador gorducho bateu em um dos botões, e as luzes do quarto começaram a diminuir. — Controlo toda a refeição apenas pressionando o botão certo no momento certo. Veja! — Ela apertou outro.

Ao longo do centro da mesa, sob a luz suave, painéis se abriam e grandes travessas de frutas, maçãs cristalizadas e uvas açucaradas e metades de melões recheados com nozes e mel se ergueram diante dos convidados.

— E vinho! — disse a baronesa, abaixando-se de novo.

Ao longo das centenas de metros da mesa, bacias subiram. Espuma brilhante efervesceu até a borda quando o mecanismo da fonte começou. O líquido gorgolejante fluiu.

— Encha seu copo, querida. Beba — encorajou a baronesa, erguendo o dela sob um jato; o cristal ficou salpicado de púrpura.

À sua direita, o barão disse:

— O Arsenal parece estar bem. Estou alertando todos os projetos especiais. Tem certeza de que esse ataque de sabotagem está acontecendo agora?

— Agora mesmo — ela lhe disse — ou nos próximos dois ou três minutos. Pode ser uma explosão ou uma peça importante dos equipamentos pode falhar.

— Isso não me dá muitas pistas. Embora as comunicações tenham captado seu Babel-17. Me alertaram sobre como essas tentativas acontecem.

— Prove uma dessas, capitã Wong. — A baronesa entregou-lhe uma manga cortada em quatro pedaços, e Rydra descobriu, quando a provou, que tinha sido marinada em licor de cereja.

Quase todos os convidados estavam sentados agora. Ela observou um garoto do pelotão chamado Mike procurando por seu cartão de identificação no meio do corredor. E ao longo do comprimento da mesa, ela viu o estranho que a havia parado na escada em espiral correndo na direção deles atrás dos convidados sentados.

— O vinho não é de uva, mas de ameixa — disse a baronesa. — Um pouco pesado para começar, mas tão bom com frutas. Estou especialmente orgulhosa dos morangos. As leguminosas são o pesadelo de um hidroponista, sabe, mas este ano conseguimos umas tão lindas.

Mike encontrou seu lugar e estendeu as duas mãos para a tigela de frutas. O estranho contornou a última curva da mesa. Calli estava segurando uma taça de vinho em cada mão, olhando de uma para a outra... tentando decidir qual era a maior...?

— Eu poderia ser provocadora — disse a baronesa — e trazer os *sorbets* primeiro. Ou acha que seria melhor trazer o caldo verde? O jeito como eu preparo deixa muito leve. Nunca consigo decidir...

O estranho chegou até o barão, inclinou-se sobre o ombro para observar a tela e sussurrou alguma coisa. O barão virou-se para ele, virou-se devagar com as duas mãos sobre a mesa... e caiu para a frente! Um fio de sangue escorreu por baixo do rosto.

Rydra recuou em sua cadeira. Assassinato. Um mosaico juntou-se em sua cabeça e, quando se uniu, disse: assassinato. Ela saltou da cadeira.

A baronesa exalou roucamente e se levantou, virando a cadeira. Abanou as mãos histericamente em direção ao marido e balançou a cabeça.

Rydra virou-se para ver o estranho agarrar uma vibra-arma debaixo do paletó. Ela arrancou a baronesa do caminho. O tiro foi baixo e atingiu o console.

Assim que se moveu, a baronesa cambaleou até o marido e o agarrou. Seu gemido ofegante dominou a voz e se tornou um lamento. A forma volumosa, como um balão desinflando, afundou e puxou o corpo de Felix Ver Dorco da mesa até ficar ajoelhada no chão, segurando-o nos braços, balançando-o gentilmente, gritando.

Os convidados haviam se levantado agora; a conversa se transformou em um rugido.

Com o console estraçalhado, ao longo da mesa os pratos de frutas foram postos de lado pelos pavões que emergiam, cozidos, decorados e remontados com cabeças açucaradas e as penas da cauda balançando. Nenhum dos mecanismos de limpeza estava operando. Terrinas de caldo verde encheram as bacias de vinho até ambos derramarem, inundando a mesa. Frutas rolaram sobre a borda.

Em meio às vozes, a vibra-arma sibilou à esquerda, à esquerda de novo e depois à direita. As pessoas correram de suas cadeiras, bloqueando sua visão. Ela ouviu a arma mais uma vez e viu a dra. Crane dobrar-se para ser flagrada por um vizinho surpreso quando seu cabelo descolorido se soltou e caiu sobre o rosto.

Espetos de cordeiro subiram para perturbar os pavões. Penas varriam o chão. Fontes de vinho jorravam as brilhantes películas âmbar que assobiavam e fumegavam. A comida voltou para a abertura e atingiu as bobinas vermelhas de aquecimento. Rydra sentiu cheiro de queimado.

Ela se lançou para frente, pegou o braço do homem gordo e de barba negra.

— Coruja, tire os garotos daqui!

— O que acha que estou fazendo, capitã?

Ela se afastou, aproximou-se de um pedaço da mesa e saltou sobre o poço fumegante. A intrincada sobremesa oriental – bananas crepitantes mergulhadas primeiro no mel e depois rolada no prato por cima de uma rampa de gelo picado – estava emergindo quando ela saltou. Os confeitos cintilantes atravessaram a rampa e caíram no chão, o mel cristalizou-se em espinhos reluzentes. Rolaram entre os convidados, rachados sob os pés. As pessoas escorregaram e esborracharam-se e estrebucharam.

— Que jeito chique de escorregar em uma banana, hein, capitã? — comentou Calli. — O que está acontecendo?

— Leve Mollya e Ron de volta à nave!

Cântaros subiram agora, bateram no arranjo da grelha giratória, viraram, espalhando borra e café fervendo. Uma mulher gritou, agarrando o braço escaldado.

— Acabou a graça — disse Calli. — Vou recolher os dois.

Ele começou a se afastar quando Coruja se apressou para o outro lado.

— Coruja, o que é um saruê? — Ela pegou o braço dele novamente.

— Pequeno bicho maldoso. Marsupial, eu acho. Por quê?

— Está certo. Eu me lembro agora. E talassemia?

— Momento engraçado para perguntar. Um tipo de anemia.

— Eu sei disso. *Que* tipo? Você é o médico da nave.

— Deixe-me ver. — Ele fechou os olhos por um momento. — Absorvi isso tudo uma vez, em um curso hipnótico. Sim, eu lembro. É hereditário, o equivalente caucasiano da anemia falciforme, quando os glóbulos vermelhos colapsam porque as haptoglobinas se decompõem…

—… E permitem que as hemoglobinas vazem e a célula seja esmagada pela pressão osmótica. Eu entendi. Dê o fora daqui.

Intrigado, Coruja começou a andar na direção da arcada.

Rydra avançou atrás dele, escorregou em *sorbet* de vinho e agarrou Brass, que agora brilhava acima dela.

— Calma, cabitã!

— Para fora daqui, querido — exigiu ela. — E rápido.

— Bediu carona? — Sorrindo, ele enganchou os braços no quadril, e ela subiu nas costas dele, prendendo os flancos com os joelhos e segurando seus ombros. Os grandes músculos que haviam derrotado Dragão de Prata se incharam sob ela, e ele saltou, abrindo espaço na mesa e pousando de quatro. Os convidados se desbarataram diante da fera dourada de presas expostas. Os dois partiram para a porta da arcada.

5

A EXAUSTÃO HISTÉRICA BORBULHAVA.

Ela irrompeu por ela, adentrando a cabine da *Rimbaud*, e bateu no interfone.

— Coruja, todo mundo...

— Todos presentes e contabilizados, capitã.

— Os desincorporados...

— Seguros e a bordo, todos os três.

Ofegante, Brass preencheu a escotilha de entrada atrás dela.

Ela mudou para outro canal e um som quase musical preencheu a sala.

— Ótimo. Ainda está funcionando.

— É isso? — perguntou Brass.

Ela assentiu com a cabeça.

— Babel-17. Está sendo transcrita automaticamente para que eu possa estudar mais tarde. De qualquer forma, lá vamos nós. — Ela acionou um interruptor.

— O que está fazendo?

— Eu pré-gravei algumas mensagens e estou enviando agora. Talvez elas consigam passar. — Ela parou a primeira fita e começou uma segunda. — Não sei bem ainda. Sei um pouco, mas não o suficiente. Eu me sinto como alguém em uma apresentação de Shakespeare xingando os atores em inglês pidgin.

Uma linha externa sinalizava para chamar sua atenção.

— Capitã Wong, aqui é Albert Ver Dorco. — A voz estava perturbada. — Tivemos uma catástrofe terrível e estamos em uma completa confusão aqui. Não consegui encontrá-la na casa do meu irmão, mas o departamento de controle de voo acabou de me dizer que a senhora solicitou decolagem imediata para um salto de hiperestase.

— Não pedi nada disso. Só quis tirar minha tripulação de lá. O senhor descobriu o que está acontecendo?

— Mas, capitã, disseram que a senhora estava no processo de permissão de voo. A senhora tem prioridade, por isso não posso contrariar seu pedido. Mas liguei para pedir, por favor, que a senhora fique até que este assunto seja esclarecido, a menos que esteja agindo segundo alguma informação que...

— Nós *não* estamos decolando! — disse Rydra.

— É melhor não estarmos — interveio Brass. — Não estou conectado à nave ainda.

— Pelo visto, seu James Bond automático enlouqueceu — disse Rydra a Ver Dorco.

—... Bond?

— Referência mitológica. Me perdoe. TW-55 pirou.

— Ah, sim. Eu sei. Assassinou meu irmão e quatro oficiais extremamente importantes. Não poderia ter escolhido quatro figuras mais importantes se tivesse planejado.

— Pois foi. TW-55 foi sabotado. E, não, não sei como. Sugiro que entre em contato com o general Forester em...

— Capitã, o controle de voo diz que a senhora ainda está sinalizando a decolagem! Não tenho autoridade oficial aqui, mas a senhora deve...

— Coruja! Estamos decolando?

— Ora, sim. Você não acabou de dar ordens aqui para a saída da hiperestase de emergência?

— Brass ainda nem está em sua estação, seu idiota!

— Mas acabei de receber sua autorização trinta segundos atrás. É claro que ele está na estação. Acabei de falar...

Brass avançou pesadamente e gritou para o microfone.

— Eu estou de pé bem atrás dela, imbecil! O que você vai fazer, mergulhar no meio da Bellatrix? Ou talvez entrar em uma nova? Essas coisas rumam para a maior massa que estiver ao redor quando estão à deriva!

— Mas você acabou…

Um som excruciante começou em algum lugar abaixo deles. E um chacoalhão repentino.

Do alto-falante veio a voz de Albert Ver Dorco:

— Capitã Wong…!

Rydra gritou de novo:

— Idiota, corte o gerador de est…

Mas os geradores já estavam zumbindo por sobre o rugido.

Outro chacoalhão; ela se empurrou com as mãos que seguravam a borda da mesa, viu uma garra de Brass se debatendo no ar. E…

parte três

JEBEL TARIK

Real, Imundo e exilado, ele
nos escapa.
Eu lhe mostraria livros e pontes.
Criaria uma língua que todos pudéssemos
falar.
Sem fantasias ingênuas
Mãe mandou nos flagelar na primavera, ele
tem seus sonhos ruins, precisa de emprego,
fica bêbado,
talvez não tivesse escolhido ser belo.

— de *Os navegadores*

Você impôs a mim um tratado de silêncio.

— de *A canção de Liadan*

1

PENSAMENTOS ABSTRATOS EM UM SALÃO AZUL: nominativo, genitivo, elativo, acusativo um, acusativo dois, ablativo, partitivo, ilativo, instrutivo, abessivo, adessivo, inessivo, essivo, alativo, translativo, comitativo. Dezesseis casos do substantivo finlandês. Estranho, para algumas línguas basta singular e plural. As línguas indígenas norte-americanas sequer conseguiam distinguir número. Exceto a língua sioux, na qual havia plural apenas para objetos animados. O salão azul era redondo e morno e suave. Não tinha como se dizer *morno* em francês. Havia apenas *quente* e *tépido*. Se não há nenhuma palavra para algo, como se pensa nesse algo? E, se não houver a forma adequada, não se tem o "como" mesmo se houver as palavras. Diferente do inglês, em espanhol é necessário atribuir um gênero a cada objeto: cachorro, mesa, árvore, abridor de latas. Em húngaro, não se é capaz de atribuir um gênero a nada: *ele* e *ela* são a mesma palavra. Tu és meu amigo, mas vós sois meu rei; assim eram as distinções do inglês de Elizabeth I. No entanto, em algumas línguas asiáticas que praticamente dispensam gênero e número, você é meu amigo, *você* é minha mãe ou meu pai, e VOCÊ é meu sacerdote, e *VOCÊ* é o meu rei, e VOCÊ é meu servo e ***Você*** é meu servo que vou dispensar amanhã se ***Você*** não ficar alerta, e **VOCÊ** é meu rei, de cujas políticas eu discordo totalmente e que tem serragem na **SUA** cabeça em vez de cérebro, **VOSSA** alteza e *VOCÊ* pode ser meu amigo, mas ainda vou acabar com *VOCÊ* se *VOCÊ* disser isso para mim de novo: e, aliás, quem diabos você é mesmo...?

Qual é o seu nome?, pensou ela em um salão azul redondo e morno.

Pensamentos sem nome em um salão azul: Úrsula, Priscilla, Bárbara, Maria, Mona e Natica: respectivamente, Ursa, Senhora, Tagarela, Amarga, Macaca e Traseira. Nome. Nomes? Que há num simples nome? Em que nome estou? Na terra do pai do meu pai, o nome dele viria primeiro, Wong Rydra. Na terra natal de Mollya, eu nem usaria o nome de meu pai, mas sim o de minha mãe. Palavras são nomes para coisas. No tempo de Platão, as coisas eram nomes para ideias – que melhor descrição do ideal platônico? Mas as palavras eram nomes para as coisas, ou isso era apenas um pouco de confusão semântica? Palavras eram símbolos para *todas* as categorias de coisas, ao passo que um nome era posto em um único objeto; um nome para algo que exige um símbolo causa ruído, criando humor. Um símbolo para algo que tem um nome também causa ruído: uma memória que continha uma cortina rasgada, seu hálito alcoólico, sua indignação e as roupas amassadas enfiadas detrás de uma mesa de cabeceira lascada e barata. "Tudo bem, *mulher*, venha aqui!", e ela sussurrou, com as mãos dolorosamente pressionadas sobre a barra de latão, "Meu *nome* é *Rydra!*". Um indivíduo, uma coisa separada de seu ambiente e separada de todas as coisas naquele ambiente; um indivíduo era um tipo de coisa para a qual os símbolos eram inadequados, e, portanto, os nomes foram inventados. Eu sou inventada. Eu não sou um salão azul, morno, redondo. Eu sou alguém neste salão; eu sou…

Suas pálpebras estavam semicerradas sobre os globos oculares. Ela as abriu e, de repente, se viu presa em uma rede de contenção. Ficou sem fôlego e caiu para trás, virando-se para olhar para o salão.

Não.

Ela não "olhou para o salão".

Ela "*algumacoisou* para *alguma coisa*". A primeira coisa era um pequeno vocábulo que insinuava uma percepção imediata, mas passiva, que poderia ser auditiva ou olfativa, assim como visual. A segunda coisa eram três fonemas igualmente pequenos que se misturavam em diferentes tons musicais: primeiro, um indicador que fixava o tamanho da câmara em cerca de setecentos litros, o segundo identificando a cor e a substância provável das paredes – um metal azul –, enquanto a terceira era ao mesmo tempo um espaço reservado para partículas que deveriam denotar a função do salão quando ela a descobrisse, e uma espécie de indicador gramatical com a qual ela poderia se referir a toda a experiência apenas com o único símbolo quando ela precisasse. Todos os quatro sons levaram menos tempo em sua língua e em sua mente do que o ditongo desajeitado em "salão". Babel-17; já sentira isso antes com outras línguas, a abertura, a ampliação, a mente forçada a um crescimento súbito. Mas isso, isso era como o foco repentino de uma lente embaçada durante anos.

Ela se sentou de novo. Função?

Para que o salão era usado? Ela se levantou devagar, e a teia a prendeu ao redor do peito. Algum tipo de enfermaria. Ela olhou para... não um "emaranhado", mas sim um diferencial vocálico de três partículas, cada partícula definindo a tônica no laço triplo, de modo que os pontos mais fracos da malha fossem identificados quando o som total do diferencial atingisse seu ponto mais baixo. Ela percebeu que, ao quebrar os fios nesses pontos, toda a teia se desmancharia. Se tivesse se debatido e não a tivesse nomeado nessa nova língua, ela teria ficado mais do que suficientemente firme para contê-la.

A transição de "memorizado" para "conhecido" ocorreu enquanto ela estava…

Onde ela estava? Ansiedade, entusiasmo, medo! Ela puxou a mente de volta ao inglês. Pensar em Babel-17 era como ver de repente todo o trajeto dentro da água até o fundo de um poço que, um momento atrás, você acreditava ter apenas alguns metros de profundidade. Ela cambaleou, zonza.

Levou um piscar de olhos para notar os outros. Brass pendia de uma rede grande na parede oposta – ela viu as pontas de uma garra amarela sobre a borda. Nas duas redes menores do outro lado deviam estar os garotos do pelotão. Sobre uma beirada, ela viu cabelos pretos brilhantes quando uma cabeça se virou durante o sono: Carlos. Ela não conseguia ver a terceira. A curiosidade fechou um punho pequeno e inamistoso sobre algo importante em seu baixo-ventre.

Então, a parede desapareceu.

Ela estava prestes a tentar ajeitar as coisas sozinha, se não no lugar e na hora, ao menos em algum conjunto de possibilidades. Com a parede desvanecendo, a tentativa parou. Ela observou.

Aconteceu na parte superior da parede à sua esquerda. Ela brilhava, cada vez mais transparente, e uma língua de metal se formou no ar, inclinando-se suavemente na direção dela.

Três homens:

O mais próximo, no alto da rampa, tinha um rosto como uma rocha marrom cortada grosseiramente e juntada às pressas. Usava uma roupa antiquada, do tipo que havia precedido as capas de contorno. Ela aderia automaticamente ao corpo, mas era feita de plástico poroso e parecia mais uma armadura. Um material preto e fibroso cobria um ombro e o braço. Usava sandálias que eram amarradas até a altura das panturrilhas. Tufos de pele entre as amarras impediam irritações. As únicas cosmetocirurgias eram um cabelo prateado falso e sobrancelhas metálicas erguidas. De um lóbulo distendido da orelha pendia uma argola grossa de prata. Ele tocou o coldre da vibra-arma que jazia sobre a barriga quando olhou de rede para rede.

O segundo homem deu um passo à frente. Era uma mistura magra e fantástica da inventividade cosmetocirúrgica, meio que um grifo, meio que um macaco, meio que um cavalo-marinho: escamas, penas, garras e um bico que fora enxertado em um corpo que ela tinha certeza de que originalmente se assemelhava ao de um felino. Ele se agachou ao lado do primeiro homem, encolhendo-se sobre as pernas cirurgicamente distendidas, raspando os nós dos dedos no chão de metal. Ele olhou de relance para cima enquanto o primeiro homem, sem precisar pensar, esticou o braço para acariciar sua cabeça.

Rydra esperou que falassem. Uma palavra revelaria a identificação: Aliança ou Invasor. Sua mente estava pronta para saltar para qualquer idioma que falassem, para extrair o que sabia de seus hábitos de pensamento, tendências a ambiguidades lógicas, ausência de rigor verbal, em quaisquer áreas de que ela pudesse se aproveitar...

O segundo homem recuou, e ela viu o terceiro, que ainda estava na retaguarda. Mais alto e de constituição mais forte que os outros, usava apenas calças curtas, tinha os ombros levemente arredondados. Enxertados em seus pulsos e calcanhares havia esporões de galo; às vezes eram ostentados pelos elementos inferiores do submundo do Transporte, e usá-los tinha o mesmo significado que os socos ingleses ou cassetetes dos séculos passados. Sua cabeça tinha sido raspada havia pouco, e os cabelos tinham começado a crescer como cerdas pretas com eletricidade estática. Ao redor de um dos bíceps havia uma faixa de carne vermelha, como uma escoriação ensanguentada ou cicatriz inflamada. A marca tinha se tornado tão comum em personagens de romances de mistério cinco anos antes que agora havia sido quase descartada como um clichê incorrigível. Era uma marca de condenação das cavernas penais de Titin. Alguma coisa nele era tão brutal que fazia com que ela desviasse o olhar. Alguma coisa nele era tão graciosa que fazia com que ela olhasse de volta.

Os dois no topo da rampa voltaram-se para o terceiro. Ela esperava palavras para definir, fixar, identificar. Eles olharam para ela, depois entraram pela parede.

A rampa começou a se retrair.

Ela se levantou.

— Por favor — gritou ela. — Onde estamos?

O homem de cabelos prateados disse:

— Jebel Tarik.

A parede solidificou-se.

Rydra olhou para a teia (que era outra coisa em outro idioma), puxou um cordão, puxou outro. A tensão cedeu até que ela se desfez, e Rydra pulou para o chão. Quando se levantou, viu que o outro garoto do pelotão era Kile, que trabalhava com Lizzy nos Reparos. Brass começou a se debater.

— Fique parado um segundo. — Ela começou a puxar os cordões.

— O que ele disse bara você? — Brass quis saber. — Era o nobe dele ou estava dizendo bara você se deitar e calar a boca?

Ela deu de ombros e rompeu outro cordão.

— Jebel é "montanha" em mouro antigo. Montanha de Tarik, talvez.

Brass sentou-se quando a corda rompida caiu.

— Como você faz isso? — perguntou ele. — *Eu* forcei esse negócio bor dez minutos e ele não cedeu.

— Conto para você outra hora. Tarik talvez seja o nome de alguém.

Brass olhou para trás, para a rede quebrada, coçou atrás de uma orelha peluda, depois sacudiu a cabeça confusa e recuou.

— Pelo menos não são Invasores — disse Rydra.

— Quem disse?

— Duvido que muitos humanos do outro lado do eixo tenham ouvido falar em mouro antigo. Os terráqueos que migraram para lá viviam na América do Norte e do Sul antes que a Americásia fosse formada e a Pan-África engolisse a Europa. Além disso, as cavernas penais de Titin ficam dentro de César.

— Ah, sim — disse Brass. — Ele. Mas não significa que um de seus egressos tenha que ser de lá.

Ela olhou para onde a parede havia se aberto. Compreender sua situação parecia tão inútil quanto entender aquele metal azul.

— Aliás, o que foi que aconteceu, afinal?

— Decolamos sem piloto — respondeu Rydra. — Acho que quem transmitiu em Babel-17 também pode transmitir em inglês.

— Não acho que decolabos sem biloto. Com quem Coruja conversou bouco antes de bartirmos? Se não tivéssemos um biloto, não estaríamos aqui. Seríamos um bontinho de gordura no maior e mais bróximo sol.

— Provavelmente foi quem quebrou as placas de circuito. — Rydra lançou sua mente para o passado quando a cobertura de inconsciência desmoronou. — Acho que o sabotador não quer me matar. O TW-55 poderia ter mirado em mim tão facilmente quanto mirou no Barão.

— Será que o esbião na nave também fala Babel-17?

Rydra meneou a cabeça.

— Boa pergunta.

Brass olhou ao redor.

— Isso é tudo? Onde está o restante da tribulação?

— Senhor, senhora...?

Eles se viraram.

Outra abertura na parede. Uma garota magra, com um lenço verde amarrado nos cabelos castanhos, estendeu uma tigela.

— O mestre disse que os senhores estavam despertos, então eu trouxe isto. — Seus olhos eram escuros e grandes, e as pálpebras batiam como asas de pássaros. Ela apontou com a tigela.

Rydra reagiu à receptividade dela, embora também detectasse um medo de estranhos. Mas os dedos finos seguravam com firmeza a borda da tigela.

— Gentileza sua nos trazer isso.

A garota curvou-se ligeiramente e sorriu.

— Você está com medo de nós, eu sei — disse Rydra. — Não precisa.

O medo estava indo embora; os ombros magros relaxaram.

— Qual o nome do seu mestre? — perguntou Rydra.

— Tarik.

Rydra olhou para trás e meneou a cabeça para Brass.

— E nós estamos na Montanha de Tarik? — Ela pegou a tigela da garota. — Como chegamos até aqui?

— Ele rebocou sua nave a partir do centro da nova da Cygnus-42 pouco antes de seus geradores de estase falharem neste lado do salto.

Brass chiou, seu substituto para um assobio.

— Não me admira que tenhamos ficado inconscientes. Ficamos à deriva em alta velocidade.

O pensamento fez o estômago de Rydra pesar.

— Então, ficamos à deriva na área de uma nova. Talvez não tivéssemos um piloto no fim das contas.

Brass retirou o guardanapo branco da tigela.

— Pegue um pouco de frango, cabitã. — Estava assado e ainda quente.

— Daqui a pouco — disse ela. — Tenho que pensar nisso um pouco mais. — Ela se virou para a menina. — A Montanha de Tarik é uma nave, então. E nós estamos nela?

A garota colocou as mãos para trás e fez que sim com a cabeça.

— E é uma boa nave também.

— Estou certa de que não é uma nave de passageiros. Que carga vocês transportam?

Ela fez a pergunta errada. Medo novamente; não uma desconfiança pessoal de estranhos, mas algo formal e onipresente.

— Não transportamos carga nenhuma, senhora. — Então, ela deixou escapar: — Eu não deveria falar com nenhum de vocês. Vocês têm que falar com Tarik. — Ela recuou para dentro da parede.

— Brass — disse Rydra, virando-se e coçando a cabeça —, não existem mais piratas espaciais, certo?

— Há setenta anos não tebos sequestros de naves de transborte.

— Foi o que pensei. Então, em que tipo de nave estamos?

— Me begou. — Então, os planos polidos de suas bochechas mudaram à luz azul. Sobrancelhas sedosas abaixaram sobre os discos profundos de seus olhos. — *Rebocou* a *Rimbaud* bara fora da Cygnus-42? Acho que sei borque chamam isso de Montanha de Tarik. Essa coisa deve ser grande como uma maldita nave de guerra.

— Se for uma nave de guerra, Tarik não se parece com nenhum estelar que já vi.

— E, de qualquer baneira, eles não bermitem ex-condenados nas forças arbadas. Onde será que nos enfiabos, cabitã?

Ela pegou uma coxa de frango da tigela.

— Acho que vamos esperar até falarmos com Tarik. — Houve um movimento nas outras redes. — Espero que os garotos estejam bem. Por que não perguntei à garota se o resto da tripulação estava a bordo? — Ela caminhou até a rede de Carlos. — Como *você* se sente esta manhã? — perguntou ela de forma animada. Só agora viu os encaixes que seguravam a teia na parte de baixo da rede.

— Minha cabeça — disse Carlos com um sorrisinho. — Acho que estou de ressaca.

— Não com esse olhar atrevido no rosto. Aliás, o que sabe sobre a ressaca? — Os encaixes levavam três vezes mais tempo para abrir do que para quebrar a rede.

— O vinho — disse Carlos —, na festa. Bebi um monte. Ei, o que aconteceu?

— Conto quando eu descobrir. Upa-lelê. — Ela virou a rede, e ele rolou até ficar em pé.

Carlos afastou os cabelos dos olhos.

— Cadê todo mundo?

— Kile está ali. Estamos apenas nós neste salão.

Brass havia libertado Kile, que estava sentado na beirada da rede agora, tentando enfiar os nós dos dedos no nariz.

— Ei, querido — disse Carlos. — Você está bem?

Kile coçou o tendão de Aquiles com os dedos do pé, bocejou e disse algo ininteligível ao mesmo tempo.

— Não — disse Carlos —, porque verifiquei logo que cheguei.

Bem, ela pensou, ainda havia línguas nas quais ela poderia ganhar mais fluência.

Kile estava coçando o cotovelo agora. De repente, passou a língua no canto da boca e olhou para cima.

Rydra fez o mesmo.

A rampa estava se estendendo da parede novamente. Dessa vez, a junção era no chão.

— Pode vir comigo, Rydra Wong?

Tarik, de coldre e cabelos prateados, estava diante da abertura escura.

— O restante da minha tripulação — disse Rydra. — Eles estão bem?

— Estão todos em outras alas. Se quiser vê-los...

— Eles estão bem?

Tarik fez que sim com a cabeça.

Rydra seu um tapinha na cabeça de Carlos.

— Vejo vocês mais tarde — sussurrou ela.

O refeitório tinha arcadas e varandas, suas paredes opacas como rocha. As áreas estendidas tinham pendurados signos do zodíaco verdes e carmesim ou representações de batalhas. E as estrelas... A princípio ela achou que o vazio salpicado de luzes além das colunas da galeria era uma janela real, mas não passava de uma grande projeção de trinta metros da noite do lado de fora da nave.

Homens e mulheres estavam sentados, conversando em torno de mesas de madeira ou descansando ao longo das paredes. No fim de uma escadaria ampla havia um balcão largo cheio de comida e jarros. A abertura estava cheia de frigideiras, panelas e prataria penduradas, e atrás dela se via o recesso branco e alumínio da cozinha, onde homens e mulheres de avental preparavam o jantar.

As pessoas viraram-se quando eles entraram. Os mais próximos tocaram a testa em saudação. Ela seguiu Tarik até os degraus elevados e caminhou até os bancos almofadados no topo.

O homem-grifo chegou correndo.

— Mestre, é ela?

Tarik virou-se para Rydra, seu rosto endurecido suavizando-se.

— Esta é minha diversão, minha distração, o alívio da minha ira, capitã Wong. Nele mantenho o senso de humor que todos ao redor vão lhe dizer que me falta. Ei, Klik, levante-se e arrume os assentos para a conferência.

A cabeça cheia de penas abaixou-se com rapidez, os olhos negros piscando, e Klik bateu as almofadas para afofá-las. Um momento depois, Tarik e Rydra afundaram nelas.

— Tarik — perguntou Rydra —, qual a rota de sua nave?

— Ficamos no Estalo de Specelli. — Ele empurrou a capa para trás do ombro nodoso. — Qual era sua posição original antes de ser pega na maré da nova?

— Nós... decolamos dos Estaleiros de Guerra em Armsedge.

Tarik assentiu com a cabeça.

— Vocês têm sorte. A maioria das naves-sombra teria deixado vocês emergirem na nova quando seus geradores falharam. Teria sido uma desincorporação bem definitiva.

— Acho que sim. — Rydra sentiu o estômago afundar na lembrança. Então, ela perguntou: — Naves-sombra...?

— Sim. Como a Jebel Tarik.

— Acho que não sei o que é uma nave-sombra.

Tarik riu, um som suave e rouco no fundo da garganta.

— Talvez seja melhor assim. Espero que nunca tenha que desejar que eu não tivesse lhe contado.

— Vá em frente — disse Rydra. — Sou toda ouvidos.

— O Estalo de Specelli é radiodenso. Uma nave, mesmo uma montanha como Tarik, fica indetectável em qualquer longo alcance. Ela também cruza o lado da estase de Câncer.

— Essa galáxia está sob controle dos Invasores — disse Rydra, com apreensão condicionada.

— O Estalo é a fronteira ao longo da borda de Câncer. Nós... patrulhamos a área e mantemos as naves dos Invasores... no lugar delas.

Rydra observou a hesitação no rosto dele.

— Mas não oficialmente?

Mais uma vez ele riu.

— Como poderíamos, capitã Wong? — Ele acariciou um punhado de penas entre as omoplatas de Klik. O bobo da corte arqueou as costas. — Mesmo as naves de guerra oficiais não podem receber suas ordens e instruções no Estalo por conta da radiodensidade. Então, a sede da Aliança Administrativa é branda conosco. Fazemos bem nosso trabalho; eles fingem que não veem. Não podem nos dar ordens nem podem nos fornecer armas ou provisões. Portanto, ignoramos certas convenções de salvamento e regulamentos de captura. Os estelares nos chamam de saqueadores. — Ele procurou uma reação por parte dela. — Somos leais defensores da Aliança, capitã Wong, mas... — Ele levantou a mão, fechou o punho e colocou-o contra a barriga. — Mas se estivermos com fome e nenhuma nave Invasora cruzar nosso caminho... bem, pegamos o que passar.

— Sei — disse Rydra. — Entendo que fui capturada, certo? — Ela se lembrou do barão, a implícita voracidade na figura magra.

Os dedos de Tarik abriram-se sobre a barriga.

— Pareço faminto?

Rydra abriu um sorrisinho.

— Parece muito bem alimentado.

Ele fez que sim com a cabeça.

— Este tem sido um mês próspero. Se não fosse, não estaríamos sentados aqui de forma tão amigável. Por ora, vocês são nossos convidados.

— Então, vai nos ajudar a reparar os geradores queimados?

Tarik levantou a mão novamente, sinalizando para que ela parasse por ali.

—… por ora — repetiu ele.

Rydra havia avançado em seu assento; ela se recostou de novo.

Tarik falou com Klik:

— Traga os livros.

O bobo da corte afastou-se rapidamente e mergulhou em uma bancada ao lado dos sofás.

— Vivemos perigosamente — prosseguiu Tarik. — Talvez seja por isso que vivemos bem. Somos civilizados… quando temos tempo. O nome da sua nave me convenceu a seguir a sugestão do Carniceiro e rebocá-la. Aqui na *borda* nós raramente somos visitados por um *bardo* — Rydra sorriu o mais educadamente possível com o trocadilho.

Klik retornou com três volumes. As capas eram pretas com bordas prateadas. Tarik os segurou.

— Meu favorito é o segundo. Fiquei particularmente impressionado com a narrativa longa "Exílios na bruma". Você me diz que nunca ouviu falar de naves-sombra, mas sabe quais são as sensações "que amarram a noite para te enlaçar", esse é o verso, não é? Confesso que não entendo seu terceiro livro. Mas há muitas referências e alusões humorísticas aos eventos atuais. Estamos aqui, fora das *correntes do momento*. — Ele deu de ombros. — Nós… resgatamos o primeiro da coleção do capitão de uma nave de Transporte Invasora que se desviou do curso. O segundo… bem, veio de um destróier da Aliança. Acredito que haja uma dedicatória na capa interna. — Ele abriu e leu: — "Para Joey, no primeiro voo; ela fala tão bem o que eu sempre quis tanto dizer. Com muito, muito amor, Lenia". — Ele fechou a capa. — Comovente. O terceiro eu consegui há apenas um mês. Vou ler várias vezes antes de falar com você de novo. Estou impressionado com a coincidência que nos une. — Ele colocou os livros no colo. — Há quanto tempo o terceiro saiu?

— Há pouco menos de um ano.

— Há um quarto?

Ela fez que não com a cabeça.

— Posso perguntar em que trabalho literário você está envolvida agora?

— Agora, em nada. Fiz alguns poemas curtos que meu editor quer publicar em uma coletânea, mas quero esperar até ter outro trabalho grande e longo para equilibrá-los.

Tarik meneou a cabeça.

— Entendo. Mas sua reticência nos priva de um grande deleite. Caso tenha desejo de escrever, ficarei honrado. Temos música e algum entretenimento dramático ou cômico, dirigido pelo inteligente Klik, durante as refeições. Se nos der prólogo ou epílogo com o que escolher, terá uma plateia apreciadora. — Ele estendeu a mão morena e calejada. A apreciação não é uma sensação calorosa, percebeu Rydra, mas fria, e faz suas costas relaxarem ao mesmo tempo em que você sorri. Ela pegou a mão dele.

— Obrigada, Tarik — disse ela.

— Eu que agradeço — respondeu ele. — Com sua boa vontade, vou libertar sua tripulação. Estão livres para andar por Jebel como meus homens. — Seu olhar castanho mudou, e ela soltou sua mão. — O Carniceiro. — Ele meneou a cabeça, e ela se virou.

O condenado que estivera com ele na rampa agora estava no degrau abaixo.

— O que era aquele borrão que estava apontado para Rigel? — perguntou Tarik.

— Aliança correndo, Invasor rastreando.

O rosto de Tarik se franziu, depois relaxou.

— Não, deixe os dois passarem. Comemos bem o suficiente este mês. Por que perturbar nossos convidados com violência? Esta é Rydra...

O Carniceiro fez o punho direito estalar na palma da mão esquerda. As pessoas abaixo se viraram. Ela teve um sobressalto com o som e, com os olhos, tentou extrair significado dos músculos levemente trêmulos, o rosto fixo e de lábios carnudos: uma hostilidade inarticulada, mas penetrante; uma indignação na quietude, um medo de movimento impedido, segurança em silêncio furioso com o movimento...

Agora Tarik falou novamente, a voz mais baixa, mais lenta, ríspida.

— Você tem razão. Mas que homem íntegro não tem duas opiniões sobre um assunto a depender do momento, hein, capitã Wong? — Ele se levantou. — Carniceiro, leve-nos para mais perto da trajetória deles. Estão a uma hora daqui? Ótimo. Vamos observar um pouco, em seguida, trucidar... — Ele fez uma pausa e sorriu para Rydra —... os Invasores.

As mãos do Carniceiro separaram-se, e Rydra viu alívio (ou alento) relaxar os braços dele. Ele respirou novamente.

— Apronte Jebel; vou escoltar nossa convidada um lugar em que ela possa assistir.

Sem resposta, o Carniceiro caminhou a passos largos até o último degrau. Os mais próximos ouviram, e a informação saturou a sala. Homens e mulheres levantaram-se de seus bancos. Um entornou seu chifre de bebida. Rydra viu a garota que os servira na enfermaria correr com uma toalha para enxugar o líquido.

No alto da escada da galeria, ela olhou por cima da balaustrada da sacada para o refeitório lá embaixo, vazio agora.

— Venha. — Tarik fez sinal para ela através das colunas em direção à escuridão e às estrelas. — A nave da Aliança está chegando por lá. — Ele apontou para uma nuvem azulada. — Temos equipamentos capazes de penetrar boa parte dessa neblina, mas duvido que a nave da Aliança saiba que está sendo rastreada pelos Invasores. — Ele se aproximou de uma escrivaninha e apertou um disco levantado. Dois pontos de luz brilharam na névoa. — Vermelho para Invasores — explicou Tarik. — Azul para Aliança. Nossas pequenas naves-aranha serão amarelas. Você pode acompanhar o progresso do encontro a partir daqui. Todas as nossas avaliações sensoriais e perceptores e navegadores sensoriais permanecem em Jebel e direcionam a estratégia principal remotamente, assim as formações permanecem coerentes. Mas dentro de um alcance limitado, cada nave-aranha luta sozinha. É um bom esporte para os homens.

— Que tipo de naves são essas que vocês caçam? — Ela achou graça no fato de que o leve tom arcaico que permeava a fala de Tarik tenha começado a afetar a dela.

— A nave da Aliança é uma nave de suprimentos militares. O Invasor a está perseguindo com um pequeno destróier.

— Qual a distância entre eles?

— Devem se encontrar em cerca de vinte minutos.

— E você vai esperar sessenta minutos antes de... atacar os Invasores?

Tarik sorriu.

— Uma nave de suprimentos não tem muita chance contra um destróier.

— Eu sei. — Ela conseguiu vê-lo esperar, por trás do sorriso, a objeção dela. Ela buscou uma objeção dentro de si, mas foi bloqueada por um coágulo de pequenos sons cantados em uma área de sua língua, menor que uma moeda: Babel-17. Eles definiram um conceito de curiosidade seletiva rigorosamente necessária que se transformava, em qualquer outra língua, em uma série desajeitada de polissílabos. — Eu nunca assisti a um conflito estelar — disse ela.

— Gostaria que você fosse até minha nau capitânia, mas sei que, por menor que seja o perigo, ele existe. A partir daqui você pode acompanhar toda a batalha com muito mais clareza.

A empolgação arrebatou-a.

— Gostaria de ir com você. — Ela esperava que ele pudesse mudar de ideia.

— Fique aqui — disse Tarik. — O Carniceiro vai comigo desta vez. Aqui está um capacete sensorial se quiser ver as correntes de estase. Embora, com armas de combate, haja muita confusão eletromagnética, duvido que até mesmo uma redução significasse muito. — Uma série de luzes passou pela tela. — Com licença. Vou passar meus homens em revista e verificar meu cruzador. — Ele fez uma mesura rápida. — Sua tripulação reviveu. Serão encaminhados até aqui, e você poderá explicar a situação deles como meus convidados da maneira que achar melhor.

Quando Tarik se aproximou dos degraus, ela voltou a olhar a tela panorâmica brilhante e, alguns instantes depois, pensou: Que cemitério incrível eles têm neste casco; é preciso carregar cinquenta almas desincorporadas para fazer toda a leitura sensorial de Tarik e de suas naves-aranha… em basco novamente. Ela olhou para trás e viu as formas translúcidas de seu Olho, Ouvido e Nariz do outro lado da galeria.

— Estou feliz em vê-los! — disse ela. — Não sabia se Tarik tinha instalações para desincorporados!

— Se tem! — veio a resposta em basco. — Vamos levá-la a uma viagem pelo submundo daqui, capitã. Estão tratando a gente como os senhores de Hades.

Do alto-falante veio a voz de Tarik:

— Ouçam bem: a estratégia é Hospício. Hospício. Repito uma terceira vez, Hospício. Reclusos reúnem-se para enfrentar César. Psicóticos prontos no portão sentido K. Neuróticos reúnem-se diante do portão sentido R. Criminosamente insanos preparam-se para a alta no portão sentido T. Tudo bem, larguem suas camisas de força.

Na parte inferior da tela de trinta metros apareceram três grupos de luzes amarelas: os três grupos de naves-aranha que atacariam o Invasor depois de ele ter dominado a nave de suprimentos da Aliança.

— Neuróticos avançam. Manter contato para evitar a ansiedade de separação. — O grupo do meio começou a se mover lentamente para a frente. Nos subfalantes agora, pontuados por estática, Rydra ouviu vozes mais baixas quando os homens começaram a se comunicar com os Navegadores na Jebel:

Mantenha-nos no curso, agora, Kippi, e não se abale.
Pode deixar. Falcão, vai receber os relatórios a tempo?
Relaxe. Minha unidade de salto está dando certo.
Quem te disse para sair sem ser supervisionado?
Vamos lá, donzelas, sejam gentis conosco para variar.
Ei, Pé-de-porco, quer ser arremessado no alto ou no baixo?
Baixo, forte e rápido. Não me deixe na mão.
Você acabou de receber seus relatórios, queridinho.

Pelo alto-falante principal, Tarik disse:

— O Caçador e a Caça se encontraram… — A luz vermelha e a luz azul começaram a piscar na tela. Calli, Ron e Mollya vieram do topo da escada.

— O que está acontecendo…? — Calli começou, mas silenciou-se por um gesto de Rydra.

— Aquela luz vermelha é uma nave Invasora. Vamos atacá-la em alguns instantes. Nós somos as luzes amarelas aqui embaixo. — Ela deixou a explicação parar aí.

— Boa sorte, nós — disse Mollya, secamente.

Em cinco minutos, restava apenas a luz vermelha. A essa altura, Brass havia subido os degraus para se juntar a eles. Tarik anunciou:

— O Caçador se tornou a Caça. Soltem o esquizofrênico criminalmente insano. — O grupo amarelo à esquerda começou a se afastar.

Aquele Invasor parece bem grande, Falcão.
Não se preocupe. Ela vai nos perseguir para valer.
Inferno. Não gosto de trabalhar duro. Já recebeu meus relatórios?
Certinho. Pé-de-Porco, pare de impedir o feixe de Joaninha!

Tudo bem, tudo bem. Alguém deu uma olhada no trator nove e dez?
Você pensa em tudo no momento certo, não é?
Só curioso. A espiral não parece bonita lá atrás?

— Neuróticos prosseguem com delírios de grandeza. Napoleão Bonaparte assume a liderança. Jesus Cristo traz a retaguarda. — As naves à direita avançaram agora em formação de diamante. — Estimular a depressão severa, não comunicativa, com hostilidade reprimida.

Ela ouviu vozes jovens atrás de si. O Coruja conduzia o pelotão pelos degraus. Ao chegar, eles silenciaram-se diante da vasta representação da noite. A explicação da batalha foi repassada entre os garotos aos sussurros.

— Começar o primeiro episódio psicótico. — Luzes amarelas avançaram para dentro da escuridão.

O Invasor, por fim, deve tê-los visto, pois começou a se afastar. O volume bruto não conseguiria ultrapassar as aranhas, a menos que saltasse as correntes. E não havia espaço de manobra para esse tipo de fuga. Os três grupos de luzes amarelas – formados, não formados e dispersos – se aproximaram. Depois de três minutos, o Invasor parou de correr. Na tela, houve uma súbita chuva de luzes vermelhas. Ele havia liberado sua própria barragem de cruzadores, que também se separaram nos três grupos de ataque padrão.

— O objetivo da vida se dispersou — anunciou Tarik. — Não fiquem deprimidos.

Vamos lá, deixe os bebês tentarem nos pegar!
Lembre-se, Kippi, baixo, rápido e forte!
Se os assustarmos e os deixarmos na ofensiva, missão cumprida!

— Preparem-se para penetrar em mecanismos de defesa hostis. Tudo certo. Administre medicação!

A formação do cruzador do Invasor, no entanto, não foi ofensiva. Um terço deles se espalhou horizontalmente pelas estrelas, o segundo grupo vasculhou os caminhos em um ângulo de sessenta graus e o terceiro grupo se moveu por outra rotação de sessenta graus para fazer uma grade defensiva tripla diante da nave-mãe. Os cruzadores vermelhos reverteram o curso no fim de seu avanço e voltaram a sair, marcando o espaço diante do Invasor com pequenas naves.

— Fiquem atentos. O inimigo reforçou seus mecanismos de defesa.

Qual é a dessa nova formação, afinal?
Nós vamos passar. Você está preocupado…

A estática interrompeu um alto-falante.

Porra, eles metralharam o Pé-de-Porco!
Me puxe de volta, Kippi. Agora sim. Pé-de-Porco?
Você viu como eles o pegaram? Ei, vamos lá.

— Administrem a terapia ativa à direita. Sejam tão diretos quanto puderem. Deixem o centro aproveitar o princípio do prazer. E a esquerda vai parar.

Rydra observava, fascinada, enquanto as luzes amarelas encontravam as vermelhas, que ainda passavam hipnoticamente ao longo de sua grade, rede, teia…

Teia! A imagem revirou em sua mente, e o outro lado tinha todas as linhas que faltavam. A grade era idêntica à teia tripla que ela havia arrancado da rede horas antes, com o fator adicional de tempo, porque os fios eram as rotas das naves, não cordões; mas funcionava da mesma maneira. Ela pegou um microfone da mesa.

— Tarik! — A palavra demorou uma eternidade para deslizar do pós-dental à parada palatal, ao lado dos sons que dançavam em seu cérebro agora. Ela berrou para os Navegadores ao lado dela: — Calli, Mollya, Ron, deem as coordenadas da área de batalha para mim.

— Hein? — disse Calli. — Tudo bem. — Ele começou a ajustar o painel do estelarímetro na palma da mão. Em câmera lenta, ela pensou. Todos estão se movendo em câmera lenta. Ela sabia o que deveria ser feito, precisava ser feito, e observava a situação se alterando.

— Rydra Wong, Tarik está ocupado — veio a voz rouca do Carniceiro.

Calli falou olhando para trás:

— Coordenadas 3-B, 41-F e 9-K. Bem rápido, hein?

Parecia que ela havia pedido uma hora antes.

— Carniceiro, você pegou essas coordenadas? Agora olhe em… vinte e sete segundos um cruzador vai passar… — Ela indicou uma localização de três números. — Ataque com seus neuróticos mais próximos. — Enquanto ela esperava uma resposta, viu onde estaria o próximo ataque. — Quarenta segundos de pausa, começando… oito, nove, dez, *agora*, um cruzador Invasor vai passar por… — outra localização. — Pegue-o com o que estiver mais próximo. A primeira nave está fora de operação?

— Sim, capitã Wong.

Sua surpresa e alívio não esperaram um instante. Pelo menos o Carniceiro estava escutando; ela deu as coordenadas de mais três naves na "teia".

— Agora, ataque-os diretamente e observe as coisas desmoronarem!

Quando ela desligou o microfone, a voz de Tarik anunciou:

— Avancem para terapia de grupo!

As naves-aranha amarelas surgiram novamente na escuridão. Onde deveria haver Invasores, havia buracos vazios; onde deveria haver reforços, havia confusão. Primeiro um, depois outro cruzador vermelho abandonou sua posição.

As luzes amarelas haviam passado. O clarão de um vibra--canhão rompeu o brilho vermelho na nave Invasora.

Ratt deu pulinhos, segurando o ombro de Carlos e de Flop.

— Olha, vencemos! — gritou o Engenheiro de Reconversão. — Vencemos!

Os membros do pelotão murmuraram uns para os outros. Rydra sentiu-se estranhamente distante. Conversavam tão devagar, demorando um tempo tão impossível para dizer o que poderia ser rapidamente delineado por algumas simples…

— Você está bem, cabitã? — Brass pousou a pata amarela ao redor do ombro dela.

Ela tentou falar, mas saiu um grunhido. Ela cambaleou contra o braço dele.

O Coruja virou-se nesse momento.

— Você está se sentindo bem? — perguntou ele.

— Ennnnnn — disse, e percebeu que não sabia como dizer isso em Babel-17. Sua boca apertou-se no formato e no jeito da língua inglesa. — Enjoada — disse ela. — Meu Deus, estou… enjoada.

Quando disse isso, a tontura passou.

— Talvez seja melhor você se deitar — sugeriu Coruja.

Ela fez que não com a cabeça. A tensão em seus ombros e costas e a náusea estavam indo embora.

— Não. Estou bem. Só fiquei um pouco empolgada demais, eu acho.

— Sente-se um minuto — disse Brass, deixando-a recostar-se à mesa. Mas ela se levantou.

— Sério, estou bem agora. — Ela respirou fundo. — Viu? — Ela saiu debaixo do braço de Brass. — Vou dar uma volta. Vou me sentir melhor assim. — Ainda instável, ela começou a se afastar. Sentiu a cautela deles quando a deixaram partir, mas, de repente, ela quis estar em outro lugar. Continuou a cruzar a galeria.

Sua respiração voltou ao normal quando chegou aos níveis superiores. Então, de seis direções diferentes, corredores se juntavam com rampas rolantes que desciam para outros andares. Ela estacou, confusa sobre qual caminho tomar, depois virou na direção de um som.

Um grupo da tripulação de Tarik estava atravessando o corredor. O Carniceiro, entre eles, parou para se recostar ao batente da porta. Ele abriu um sorrisinho para ela, vendo sua confusão, e apontou para a direita. Ela não sentiu vontade de falar, então apenas sorriu e tocou a testa em saudação. Quando se dirigiu para a rampa da direita, o significado por trás do sorriso dele a surpreendeu. Havia o orgulho de seu sucesso conjunto (que havia permitido que ela ficasse em silêncio), sim; e um prazer direto em oferecer a ela sua ajuda sem palavras. Mas isso foi tudo. Faltava a diversão esperada por alguém que havia se perdido. A presença dessa diversão não a teria incomodado. Mas sua ausência encantou. Também se encaixava na brutalidade angular que ela havia observado antes, bem como na grande graciosidade animal dele.

Ela ainda estava sorrindo quando chegou ao refeitório.

2

Ela se apoiou no corrimão da passarela para observar a atividade na plataforma de carga que se curvava abaixo.

— Coruja, leve as crianças para dar uma mão naqueles guinchos. Tarik disse que talvez precisassem de uma ajuda.

Coruja guiou o pelotão até o teleférico que descia pelo fosso de Jebel:

—... tudo bem, quando chegarem lá, vão até aquele homem de camisa vermelha e peçam a ele que coloque vocês para trabalhar. Sim, trabalhar. Não fiquem tão surpresos, idiotas. Kile, ponha o cinto aqui. São 45 metros para baixo e vai ser uma batida forte na cabeça se você cair. Ei, vocês dois, parem com isso. Sei que ele começou primeiro. Desçam lá e ajudem em alguma coisa...

Rydra observava máquinas e suprimentos orgânicos – da Aliança e do Invasor – entregues às equipes de desmantelamento que trabalhavam sobre as ruínas das duas naves e de seu enxame de cruzadores. As caixas separadas foram empilhadas ao longo da área de carga.

— Em breve, vamos jogar fora os cruzadores. Receio que a *Rimbaud* terá que ir também. Tem algo que gostaria de retirar antes de nós a descartarmos, capitã?

Ela se virou ao ouvir Tarik.

— Existem alguns documentos e gravações importantes que preciso pegar. Vou deixar meu pelotão aqui e levar meus oficiais comigo.

— Muito bem. — Tarik se juntou a ela no corrimão. — Assim que terminarmos aqui, enviarei uma equipe de trabalho com você, caso haja algo grande que queira trazer.

— Isso não vai ser... — ela começou. — Ah, entendo. Você precisa de combustível, não é?

Tarik assentiu com a cabeça.

— E componentes de estase; também peças de reposição para nossas naves-aranha. Não vamos tocar na *Rimbaud* até você ter terminado.

— Entendo. Acho que é justo.

— Estou impressionado — Tarik continuou para mudar de assunto — com seu método de romper a rede de defesa do Invasor. Essa formação em particular sempre nos deu alguns problemas. O Carniceiro me disse que você a rompeu em menos de cinco minutos, e nós perdemos apenas uma aranha. É um recorde. Não sabia que você era uma mestra estrategista, além de poeta. Tem muitos talentos. É sorte que o Carniceiro tenha atendido a sua chamada. *Eu* não teria tido noção suficiente para seguir suas instruções bem no calor do momento. Se os resultados não tivessem sido tão louváveis, eu teria ficado irritado com ele. Por outro lado, as decisões dele nunca me trouxeram nada além de lucro. — Ele olhou por sobre o fosso.

Em uma plataforma suspensa no centro, o ex-presidiário descansava, um supervisor silencioso das operações abaixo.

— É um homem curioso — disse Rydra. — Por que esteve na prisão?

— Nunca perguntei — respondeu Tarik, levantando o queixo. — Ele nunca me contou. Há muitas figuras curiosas em Jebel. E a privacidade é importante em um espaço tão pequeno. Ah, sim. Daqui a um mês você verá o quanto a Montanha é pequena.

— Eu me esqueci — desculpou-se Rydra. — Não deveria ter perguntado.

O nariz inteiro de um cruzador Invasor estourado estava sendo arrastado pelo funil em uma esteira de seis metros de largura. Desmanteladores amontoaram-se nas laterais com furadeiras e lasers. Guindastes prenderam-se ao casco liso e começaram a girá-lo lentamente.

Um operário na escotilha em disco gritou de repente e desviou às pressas para o lado. Suas ferramentas bateram no anteparo. A escotilha em disco subiu, e uma figura com um traje de pele prateada despencou os oito metros até a esteira rolante, rolou entre duas pontas, ficou em pé, saltou a próxima queda de três metros até o chão e correu. O capuz escorregou de sua cabeça, libertando os cabelos castanhos na altura dos ombros que balançavam violentamente enquanto ela mudava de curso para evitar um trenó rolante. Ela se movia rapidamente, ainda que com certo desajeito. Então, Rydra reconheceu que o que havia considerado uma pança protuberante na Invasora em fuga era uma gravidez de pelo menos sete meses. Um mecânico lançou uma chave de boca na direção dela, mas ela se esquivou, de modo que bateu de raspão no quadril. Ela estava correndo em direção a um espaço aberto entre os suprimentos empilhados.

Então, o ar foi cortado por um zumbido vibrante: a Invasora parou, sentou com tudo no chão enquanto o chiado se repetia; ela se inclinou para o lado, estirou uma perna, estirou de novo.

Na torre, o Carniceiro voltou a colocar a vibra-arma no coldre.

— Isso foi desnecessário — disse Tarik com uma suavidade chocante.

— Não poderíamos ter... — e parecia não haver nada a sugerir. No rosto de Tarik havia dor e curiosidade. A dor, ela percebeu, não estava na morte dupla no convés abaixo, mas no desgosto de um cavalheiro flagrado em um ato feio. Sua curiosidade foi à reação dela. E, talvez, valesse a vida dela reagir ao aperto no estômago. Ela o observou se preparando para falar.

Ele ia falar – e então ela disse para ele:

— Eles *usam* mulheres grávidas como pilotos em naves de combate. Têm reflexos mais rápidos. — Ela observou como ele relaxou, viu o relaxamento começar.

O Carniceiro já estava saindo do teleférico para a passarela. Veio na direção deles, batendo o punho contra sua coxa com impaciência.

— Eles deveriam passar tudo pelo raio antes de começar. Não ouvem. É a segunda vez em dois meses. — Ele grunhiu.

Lá embaixo, os homens de Jebel e o pelotão dela se misturavam ao redor do corpo.

— Da próxima vez, passarão. — A voz de Tarik ainda era suave e fria. — Carniceiro, você parece ter provocado o interesse da capitã Wong. Ela estava se perguntando que tipo de sujeito você era, e eu realmente não tinha como contar. Talvez você possa explicar por que teve que...

— Tarik — disse Rydra. Seus olhos, procurando por ele, esbarraram no olhar escuro do Carniceiro. — Eu gostaria de ir à minha nave agora e verificá-la antes de vocês começarem a desmantelá-la.

Tarik exalou o resto da respiração que segurava desde o zumbido da vibra-arma.

— Claro.

— Não, não é um monstro, Brass. — Ela destrancou a porta da cabine de capitã da *Rimbaud* e entrou. — Apenas pragmático.

É como... — E ela disse muito mais para ele até sua boca distendida pelas presas formar uma careta e ele balançar a cabeça.

— Fale comigo em inglês, cabitã. Eu não estou te entendendo.

Ela pegou o dicionário do console e colocou-o sobre as tabelas.

— Sinto muito — disse ela. — Essa coisa é louca. Depois de aprender, deixa tudo tão fácil. Pegue aquelas fitas do equipamento. Quero repassá-las.

— O que são? — Brass as trouxe.

— Transcrições dos últimos diálogos de Babel-17 nos Estaleiros de Guerra, pouco antes de decolarmos. — Ela as pôs no fuso e começou a executar a primeira.

Uma torrente melodiosa ondulou pela sala, alcançando-a em irrupções de dez e vinte segundos que ela conseguia entender. A trama para comprometer o TW-55 estava delineada com uma vivacidade alucinante. Quando chegou a uma parte que não conseguiu entender, ficou trêmula recostada à parede de não comunicação. Enquanto ouvia, enquanto entendia, movia-se por percepções psicodélicas. Quando a compreensão cessava, sua respiração deixava os pulmões em choque, e ela tinha que piscar, sacudir a cabeça, acidentalmente morder a língua uma das vezes, até estar livre novamente para compreender.

— Capitã Wong?

Era Ron. Ela virou a cabeça, levemente dolorida agora, para encará-lo.

— Capitã Wong, não quero incomodá-la.

— Tudo bem — disse ela. — O que foi?

— Encontrei isto na Cabine do Piloto. — Ele ergueu um pequeno carretel de fita.

Brass ainda estava de pé ao lado da porta.

— O que isso estava fazendo na minha barte da nave?

As feições de Ron lutaram entre si para chegar a uma expressão.

— Acabei de tocar junto com o Coruja. É o pedido da Capitã Wong, ou de alguém, para autorizar a decolagem nos Estaleiros de Guerra e o sinal de tudo em ordem para o Coruja se preparar para partir.

— Entendi — disse Rydra. Ela pegou a fita. Então, franziu a testa. — Esta fita é da minha cabine. Eu uso as fitas trilobadas que trouxe comigo da universidade. Todas as outras máquinas da nave têm quatro lóbulos. Esta fita veio desta máquina aqui.

— Então — disse Brass — belo visto alguém entrou escondido e fez isso enquanto você estava fora.

— Enquanto estou fora, este lugar fica tão trancado que nem uma pulga desincorporada consegue rastejar por baixo da porta. — Ela balançou a cabeça. — Não gosto disso. Não sei quando vou ser passada para trás de novo. Bem… — ela se levantou — pelo menos sei o que tenho que fazer com Babel-17 agora.

— O quê? — perguntou Brass. O Coruja tinha chegado à porta e estava olhando por cima do ombro florido de Ron.

Rydra olhou a tripulação. Desconforto ou desconfiança, qual era o pior?

— Na verdade, não posso contar para vocês agora, não é? — perguntou ela. — Simples assim. — Ela caminhou até a porta. — Queria poder. Mas seria um pouco idiota depois de tudo que aconteceu.

— Mas eu prefiro falar com o Tarik!

Klik ruflou as penas e encolheu os ombros.

— Senhora, eu honraria seu desejo acima de todos os outros na Montanha, menos o de Tarik. E é ao desejo de Tarik que a senhora se opõe agora. Ele não deseja ser incomodado. Está planejando o destino do trajeto de Jebel durante o próximo ciclo. Deve avaliar as correntes com cuidado e verificar até mesmo o peso das estrelas ao nosso redor. É uma tarefa árdua e...

— Então, onde está o Carniceiro? Vou perguntar para ele, mas preferiria falar diretamente com...

O bobo da corte apontou com uma garra verde.

— Ele está no auditório de biologia. Desça pelo refeitório e pegue o primeiro elevador para o nível 12. Fica bem à sua esquerda.

— Obrigada. — Ela seguiu para as escadas da galeria.

No topo do elevador, encontrou a imensa porta circular embutida e apertou o disco da entrada. As folhas se retraíram, e ela piscou diante da luz verde.

A cabeça redonda e os ombros levemente encurvados dele estavam delineados diante de um tanque borbulhante no qual uma figura minúscula flutuava: o borrifo de bolhas que se erguia sobre a forma se desmanchava nos pés, envolvia as mãos curvadas e cruzadas como faíscas, borbulhava na cabeça abaixada e espumava no tufo de cabelos ralos que girava nas correntes em miniatura.

O Carniceiro virou-se, viu-a e disse:

— Morreu. — Ele assentiu com vigorosa beligerância. — Estava vivo até cinco minutos atrás. Sete meses e meio. Deveria ter vivido. Era forte o bastante! — Seu punho esquerdo estalou contra a palma da mão direita, como ela o vira fazer no refeitório. Os músculos trêmulos pararam. Ele apontou o polegar em direção a uma mesa de operações onde o corpo da Invasora estava seccionado. — Gravemente ferida muito antes de sair. Órgãos internos bagunçados. E um monte de necrose abdominal. — Ele virou a mão para que o polegar agora apontasse por sobre o ombro para o homúnculo à deriva, e o gesto que parecia áspero assumiu uma graça econômica. — Ainda assim... devia ter vivido.

Ele desligou a luz no tanque, e as bolhas cessaram. Ele saiu de trás da mesa de laboratório.

— O que a senhora quer?

— Tarik está planejando a rota de Jebel pelos próximos meses. Você poderia perguntar para ele... — Ela parou. Então, perguntou: — Por quê?

Os músculos de Ron, ela pensou, eram cordões vivos que estalavam e cantavam suas mensagens. Neste homem, os músculos eram escudos para manter o mundo do lado de fora, o homem do lado de dentro. E alguma coisa por dentro não parava de saltar, golpeando o escudo por trás. A barriga marcada se moveu, o peito se contraiu com um suspiro; a testa ficou lisa, depois se enrugou de novo.

— Por quê? — repetiu ela. — Por que você tentou salvar a criança?

Ele contorceu o rosto em resposta, e sua mão esquerda circulou a marca do condenado no outro bíceps como se tivesse começado a arder. Então, ele cedeu com desgosto.

— Morreu. Não adianta mais. O que a senhora quer?

O que pulava sem cessar recuou agora... e ela também.

— Quero saber se Tarik vai me levar até o Quartel-General da Aliança Administrativa. Preciso entregar algumas informações importantes sobre a Invasão. Meu piloto me disse que o Estalo de Specelli corre dentro de dez unidades hiperestáticas, e que uma nave-aranha poderia percorrer isso, então Jebel poderia permanecer no espaço radiodenso pelo caminho todo. Se Tarik me acompanhar até o Quartel-General, garantirei sua proteção e um retorno seguro à parte mais densa do Estalo.

Ele olhou para ela.

— O caminho inteiro até a Língua do Dragão?

— Sim. Foi como Brass me disse que era conhecida a ponta do Estalo.

— Proteção garantida?

— Isso mesmo. Posso te mostrar minhas credenciais concedidas pelo general Forester da Aliança se você...

Mas ele acenou para pedir silêncio.

— Tarik — ele falou no interfone da parede.

O alto-falante era direcional, então ela não conseguiu ouvir a resposta.

— Faça Jebel descer a Língua do Dragão durante o primeiro ciclo.

Houve ou questionamento ou objeção...

— Desça a Língua e vai ser bom.

Ele assentiu para o sussurro ininteligível, depois disse:

— Morreu — e desligou. — Tudo certo. Tarik vai levar Jebel até o Quartel-General.

O assombro atenuou sua descrença inicial. Era um assombro que ela teria sentido antes, quando ele reagiu sem questionar seu plano de destruir a defesa do Invasor, se Babel-17 não tivesse impedido esse sentimento.

— Bem, obrigada — começou ela —, mas você nem me perguntou... — Então, ela decidiu expressar a coisa toda de outra maneira.

Mas o Carniceiro fechou o punho:

— Sabia quais naves destruir, e naves são destruídas. — Ele bateu com o punho contra o peito. — Agora para descer a Língua do Dragão, Jebel desce a Língua do Dragão. — Ele bateu no peito novamente.

Ela queria questionar, mas olhou para o feto morto se transformando em líquido escuro atrás dele e disse, em vez disso:

— Obrigada, Carniceiro.

Quando passou pela porta circular, ela refletiu sobre o que ele havia lhe dito, tentando encaixar alguma explicação em suas ações. Mesmo a maneira áspera com que as palavras dele se interrompiam...

As *palavras* dele...!

A ideia a atingiu de uma vez, e ela saiu em disparada pelo corredor.

3

— BRASS, ELE NÃO CONSEGUE DIZER "EU"! — Ela se inclinou sobre a mesa, a curiosidade surpresa impulsionando sua empolgação.

O piloto prendeu as garras ao redor de seu chifre de bebida. As mesas de madeira do outro lado do refeitório estavam sendo preparadas para a refeição da noite.

— Mim, meu, minha. Acho que ele não consegue dizer nenhuma dessas também. Ou pensar nelas. Caramba, me pergunto de onde ele vem.

— Conhece alguba língua na qual não há nenhuba balavra bara "eu"?

— Consigo pensar em algumas em que ela não é usada com frequência, mas nenhuma que nem sequer tenha o conceito, mesmo que esteja apenas na terminação verbal.

— O que tudo isso significa?

— Um homem estranho com um jeito estranho de pensar. Não sei por quê, mas ele se alinhou comigo, como meu aliado nesta viagem e um intermediário com Tarik. Gostaria de entender, então não vou magoá-lo.

Ela olhou para a confusão da preparação no refeitório. A moça que lhes servira frango antes olhava para ela agora, imaginando, ainda assustada, o medo derretendo-se na curiosidade que a trouxe duas mesas mais perto, depois a curiosidade evaporou em indiferença, e ela foi buscar mais colheres no gaveteiro da parede.

Ela se perguntou o que aconteceria se traduzisse suas percepções do movimento das pessoas e tiques musculares para Babel-17. Não era apenas uma língua, ela entendia agora, mas uma matriz flexível de possibilidades analíticas em que a mesma "palavra" definia as tensões em uma teia de bandagem médica ou uma rede defensiva de espaçonaves. O que faria com as tensões e anseios em um rosto humano? Talvez o piscar de pálpebras e dedos se transformasse em matemática, sem sentido. Ou talvez... Enquanto ela pensava, sua mente mudou de marcha para a compacidade bruta de Babel-17. E seus olhos varreram... as vozes ao redor.

Ela se sentou no grande refeitório enquanto homens e mulheres entravam para a refeição da noite e estava ciente de muito mais.

Expandindo e definindo umas através das outras, não as vozes em si, mas as mentes que criavam as vozes, entrelaçando umas com as outras, de modo que ela sabia que o homem que entrava no salão agora era o irmão enlutado de Pé-de-Porco, e a garota que os servira estava apaixonada, tão apaixonada pelo jovem morto do setor de desincorporados que impelia seus sonhos a girarem em torno da fome geral, uma fera no estômago com dentes em um homem, uma piscina preguiçosa em outra, agora o familiar jorro de confusão adolescente enquanto o pelotão da *Rimbaud* entrava se debatendo, conduzido pela profunda preocupação de Coruja, e ainda mais em meio à ebulição, à fome e ao amor, um *medo!*

Eles montaram seu lugar, trouxeram primeiro um jarro, depois pão, que ela viu e para o qual sorriu, mas estava vendo muito mais.

Houve um gongo no salão, piscou vermelho na maré azul, e ela buscou Tarik ou o Carniceiro, porque os nomes deles estavam no medo, mas não encontrou nenhum dos dois no recinto; em vez disso, um homem magro chamado

Geoffry Cord, em cujo cérebro fios cruzados cintilavam e estouravam, *Cause a morte com a faca que embainhei na perna,* e de novo *com minha língua de aço crie para mim um lugar em um ninho no alto de Jebel,* e as mentes sobre ele, tateando e se esfomeando, resmungando pelo humor e pela mágoa, amando um pouco e tateando por mais, todas entrecruzadas com relaxamento de um lado pela refeição vindoura, e por outro aguardando o que o esperto Klik apresentaria naquela noite, as mentes dos atores do teatro mudo atentas à apresentação enquanto examinavam os espectadores com quem, uma hora antes, haviam trabalhado e dormido, um navegador idoso com uma cabeça geométrica que se apressava para dar à menina, que na encenação devia encenar uma apaixonada, uma presilha de prata que ele mesmo havia fundido e gravado para ver se ela faria de conta que o ama, ainda assim, através de tudo isso, sua mente voltou ao alarme de Geoffry Cord, *Devo agir esta noite enquanto os atores encerram,* e, incapaz de se concentrar em qualquer coisa além de sua urgência, ela o observou revolver e desfiar seus planos, ir

Em volta dela as pessoas estavam sentadas, relaxando, enquanto os criados se apressavam até o balcão de comida, onde os assados e frutas fritas fumegavam.

Ela viu muito mais do que o pequeno bobo da corte demoníaco no palco dizendo: "Antes do entretenimento de nossa noite, gostaria de pedir à nossa convidada, capitã Wong, que nos diga algumas poucas palavras ou talvez recite um poema para nós". E ela sabia, com uma parte bem pequena da mente – mas não precisava ser mais que isso – que deveria usar essa chance para denunciá-lo.

para a frente com pressa quando o teatro mudo começou, como se quisesse ver mais de perto como muitos faziam, deslizar ao lado da mesa onde Tarik estaria sentado, depois estocar as costelas de Tarik com sua presa de serpente, e no metal sulcado corria veneno paralisante, depois engoliria seu dente oco cheio de drogas hipnóticas para que, quando fosse preso, pensassem que ele estivesse sob o controle de outra pessoa, e, finalmente, ele contaria uma história louca, implantada abaixo do nível dos hipnóticos por muitas horas dolorosas sob a personafix, que estava sob o controle do Carniceiro; então, de alguma forma, criaria a oportunidade de ficar sozinho com o Carniceiro e morderia a mão, o pulso ou a perna dele, injetando as mesmas drogas hipnóticas que envenenariam sua boca e deixariam o imenso condenado impotente, e ele o controlaria, e quando o Carniceiro finalmente se tornasse o governante de Jebel após o assassinato, Geoffry Cord se tornaria o tenente do Carniceiro como o Carniceiro era agora o de Tarik, e quando a Jebel de Tarik fosse a Jebel do Carniceiro, Geoffry controlaria o Carniceiro da mesma forma que ele suspeitava que o Carniceiro controlava Tarik, e haveria um reino de aspereza, e todos os estranhos seriam lançados da montanha flutuante à morte no vácuo, e atacariam

A descoberta apagou todo o resto por um momento, mas depois retornou ao seu tamanho adequado, pois ela sabia que não poderia deixar Cord impedi-la de chegar ao Quartel-General, então ela se levantou e caminhou até o palco no fundo do refeitório, realçando a mente de Cord enquanto ela andava uma lâmina mortal tão rapidamente para se encaixar nas fendas de Geoffry Cord.

de forma avassaladora todas as naves, Invasoras, da Aliança ou Sombra no Estalo, e Rydra arrancou sua mente da dele, varreu a breve superfície de Tarik e do Carniceiro e não viu hipnóticos, mas viu também que eles não suspeitavam de traição e que seu próprio medo atrasado, tirando-a do que ela sentia ao escorregar e girar à voz dupla e à meia-voz e não sim, ela era capaz, mesmo enquanto caminhava para escolher as palavras e imagens que o conduziam e impeliam à traição e não sim, uma vez atingida por seu medo e se recuperando, ela se obrigou a voltar à única linha que comunicava tanto pela percepção como pela ação, fala e comunicação, não sim, os dois agora um, escolhendo sons que persuadiriam com a deliberação esse longo tempo concedido, e ela chegou à plataforma ao lado da linda fera, Klik, e montou, ouvindo as vozes que cantavam no silêncio do salão, e lançou suas palavras do fundo de sua voz vibrante, de modo que elas pendiam no exterior, e ela as observou e observou o observar dele: o ritmo que era pouco intrincado para a maioria dos ouvidos no refeitório era doloroso para ele, porque era sincronizado com os processos de

O medo dela irrompeu de sua imagem da vasta nave enquanto ela sentiu as fúrias dissidentes dele e ainda sobreviveria a ele e descobriu que o medo dele era igualmente poroso, poroso como uma esponja.

"Certo, Cord,
para ser lorde nesta caserna preta,
a de Tarik, precisa de mais que mentiras banais
ou um bucho cheio de morte e joelhos frouxos.
Abra a boca e as mãos. Para a compreensão
do poder, use seu pendor, por favor.

A ambição como um rubi líquido mancha
sua mente, nascida no cervical desejar,
matar, girada no arco da morte de novo,
nomeia-se vítima cada vez que serve
com vermes a taça de crânio que o assassinato sorve.
[Ela
prevê a ação dos seus dedos para a lâmina
longa abrigada na bainha de couro com corda
para pegar o plano feito por seus dedos empalide-
[cidos;
sem perigo, você perdeu mundos de fascínio,
sob o silvo ágil da personafix,
memórias falsas infligidas as tornando incorreção
e o trovão revela a mudança de Tarik.
Você enfia alfinetes em pêssegos, posiciona sua
[estranha
lâmina, entalhada com um dente sulcado, enquanto
[compridas
e fortes linhas do meu significado lhe provoca
[mental mudança
de fulgente para discordância. Agora, ouve o equi-
[vocado
acorde tocado para a instruir. Assassino,
o ilumino..."

seu corpo, para causar ruído e se chocar contra eles ... e ela ficou surpresa por ele ter resistido tanto tempo.

Ela olhou diretamente para Geoffry Cord. Geoffry Cord olhou diretamente para ela... e berrou.

O grito rompeu alguma coisa. Ela estava pensando em Babel-17 e escolhendo palavras inglesas com ela. Mas agora estava pensando em inglês de novo.

Geoffry Cord sacudiu a cabeça para o lado, os cabelos pretos tremendo, virou a mesa e correu na direção dela. A faca envenenada que ela tinha visto apenas em mente estava em riste e apontada para sua barriga.

Ela deu um pulo para trás, chutou mirando o pulso quando ele saltou sobre a borda do palco; errou, mas atingiu o rosto. Ele caiu para trás, rolando no chão.

Ouro, prata, âmbar: Brass estava correndo de seu lado da sala. Tarik, de cabelos prateados, estava vindo do outro lado, sua capa ondulando. E o Carniceiro já havia chegado a ela, estava entre ela e Cord, que se recompunha.

— O que é isso? — questionou Tarik.

Cord estava sobre um joelho, a faca ainda sacada. Seus olhos pretos foram de cano de vibra-arma para cano de vibra-arma, depois para as garras desembainhadas de Brass. Ele ficou paralisado.

— Não gosto de ataques aos meus convidados.

— Essa faca era para você, Tarik — ofegou ela. — Verifique os registros da personafix de Jebel. Ele ia te matar, pôr o Carniceiro sob controle hipnótico e assumir Jebel.

— Ah — disse Tarik. — É um desses. — Ele se virou para o Carniceiro. — Já era hora de outro aparecer, não era? Cerca de um a cada seis meses. Fico novamente grato a você, capitã Wong.

O Carniceiro deu um passo à frente e pegou a faca de Cord, cujo corpo parecia congelado, cujos olhos dançavam. Rydra ouviu a respiração de Cord aplicar-se sobre o silêncio, enquanto o Carniceiro, segurando a faca pela lâmina, examinou-a. A lâmina em si, nos dedos pesados do Carniceiro, era de aço estampado. O cabo, um pedaço de dezessete centímetros de osso, era sulcado, frisado e manchado com a cor de uma nogueira.

Com a mão livre, o Carniceiro entrelaçou os dedos nos cabelos pretos de Cord. Então, sem muita rapidez, enfiou a faca até o fim no olho direito dele – começando pelo cabo.

O grito tornou-se um gorgolejo. As mãos que se debatiam caíram dos ombros do Carniceiro. Aqueles que estavam sentados por perto se levantaram.

O coração de Rydra bateu forte duas vezes, querendo quebrar as costelas.

— Mas você nem verificou... E se eu estivesse errada... Talvez houvesse mais do que... — Sua língua sacudia em protestos sem sentido. E talvez o coração dela tivesse parado.

O Carniceiro, com as duas mãos ensanguentadas, olhou-a com frieza.

— Ele andou com uma faca em Jebel na direção de Tarik ou da senhora e morre. — Punho direito enterrado na palma da mão esquerda, agora sem som e com lubrificante vermelho.

— Sra. Wong — disse Tarik —, pelo que vi, há pouca dúvida em minha mente de que Cord era certamente perigoso. Tenho certeza de que não há muita dúvida para você também. Você é muito útil. Estou em dívida. Espero que esta viagem pela Língua do Dragão se mostre auspiciosa. O Carniceiro acabou de me dizer que foi a seu pedido que estamos indo para lá.

— Obrigada, mas... — Seu coração estava palpitando novamente. Ela tentou formar alguma oração para pendurar no gancho do "mas" ainda hesitante na boca. Em vez disso, ficou muito enjoada e se lançou adiante, meio ofuscada. O Carniceiro segurou-a com as palmas das mãos vermelhas.

***

O salão redondo, morno e azul novamente. Mas sozinha, e ela finalmente foi capaz de pensar sobre o que havia acontecido no refeitório. Não era o que repetidamente tentava descrever a Mocky. Era o que Mocky insistira repetidamente para ela: telepatia. Mas, aparentemente, a telepatia era o nexo do antigo talento e uma nova maneira de pensar. Abria mundos de percepção, de ação. Então, por que ela estava enjoada? Lembrou como o tempo desacelerou quando sua mente trabalhou sob Babel-17, como seus processos mentais se aceleraram. Se houvesse um aumento correspondente em suas funções fisiológicas, talvez seu corpo não estivesse preparado para o esforço.

As fitas da *Rimbaud* tinham-lhe dito que a próxima tentativa de "sabotagem" seria no Quartel-General da Aliança Administrativa. Ela queria chegar lá com o idioma, o vocabulário e a gramática, entregá-los a eles e se aposentar. Estava quase pronta para entregar a busca por esse orador misterioso. Mas não, não era bem assim; ainda havia alguma coisa, alguma coisa a ser ouvida e falada...

Enjoada e despencando, ela agarrou o dedo ensanguentado, acordou com susto. A brutalidade sem ego do Carniceiro, martelada de forma linear pelo que ela não conseguia saber, menos que primitiva, era, para horror completo, ainda humana. Embora com as mãos ensanguentadas, ele era mais seguro que a precisão do mundo linguisticamente corrigido. O que era possível dizer para um homem que não conseguia dizer "eu"? O que ele poderia dizer para ela? As crueldades e gentilezas de Tarik existiam nos limites articulados da civilização. Mas essa bestialidade vermelha... a fascinava!

4

ELA SE LEVANTOU DA rede, dessa vez soltando a bandagem. Sentiu-se melhor por quase uma hora, mas ficara deitada e imóvel pensando a maior parte do tempo. A rampa inclinou-se a seus pés.

Quando a parede da enfermaria se solidificou atrás dela, ela parou no corredor. O fluxo de ar pulsava como respiração. Suas calças translúcidas roçaram o peito dos pés descalços. O decote da blusa de seda preta estava solto nos ombros.

Ela havia descansado até o turno da noite de Jebel. Durante um período de grande atividade, o tempo de sono era intermitente, mas quando eles simplesmente se moviam de um lugar para outro, havia horas em que quase toda a população dormia.

Em vez de seguir em direção ao refeitório, ela desceu um túnel inclinado desconhecido. A luz branca difundia-se do chão, tornou-se âmbar a quinze metros de distância, depois o âmbar ficou laranja – ela parou e olhou para as mãos à luz alaranjada – e, doze metros adiante, a luz laranja ficou vermelha. Então... azul.

O espaço abriu-se ao redor dela, as paredes inclinadas para trás, o teto subindo na escuridão, alto demais para ela enxergar. O ar cintilou e se manchou com a imagem persistente da mudança de cor. Uma névoa insubstancial e seus olhos instáveis fizeram com que ela girasse para se orientar.

A silhueta de um homem estava contra a entrada vermelha do salão.

— Carniceiro?

Ele caminhou em direção a ela, a luz azul embaçando suas feições enquanto ele se aproximava. Ele parou, meneou a cabeça.

— Decidi dar um passeio quando me senti melhor — explicou ela. — Que parte da nave é esta?

— Cabines dos desincorporados.

— Eu devia ter imaginado. — Eles começaram a andar juntos. — Você só está vagando por aí também?

Ele fez que não com a cabeça pesada.

— Uma nave alienígena passa perto de Jebel, e Tarik quer seus vetores sensoriais.

— Aliança ou Invasora?

O Carniceiro deu de ombros.

— Só se sabe que não é nave humana.

Havia nove espécies entre as cinco galáxias exploradas com viagens interestelares. Três juntaram-se definitivamente à Aliança. Quatro haviam se aliado aos Invasores. Duas não se comprometeram com ninguém.

Eles tinham avançado bastante no setor de desincorporados, nada parecia sólido. As paredes eram de névoa azulada sem quinas. O crepitar ecoante das energias de transferência causava relâmpagos distantes, e seus olhos eram torturados por fantasmas parcialmente lembrados, que sempre haviam passado momentos antes, mas nunca estiveram lá.

— Até onde nós vamos? — perguntou ela, tendo decidido caminhar com ele, pensando enquanto falava: se ele não conhece a palavra "eu", como pode compreender "nós"?

Compreendendo ou não, ele respondeu:

— Breve. — Então, ele a fitou diretamente com olhos escuros e pesados e perguntou: — Por quê?

O tom de sua voz era tão diferente que ela soube que ele não estava se referindo a nada da conversa durante os últimos minutos. Ela pensou em qualquer coisa que tivesse feito que ele pudesse considerar surpreendente.

Ele repetiu:

— Por quê?

— Por que o quê, Carniceiro?

— Por que salvar Tarik de Cord?

Não havia objeção na pergunta, apenas curiosidade ética.

— Porque gosto dele e porque preciso que ele me leve ao Quartel-General; e eu me sentiria meio estranha se deixasse... — Ela parou. — Você sabe quem "eu" sou?

Ele negou com a cabeça.

— De onde você vem, Carniceiro? Em que planeta você nasceu?

Ele deu de ombros.

— A cabeça — disse depois de um momento. — Disseram que havia algo errado com o cérebro.

— Quem?

— Os médicos.

Uma fumaça azul flutuava entre eles.

— Os médicos em Titin? — arriscou ela.

O Carniceiro afirmou com a cabeça.

— Então, por que não colocaram você em um hospital em vez de mandarem para uma prisão?

— Disseram que o cérebro não é louco. Esta mão — ele levantou a esquerda — mata quatro pessoas em três dias. Esta mão — ele ergueu a outra — mata sete. Explode quatro edifícios com termite. O pé — deu um tapa na perna esquerda — chutou a cabeça do guarda no Banco Telechron. Tem muito dinheiro lá, mais do que dá para carregar. Carrega talvez quatrocentos mil créditos. Não muito.

— Você roubou quatrocentos mil créditos do Banco Telechron!

— Três dias, onze pessoas, quatro edifícios: tudo por quatrocentos mil créditos. Mas Titin... — Seu rosto se contorceu. —... não foi nada divertido.

— Foi o que ouvi falar. Quanto tempo demoraram para pegar você?

— Seis meses.

Rydra assobiou.

— Tiro meu chapéu para você se conseguiu escapar deles por tanto tempo depois de um assalto a banco. E você entende de bióticos o bastante para realizar uma cesariana difícil e manter um feto vivo. Tem alguma coisa aí nessa cabeça.

— Os médicos dizem que o cérebro não é estúpido.

— Olha, você e eu vamos conversar. Mas primeiro tenho que ensinar uma coisa... — Ela parou. —... ao cérebro.

— O quê?

— Sobre *você* e *eu*. Você deve ouvir essas palavras cem vezes por dia. Nunca se perguntou o que elas significam?

— Por quê? A maioria das coisas faz sentido sem elas.

— Ei, fale em qualquer língua com a qual você tenha sido criado.

— Não.

— Por que não? Quero ver se é uma sobre a qual sei alguma coisa.

— Os médicos dizem que tem algo de errado com o cérebro.

— Tudo bem. O que eles disseram que estava errado?

— Afasia, alexia, amnésia.

— Então, você ficou muito confuso. — Ela franziu a testa. — Isso foi antes ou depois do assalto ao banco?

— Antes.

Ela tentou ordenar o que havia aprendido.

— Aconteceu alguma coisa que deixou você sem memória, incapaz de falar ou ler, e então a primeira coisa que você fez foi roubar o Banco Telechron… qual Banco Telechron?

— Em Rhea-IV.

— Ah, um pequeno. Mas ainda assim… e você ficou livre por seis meses. Alguma ideia do que aconteceu com você antes de perder a memória?

Carniceiro deu de ombros.

— Suponho que repassaram todas as possibilidades de você estar trabalhando para alguém sob hipnóticos. Você não sabe que língua falava antes de perder a memória? Bem, seus padrões de fala agora devem estar baseados em sua antiga língua, ou você teria aprendido sobre *eu* e *você* só de absorver novas palavras.

— Por que esses sons têm que ter significado?

— Porque você fez uma pergunta justo agora que não posso responder se você não as entende.

— Não. — Desconforto encobriu a voz dele. — Não. Existe uma resposta. As palavras da resposta precisam ser mais simples, é só isso.

— Carniceiro, há certas ideias que têm palavras para elas. Se você não conhece as palavras, você não consegue conhecer as ideias. E se você não tiver a ideia, você não vai ter a resposta.

— A palavra *você* quatro vezes, certo? Não ficou incompreensível, e *você* não significa nada.

Ela suspirou.

— Isso porque eu estava usando a palavra de forma fática; ritualmente, sem levar em conta seu significado real… como uma figura de linguagem. Olha, eu fiz uma pergunta para você que você não conseguiu responder.

O Carniceiro franziu a testa.

— Veja, você precisa saber o que elas significam para entender o que eu acabei de dizer. A melhor maneira de aprender uma língua é ouvindo. Então, ouça. Quando você — ela apontou para ele — disse para mim — ela apontou para si mesma — "Sabia quais naves destruir, e naves são destruídas. Agora para descer a Língua do Dragão, Jebel desce a Língua do Dragão", duas vezes no punho — ela tocou a mão esquerda — e bateu no peito. — Ela levou a mão ao peito dele. A pele estava fria e macia sob a palma da mão. — O punho estava tentando dizer alguma coisa. E se você tivesse usado a palavra "eu", não precisaria usar o punho. O que você queria dizer era: "Você sabia quais naves destruir, e eu destruí as naves. Você quer descer a Língua do Dragão, eu vou fazer Jebel descer a Língua do Dragão".

O Carniceiro franziu a testa.

— Sim, o punho para dizer alguma coisa.

— Você não enxerga? Às vezes você quer dizer coisas e está perdendo uma ideia com a qual as cria e perdendo uma palavra para criar a ideia. No começo, era o verbo. É assim que alguém tentou explicar isso uma vez. Até que uma coisa receba um nome, ela não existe. E é algo que o cérebro precisa que exista, senão você não teria que bater no peito ou bater com o punho na palma da mão. O cérebro quer que ela exista. Me deixe ensiná-lo a palavra.

O franzir do cenho vincou mais ainda o rosto dele.

Só então a névoa se dissipou diante deles. Na escuridão sarapintada de estrelas, algo flutuava, frágil e cintilante. Haviam alcançado uma porta sensorial, mas ela transmitia em frequências próximas à luz normal.

— Lá — disse o Carniceiro —, tem nave alienígena.

— É de Çiríbia-IV — disse Rydra. — São amistosos com a Aliança.

O Carniceiro ficou surpreso por ela ter reconhecido o veículo.

— Uma nave muito estranha.

— Parece engraçada para nós, não parece?

— Tarik não sabia de onde vinha. — Ele balançou a cabeça.

— Não vejo uma dessas desde que eu era criança. Tivemos que entreter delegados de Çiríbia para o Tribunal de Mundos Externos. Minha mãe era tradutora lá. — Ela se apoiou no corrimão e olhou para a nave. — Você não imaginaria que uma coisa tão frágil e trepidante como essa fosse voar ou fazer saltos de estase. Mas ela faz tudo isso.

— Eles têm essa palavra? *Eu*?

— Na verdade, eles têm três formas: eu-abaixo-de-uma-temperatura-de-6-graus-centígrados, eu-entre-6-e-93-graus-centígrados e eu-acima-de-93.

O Carniceiro parecia confuso.

— Tem a ver com seu processo reprodutivo — explicou Rydra. — Quando a temperatura está abaixo de 6 graus, ficam estéreis. Só podem conceber quando a temperatura é entre 6 e 93, mas para dar à luz, precisam estar acima de 93.

A nave çiribiana movia-se como penas amolecidas pela tela.

— Talvez eu consiga explicar alguma coisa para você deste jeito: com todas as nove espécies de formas de vida que saltam na galáxia, cada uma tão difundida quanto a nossa, cada uma tecnicamente inteligente, com uma economia tão complicada, sete delas envolvidas na mesma guerra que nós estamos, ainda assim quase nunca deparamos com elas; e elas deparam conosco ou umas com as outras com essa mesma frequência, tão raramente que, mesmo quando um astronauta experiente como Tarik passa ao lado de uma de suas naves, ele não consegue identificá-la. Sabe por quê?

— Por quê?

— Porque os fatores de compatibilidade para comunicação são incrivelmente baixos. Veja os çiribianos, que têm conhecimento suficiente para navegar com seus ovos *poché* triplos de uma estrela a outra: eles não têm nenhuma palavra para "casa", "lar" ou "habitação". "Devemos proteger nossas famílias e nossos lares." Quando estávamos preparando o tratado entre os çiribianos e nós no Tribunal dos Mundos Externos, lembro que levou 45 minutos para proferir a sentença em çiribiano. Toda a cultura deles é baseada no calor e nas mudanças de temperatura. Nós temos sorte que eles saibam o que é uma "família", porque são os únicos além dos humanos que têm família. Mas "casa" você tem que acabar descrevendo "... um invólucro que cria uma discrepância de temperatura com o ambiente externo de muitos graus, capaz de manter confortável uma criatura com uma temperatura corporal uniforme de trinta e sete graus, o mesmo invólucro pode abaixar a temperatura durante os meses da estação quente e aumentá-la durante a estação fria, proporcionando um local onde o alimento orgânico possa ser refrigerado para ser preservado ou aquecido bem acima do ponto de ebulição da água para agradar o mecanismo do paladar dos habitantes autóctones que, por meio de costumes que remontam a milhões de estações quentes e frias, procuraram habitualmente esse dispositivo de mudança de temperatura... " e assim por diante. No final, você deu a eles uma ideia do que é uma "casa" e por que vale a pena protegê-la. Se der a eles um esquema do sistema de ar-condicionado e aquecimento central, as dificuldades começarão a se resolver.

Agora: há uma enorme usina de conversão de energia solar que abastece de energia elétrica o Tribunal. Os componentes de amplificação e redução de calor ocupam uma área um pouco maior que a de Jebel. Um çiribiano pode se esgueirar para dentro daquela usina e descrevê-la para outro çiribiano que nunca a viu antes, e o segundo çiribiano poderá construir uma cópia exata, até a cor em que as paredes são pintadas; e isso realmente aconteceu, porque pensaram que tínhamos feito algo engenhoso com um dos circuitos e quiseram experimentar; onde cada peça está localizada, seu tamanho, ou seja, descrever por completo o negócio todo em nove palavras. Nove palavras muito pequenas também.

O Carniceiro sacudiu a cabeça.

— Não. Um sistema de conversão de calor solar é complicado demais. Essas mãos desmantelam uma, não muito tempo atrás. Grande demais. Não...

— Sim, Carniceiro, nove palavras. Em inglês, seriam necessários alguns livros cheios de esquemas e especificações elétricas e arquitetônicas. Eles têm as nove palavras adequadas. Nós não.

— Impossível.

— Como aquilo ali. — Ela apontou a nave çiribiana. — Mas está lá e voando. — Ela observou o cérebro, ao mesmo tempo inteligente e prejudicado, pensando. — Se você tiver as palavras certas — disse ela —, economiza muito tempo e facilita as coisas.

Depois de um tempo, ele perguntou:

— O que é *eu*?

Ela sorriu.

— Para começar, é muito importante. Muito mais importante que qualquer outra coisa. O cérebro pode negligenciar qualquer coisa, desde que "eu" fique vivo. Isso porque o cérebro é parte do eu. Um livro *é*, uma nave *é*, Tarik *é*, o universo *é*; mas, como você deve ter notado, eu *sou*.

O Carniceiro fez que sim com a cabeça.

— Sim. Mas eu sou o quê?

Um nevoeiro fechou-se sobre a janela panorâmica, embaçando as estrelas e a nave çiribiana.

— Essa é uma pergunta que só você poderá responder.

— Você deve ser importante também — ponderou o Carniceiro —, porque o cérebro ouviu bastante você.

— Boa, garoto!

De repente, ele colocou a mão na bochecha de Rydra. O esporão repousava levemente no lábio inferior dela.

— Você e eu — disse o Carniceiro. Ele aproximou o rosto do dela. — Ninguém mais está aqui. Só você e eu. Mas qual é qual?

Ela fez que sim com a cabeça, a bochecha se movendo entre os dedos dele.

— Você está pegando a ideia. — O peito dele estava frio; sua mão estava quente. Ela pousou a mão sobre a dele. — Por vezes eu me assustei com você.

— Eu e me — disse o Carniceiro. — Apenas uma distinção morfológica, certo? O cérebro percebe isso antes. Por que eu me assusta com você?

— *Assusto*. Uma correção morfológica. Me assusto com você porque rouba bancos e enfia cabos de facas na cabeça das pessoas, Carniceiro!

— Você faz isso? — Então, sua surpresa se dissipou. — Sim, você faz, não faz. Você esqueceu.

— Mas eu não fiz — disse Rydra.

— Por que isso assusta eu...? Correção: me assusta. Ouve isso por acaso também.

— Porque é algo que nunca fiz, nunca quis fazer, nunca fui capaz de fazer. E eu gosto de você, gosto da sua mão no meu rosto, então, se você de repente decide enfiar um cabo de faca no *meu* olho, bem...

— Ah. Você nunca enfiaria um cabo de faca no meu olho — disse o Carniceiro. — Eu não preciso me preocupar.

— Você poderia mudar de ideia.

— Você não vai. — Ele olhou bem para ela. — Eu não acho que você vai me matar de verdade. Você sabe disso. Eu sei disso. É outra coisa. Por que eu não digo a você outra coisa que me assustou? Talvez você possa ver algum padrão e, então, você vai entender. O cérebro não é estúpido.

Sua mão deslizou para o pescoço dela, e havia preocupação em seus olhos confusos, o que vira antes do momento em que ele se afastou do feto morto no auditório de biologia.

— Uma vez... — ela começou devagar —... bem, havia um pássaro.

— Pássaros me assustam?

— Não. Mas esse pássaro sim. Eu era criança. Você não se lembra de ser criança, não é? Na maioria das pessoas, o que você foi quando criança tem muito a ver com o que você é agora.

— E com o que eu sou também?

— Sim, eu também. Meu médico tinha conseguido esse pássaro para mim de presente. Era um mainá, que sabe falar. Mas não sabe o que está dizendo. Apenas repete como um gravador. Só que eu não sabia. Muitas vezes sei o que as pessoas estão tentando me dizer, Carniceiro. Nunca entendi isso antes, mas desde que cheguei a Jebel, percebi que tem algo a ver com telepatia. De qualquer forma, o mainá tinha sido treinado para falar ao receber minhocas quando dizia a coisa certa. Você sabe o tamanho de uma minhoca?

— Assim?

— Exatamente. E algumas delas ficam alguns centímetros mais longas. E um mainá tem cerca de vinte centímetros de altura. Em outras palavras, uma minhoca pode ter até cinco sextos do tamanho de um mainá, o que é bastante. O pássaro tinha sido treinado para dizer: "Olá, Rydra, é um bom dia e estou feliz". Mas a única coisa que isso significava na mente do pássaro era uma combinação grosseira de sensações visuais e olfativas que se traduziam livremente assim: *Tem outra minhoca chegando.* Então, quando entrei na estufa e disse olá para o mainá, e ele respondeu: "Olá, Rydra, é um ótimo dia e estou feliz", eu soube imediatamente que ele estava mentindo. Havia outra minhoca chegando, que eu consegui ver e da qual consegui sentir o cheiro, e essa era grossa assim e tinha cinco sextos da minha altura. E eu tinha que comer aquela coisa. Fiquei um pouco histérica. Nunca contei isso ao meu médico, porque nunca tinha exatamente entendido o que havia acontecido até agora. Mas quando lembro, ainda fico abalada.

O Carniceiro assentiu com a cabeça.

— Quando você saiu de Rhea com o dinheiro, acabou se escondendo em uma caverna nos infernos gélidos de Dis. Foi atacado por vermes, aqueles de mais de três metros e meio. Eles se esgueiraram para fora das rochas com a secreção ácida de sua pele. Você estava com medo, mas os matou. Montou uma rede elétrica com a fonte de energia de seu trenó de salto. Você os matou e, quando soube que podia vencê-los, não teve mais medo. Você só não os comia porque o ácido deixava a carne tóxica. Mas você não tinha comido nada nos últimos três dias.

— Eu fiz isso? Quer dizer… você fez?

— Você não tem medo das coisas das quais eu tenho medo. Eu não tenho medo das coisas de que você tem medo. Isso é bom, não é?

— Acho que sim.

Suavemente, ele inclinou o rosto contra o dela, depois se afastou e procurou em seu rosto uma reação.

— Do que você tem medo? — perguntou ela.

Ele balançou a cabeça, não em negação, mas em confusão, quando ela o viu tentando articular.

— O bebê, o bebê que morreu — disse ele. — O cérebro tem medo, medo por você, por que você ficaria sozinho.

— Por que você tem medo de ficar sozinho, Carniceiro?

Ele balançou a cabeça de novo.

— A solidão não é boa.

Ela assentiu com a cabeça.

— O cérebro sabe disso. Durante muito tempo não sabia, mas depois de um tempo aprendeu. Solitário em Rhea, você estava, mesmo com todo o dinheiro. Mais solitário em Dis; e em Titin, mesmo com os outros prisioneiros, você era o mais solitário de todos. Ninguém realmente entendia quando você falava com eles. Você não os entendia de verdade. Talvez porque diziam muito *eu* e *você*, e agora você está começando a aprender a importância de você e eu.

— Você queria criar o bebê para que ele crescesse e… falasse a mesma língua que você? Ou, pelo menos, falasse o inglês do mesmo jeito que você fala?

— Então os dois não ficam sozinhos.

— Entendo.

— Morreu — disse o Carniceiro. Ele grunhiu mais uma vez. — Mas agora você não está tão sozinho. Eu ensino você a entender os outros, um pouco. Você não é idiota e aprende rápido. — Nesse momento ele se virou totalmente de frente para ela, apoiou os punhos nos ombros dela e falou com seriedade. — Você gosta de mim. Mesmo quando cheguei em Jebel, havia algo sobre mim de que você gostava. Vi você fazer coisas que achei ruins, mas você gostou de mim. Eu disse para você como destruir a rede defensiva dos Invasores, e você destruiu para mim. Eu disse para você que queria ir até a ponta da Língua do Dragão, e você providenciou para que eu chegasse lá. Você fará qualquer coisa que eu pedir. É importante que eu saiba disso.

— Obrigada, Carniceiro — disse ela, espantada.

— Se você roubar outro banco, você vai me dar todo o dinheiro.

Rydra riu.

— Obrigada. Ninguém nunca quis fazer isso por mim. Mas eu espero que você não tenha que roubar...

— Você vai matar qualquer um que tentar me machucar, vai matá-los muito pior do que jamais matou qualquer um antes.

— Mas você não precisa...

— Você vai matar Jebel inteira se ela tentar separar você e eu e nos manter sozinhos.

— Ah, Carniceiro... — Ela se afastou dele e cobriu a boca com o punho fechado. — Que droga de professora eu sou! Você não entende nada do que... eu... *eu* estou falando.

A voz, atônita e lenta:

— Eu não entendo você, você acha.

Ela se virou para ele.

— Mas eu entendo, Carniceiro! Eu entendo você. Por favor, acredite. Mas confie em mim quando digo que você tem um pouco mais a aprender.

— Você confia em mim — disse ele com firmeza.

— Então, ouça. Agora nós nos encontramos no meio do caminho. Na verdade, eu não te ensinei sobre *eu* e *você*. Nós inventamos uma linguagem nossa, e é disso que estamos falando agora.

— Mas…

— Olha, toda vez que você disse *você* nos últimos dez minutos, você deveria ter dito *eu*. Toda vez que você disse *eu*, você quis dizer *você*.

Ele voltou os olhos ao chão, depois os ergueu novamente, ainda sem resposta.

— O que eu falo como eu, você deve falar como você. E vice-versa, entende?

— Eles são a mesma palavra para a mesma coisa e por isso são intercambiáveis?

— Não, só que… sim! As duas significam o mesmo tipo de coisa. De certa, forma são iguais.

— Então, você e eu somos a mesma coisa.

Arriscando confusão, ela concordou com a cabeça.

— Acho que sim. Mas você… — ele apontou para ela —… me ensinou. — Ele se tocou.

— E é por isso que você não pode sair por aí matando pessoas. Pelo menos é melhor você pensar pra caramba antes de fazer isso. Quando você falar com Tarik, ainda existe eu e você. Qualquer um que você olhe na nave, ou mesmo através de uma tela, ainda há eu e você lá.

— O cérebro precisa pensar sobre isso.

— Você deve pensar sobre isso com mais do que o cérebro.

— Se eu devo, então eu vou. Mas nós somos um, mais que outros. — Ele tocou o rosto dela de novo. — Porque você me ensinou. Porque comigo você não precisa ter medo de nada. Eu acabei de aprender e posso cometer erros com outras pessoas; pois um *eu* matar um *você* sem muito pensamento é um erro, não é? Eu uso as palavras corretamente agora?

Ela fez que sim com a cabeça.

— Eu não vou cometer erros com você. Seria terrível demais. Vou cometer o menor número de erros que eu puder. E, algum dia, eu vou aprender tudo. — Então, ele sorriu. — Mas vamos esperar que ninguém tente cometer erros comigo. Eu sinto muito por eles se fizerem isso, porque provavelmente eu vou cometer um erro com eles muito rapidamente e com muito pouco pensamento.

— Por ora, acho que é justo — disse Rydra. Ela tomou os braços dele nas mãos. — Estou feliz que você e eu estejamos juntos, Carniceiro. — Então, os braços dele se ergueram e a puxaram contra o seu corpo, e ela pressionou o rosto no ombro dele.

— Eu agradeço a você — sussurrou ele. — Eu agradeço a você e agradeço a você.

— Você está quente — disse ela em seu ombro. — Fique mais um pouco assim.

Como ele ficou, ela ergueu o rosto e piscou para ele através da névoa azul e tudo ficou frio.

— O que *foi*, Carniceiro?

Ele tomou o rosto de Rydra entre as mãos e inclinou a cabeça até o cabelo cor de âmbar roçar a testa dela.

— Carniceiro, lembra que eu te disse que posso dizer o que as pessoas estão pensando? Bem, posso dizer que tem algo de errado... agora. Você disse que eu não precisava ter medo de você, mas você está me assustando agora.

Ela levantou o rosto dele. Nele havia lágrimas.

— Olha, do mesmo jeito que algo de errado comigo assustaria você, uma coisa que vai me assustar demais por um bom tempo é algo de errado com você. Me diga o que é.

— Eu não posso — disse ele com voz rouca. — Eu não posso. *Eu* não posso dizer para *você*. — E a única coisa que ela entendeu de imediato foi que era a coisa mais horrível que ele poderia conceber com seu novo saber.

Ela o observou lutar e lutou ela mesma:

— Talvez eu possa ajudar, Carniceiro! Tem uma maneira pela qual eu consigo entrar no cérebro e descobrir o que é.

Ele recuou e balançou a cabeça.

— *Você* não deve fazer isso *comigo*. Por favor.

— Carniceiro, eu não v-vou. — Ela estava confusa. — En--então eu... eu não vou. — A confusão doía. — Carniceiro... eu não vou! — Sua gagueira adolescente vacilou em sua boca.

— Eu... — começou ele, ofegando, mas ficando mais suave —... tenho estado sozinho e não tenho sido eu há muito tempo. Preciso ficar sozinho mais um pouco.

— E-entendo. — Uma suspeita, muito pequena e fácil de lidar, chegou nesse momento. Quando ele recuou, essa suspeita entrou no espaço entre eles. Mas aquilo era humano também.

— Carniceiro? Você consegue ler minha mente?

Ele pareceu surpreso.

— Não. Eu nem entendo como você consegue ler a minha.

— Tudo bem. Pensei que talvez houvesse algo na minha cabeça que você pudesse estar captando e que faz você ter medo de mim.

Ele fez que não com a cabeça.

— Isso é bom. Caramba, eu não gostaria de alguém espreitando debaixo do meu couro cabeludo. Acho que entendo.

— Digo a você agora — disse ele, vindo na direção dela de novo. — Eu e você somos um, mas eu e você somos muito diferentes. Vi muita coisa que você nunca vai saber. Você sabe de coisas que eu nunca vou ver. Você me deixou não sozinho, um pouco. Tem muita coisa no cérebro, no meu cérebro, sobre ferir, correr e lutar e, mesmo que eu tenha ficado em Titin, muita coisa sobre ganhar. Se você estiver em perigo, mas um perigo real no qual alguém pode cometer um erro com você, então vá para dentro do cérebro, veja o que está lá. Use o que você precisar. Só peço a você que espere até ter feito todas as outras coisas primeiro.

— Vou esperar, Carniceiro — disse ela.

Ele estendeu a mão.

— Venha.

Ela pegou a mão dele, evitando os esporões.

— Não tem necessidade de ver as correntes de estase ao redor da nave alienígena, se ela for amiga da Aliança. Você e eu vamos ficar juntos por um tempo.

Ela andou com o ombro recostado ao braço dele.

— Amigo ou inimigo — disse ela enquanto passavam pelo crepúsculo, carregado de fantasmas. — Toda essa Invasão... às vezes parece tão estúpida. De onde eu venho, é uma coisa em que não permitem que você pense. Aqui em Jebel Tarik, vocês mais ou menos evitam a questão. Invejo vocês por isso.

— Você está indo para o Quartel-General da Aliança Administrativa por causa da Invasão, não é?

— Isso mesmo. Mas depois que eu for, não fique surpreso se eu voltar. — Alguns passos depois ela olhou para cima novamente. — Essa é outra coisa que eu gostaria de entender bem na minha cabeça. Os Invasores mataram meus pais, e o segundo embargo quase me matou. Dois de meus Navegadores perderam a esposa para os Invasores. Ainda assim, Ron poderia se perguntar o quanto os Estaleiros de Guerra estavam corretos. Ninguém gosta da Invasão, mas ela continua. É tão grande que nunca pensei de verdade em tentar sair dela antes. É engraçado ver um monte de gente com seu jeito estranho, e talvez destrutivo, de fazer exatamente isso. Talvez eu devesse simplesmente não me preocupar em ir ao Quartel-General, dizer a Tarik para dar meia-volta e ir na direção da parte mais densa do Estalo.

— Os Invasores — disse o Carniceiro, quase refletindo. — Eles machucam muitas pessoas, você, eu. Eles me machucaram também.

— Machucaram?

— O cérebro doente, eu te disse. Invasores fizeram isso.

— O que eles fizeram?

O Carniceiro deu de ombros.

— A primeira coisa de que me lembro é de fugir de Nuevanueva York.

— Esse é o enorme terminal portuário para a constelação de Câncer.

— Exatamente.

— Os Invasores capturaram você?

Ele assentiu com a cabeça.

— E fizeram alguma coisa. Talvez experimentos, talvez tortura. — Ele deu de ombros. — Não importa. Não consigo lembrar. Mas quando escapei, escapei sem nada: sem memória, sem voz, sem palavras, sem nome.

— Talvez você fosse um prisioneiro de guerra, ou talvez até mesmo alguém importante antes que eles capturassem…

Ele se inclinou e encostou a bochecha nos lábios dela para impedi-la de falar. Quando se levantou, ele sorriu com tristeza, como ela viu.

— Tem algumas coisas que o cérebro talvez não saiba, mas consegue adivinhar: sempre fui um ladrão, um assassino, um criminoso. E eu não era eu. Os Invasores me pegaram uma vez. Eu escapei. A Aliança me pegou mais tarde em Titin. Eu escapei…

— Você *escapou* de Titin?

Ele assentiu com a cabeça.

— Eu provavelmente vou ser pego de novo, porque é o que acontece com criminosos neste universo. E talvez eu fuja mais uma vez. — Ele deu de ombros. — Mas talvez eu não seja pego novamente. — Ele olhou para ela, surpreso não por ela, mas por algo em si mesmo. — Eu não era eu antes, mas agora há uma razão para ficar livre. Não vou ser pego de novo. Há uma razão.

— Qual, Carniceiro?

— Porque eu sou — disse ele com suavidade — e você é.

5

— **VOCÊ ESTÁ TERMINANDO SEU DICIONÁRIO?** — perguntou Brass.

— Terminei ontem. Isso aqui é um poema. — Ela fechou o caderno. — Devemos chegar à ponta da Língua em breve. O Carniceiro acabou de me contar esta manhã que os çiribianos tem nos acompanhado por quatro dias. Brass, você tem alguma ideia do que eles...

Amplificada pelos alto-falantes, veio a voz de Tarik:

— Preparar Jebel para defesa imediata. Repito, defesa imediata.

— Caramba, o que está acontecendo agora? — perguntou Rydra. Ao redor deles, o refeitório se levantou de uma vez.

— É o seguinte: procure a tripulação e leve-os até os portões de ejeção.

— É de onde saem as naves-aranha?

— Isso. — Rydra se levantou.

— Vabos nos esbalhar um bouco, Cabitã?

— Se for preciso — disse Rydra e começou a atravessar o andar.

Ela chegou um minuto antes da tripulação e alcançou o Carniceiro na escotilha de ejeção. A tripulação de batalha de Jebel se apressava pelo corredor em confusão ordenada.

— O que está acontecendo? Os çiribianos ficaram hostis?

Ele fez que não com a cabeça.

— Invasores a doze graus fora do centro galáctico.

— Perto assim da Aliança Administrativa?

— Sim. E se Jebel Tarik não atacar primeiro, é o fim de Jebel. Eles são maiores que Jebel, e Jebel vai bater direto contra eles.

— Tarik vai atacá-los?

— Vai.

— Então, vamos lá, vamos atacar.

— Você vem comigo?

— Sou mestra estrategista, lembra?

— Jebel está em perigo — disse o Carniceiro. — Vai ser uma batalha maior do que a que você viu antes.

— Melhor para usar meus talentos. Sua nave está equipada para levar uma tripulação completa?

— Sim. Mas vamos usar os destacamentos de Navegação e Sensorial da Jebel remotamente.

— De qualquer forma, vamos levar uma tripulação para o caso de querermos romper com a estratégia às pressas. Tarik vai com você desta vez?

— Não.

No corredor, Coruja virou a esquina, seguido por Brass, os Navegadores, as figuras insubstanciais do trio desincorporado e o pelotão.

O Carniceiro olhou para eles, depois para Rydra.

— Tudo certo. Vamos entrar. Entrem, pessoal!

Ela beijou o ombro dele porque não conseguiu alcançar a bochecha; o Carniceiro abriu a escotilha de ejeção e apontou para eles seguirem.

Allegra, enquanto subia a escada, pegou o braço de Rydra.

— Vamos lutar desta vez, capitã? — Havia um sorriso animado no rosto sardento.

— Há uma boa chance. Assustada?

— Sim — disse Allegra, ainda sorrindo, e correu para o túnel escuro. Rydra e o Carniceiro subiram atrás deles.

— Não vão ter nenhum problema com este equipamento se tiverem que assumir o controle remoto, não é?

— Esta nave-aranha é três metros menor que a *Rimbaud*. Vai ficar mais apertada na área dos desincorporados, mas o restante é igual.

Rydra pensou: trabalhamos com os destacamentos sensoriais em uma corveta com doze metros e um gerador; isso aqui é moleza, capitã – em basco.

— A cabine de capitão é diferente — acrescentou. — É aí que ficam os controles das armas. Vamos cometer alguns erros.

— Filosofe depois — disse ela. — Vamos lutar com toda força por Jebel Tarik. Mas se lutar com todas as forças não adiantar nada, quero poder sair daqui. Não importa o que aconteça, preciso voltar para o Quartel-General da Aliança Administrativa.

— Tarik queria saber se a nave çiribiana lutaria ao nosso lado. Ainda estão parados no sentido T.

— Provavelmente vão assistir a tudo e não vão entender o que está acontecendo, a menos que sejam atacados diretamente. Se forem, podem muito bem cuidar de si mesmos. Mas duvido que se juntem a nós em uma ofensiva.

— Isso é ruim — disse o Carniceiro. — Porque vamos precisar de ajuda.

— Estratégia de Oficina. Estratégia de Oficina — a voz de Tarik veio pelo alto-falante. — Repito, Estratégia de Oficina.

Onde os mapas de idiomas estavam pendurados em sua cabine, uma tela de visualização – réplica menor da projeção de trinta metros na galeria de Jebel – se espalhava pela parede.

Onde ficava o seu console havia vários conjuntos de controles de bombas e de vibra-canhões.

— Armas grosseiras e não civilizadas — comentou ela, sentando-se diante de um dos painéis de choque encurvados onde ficava sua poltrona-bolha. — Mas eficazes para caramba, imagino, se a pessoa souber o que está fazendo.

— O quê? — O Carniceiro prendeu o cinto ao lado dela.

— Estava citando incorretamente o falecido Mestre de Armas de Armsedge.

O Carniceiro assentiu.

— Você verifica sua tripulação. Vou repassar a lista de verificação aqui.

Ela ligou o interfone.

— Brass, você está conectado?

— Sim.

— Olho, Ouvido, Nariz?

— Está empoeirado aqui embaixo, capitã. Quando foi a última vez que varreram esta tumba?

— Não quero saber da poeira. Tudo está funcionando?

— Ah, tudo funciona bem… — A frase terminou com um espirro fantasmagórico.

— *Gesundheit*. Coruja, o que está acontecendo?

— Tudo no lugar, capitã. — Então, abafado: — Guarde essas bolinhas de gude, Lilly!

— Navegação?

— Estamos bem. Mollya está ensinando judô para Calli. Mas eu estou bem aqui e chamo os dois assim que acontecer alguma coisa.

— Fique atento.

O Carniceiro inclinou-se para ela, acariciou seus cabelos e riu.

— Eu também gosto deles — ela lhe disse. — Só espero que não tenhamos que usá-los. Um deles é um traidor que já tentou me pegar duas vezes. Prefiro não dar uma terceira chance; embora, se for preciso, acho que vou poder lidar com ele dessa vez.

A voz de Tarik no alto-falante:

— Os carpinteiros se reúnem para enfrentar trinta e dois graus a partir do centro galáctico. Serrotes no portão sentido K. Os Serras Circulares ficam prontos no R. Os Serras de Mesa prontos no T.

Os ejetores estalaram e se abriram. A cabine ficou preta, e a tela de exibição piscou com estrelas e gases distantes. Controles brilhavam com luzes vermelhas e amarelas ao longo do painel de armas. Pelos alto-falantes, a conversa das tripulações com a área de Navegação de Jebel começou.

Isso vai ser difícil. Consegue vê-la, Josafá?

Ela está bem na minha frente. Uma nave-mãe grande.

Só espero que não tenha nos visto ainda. Fique tranquilo, Kippi.

— Furadeiras de Bancada, Serras de Fita e Tornos: verifiquem se seus componentes estão lubrificados e sua energia, ligada.

— Somos nós — disse o Carniceiro. Suas mãos saltaram na penumbra entre os controles de armas.

O que são aquelas três bolas de pingue-pongue dentro do mosquiteiro?

Tarik diz que é uma nave çiribiana.

Contanto que esteja do nosso lado, meu bem, tudo bem por mim.

— Ferramentas Elétricas iniciam as operações. Ferramentas manuais esperam para o acabamento.

— Zero — sussurrou o Carniceiro. Rydra sentiu a nave saltar. As estrelas começaram a se mover. Dez segundos depois, ela viu a Invasora de focinho arrebitado virando na direção deles.

— Feia, não é? — disse Rydra.

— Jebel parece do mesmo tamanho, mas é menor. E, quando chegarmos em casa, vai ser lindo. Não há como conseguir a ajuda dos çiribianos? Tarik terá que atacar o Invasor diretamente em suas saídas e destruir o máximo que puder, o que não será muito. Então, eles vão atacar e, se ainda estiverem em maior número que as naves-aranha de Jebel, e a surpresa não ajudar muito Tarik, então vai ser… — ela ouviu o punho golpear a palma na escuridão —… isto.

— Vocês não podem simplesmente arremessar uma bomba atômica grosseira e não civilizada neles?

— Eles têm defletores que a fariam explodir nas mãos de Tarik.

— Então, fico feliz por ter trazido a tripulação. Talvez tenhamos que sair rapidamente para o Quartel-General da Aliança Administrativa.

— Se eles deixarem — disse o Carniceiro com seriedade. — Então, quais estratégias para vencer?

— Digo assim que o ataque começar. Tenho um método, mas o preço é alto se eu usá-lo demais. — Ela se lembrou do mal-estar após o incidente com Geoffry Cord.

Enquanto Tarik continuava montando formações, os homens conversavam com Jebel e as naves-aranha deslizavam noite adentro.

Tudo começou tão rápido que ela quase não viu. Cinco serrotes haviam deslizado 500 metros na direção do Invasor.

Simultaneamente atiraram nas portas ejetoras, e besouros vermelhos correram nas laterais do porco preto. Demorou quatro segundos e meio para os 27 ejetores restantes abrirem e dispararem sua primeira barragem de cruzadores. Mas Rydra já estava pensando em Babel-17.

Através de sua noção distendida de tempo, ela viu que precisavam de ajuda. E a articulação de sua necessidade também era a resposta.

— Rompa a estratégia, Carniceiro. Me siga com dez naves. Minha equipe vai assumir.

O sensação enlouquecedora de que as palavras inglesas demoravam tanto em sua língua! O pedido do Carniceiro ("Kippi, ponha os serrotes na trilha e deixe-os lá!") parecia uma fita executada a um quarto da velocidade. Mas sua tripulação já estava no controle da nave-aranha. Ela sibilou sua trajetória ao microfone.

Brass jogou-os em ângulos retos para a maré e, por um momento, ela viu os serrotes atrás dela. Agora, uma curva fechada, e eles seguiram atrás da primeira onda de cruzadores Invasores.

— Esquente a bunda deles!

A mão do Carniceiro hesitou sobre uma arma.

— Vai mandá-los para Jebel?

— O cacete que eu vou. Fogo, meu querido!

Ele atirou, e os serrotes seguiram o exemplo.

Em dez segundos, ficou claro que ela estava certa. Tarik estava a R deles. À frente estavam os ovos *poché*, o mosquiteiro, a nave frágil e fraca de Çiribia. Çiribia era Aliança, e pelo menos um dos Invasores sabia disso, porque disparou contra a estranha engenhoca que pendia no céu. Rydra viu a canhoneira do Invasor cuspir fogo verde, mas o disparo não alcançou os çiribianos. O cruzador do Invasor se transformou em fumaça branca que escureceu e se dispersou. Então, foi outro cruzador, depois mais três, depois mais três.

— Vamos cair fora, Brass! — E eles se afastaram.

— O que foi… — começou o Carniceiro.

— Um raio de calor çiribiano. Mas não vão usá-lo a menos que sejam atacados. Parte do tratado assinado no Tribunal no ano de 47. Então, vamos fazer os Invasores atacarem. Quer fazer de novo?

A voz de Brass no alto-falante:

— Já estabos fazendo, Cabitã.

Ela estava pensando em inglês de novo, esperando a náusea bater, mas a empolgação a deteve.

— Carniceiro — veio a voz de Tarik agora —, o que vocês estão fazendo?

— Está funcionando, não está?

— Sim. Mas você deixou um buraco nas nossas defesas a dez milhas de distância.

— Diga a ele que vamos tapá-lo em um minuto, assim que passarmos pelo próximo lote.

Tarik provavelmente a ouviu.

— E o que faremos nos próximos sessenta segundos, mocinha?

— Lutar pra caramba. — E o próximo grupo de cruzadores arrebanhados desapareceu diante do raio de calor çiribiano. Então, na escuta da tripulação:

Ei, Carniceiro, estão indo pra cima de vocês.

Eles entenderam que você está liderando essa coisa.

Carniceiro, seis na sua cola. Destrua-os, rápido.

— Bosso desviar fácil deles, cabitã — comentou Brass. — Estão todos no controle remoto. Tenho mais liberdade.

— Mais uma e podemos realmente virar a mesa para Tarik.

— Tarik já os está superando em números — disse o Carniceiro. — Esta nave-aranha precisa aparar essas rebarbas. — Ele falou ao microfone: — Serrotes, dispersar e separar os cruzadores atrás.

Certo. Segurem a cabeça, companheiros.
Ei, Carniceiro, um deles não está desistindo.

Tarik disse:

— Agradeço por ter meus serrotes de volta, mas tem algo seguindo você que pode estar buscando um mano-a-mano.

Rydra o questionou com um olhar.

— Heróis — Carniceiro grunhiu com desgosto. — Vão tentar nos agarrar, embarcar e lutar.

— Não com estas crianças nesta nave! Brass, vire-se e se choque contra eles ou se aproxime o suficiente para fazer com que pensem que estamos loucos.

— Talvez quebre algumas costelas... — A nave balançou, e eles foram arremessados com força contra as correias dos painéis de choque.

Uma voz de jovem pelo intercomunicador:

— Uhuuuu...!

Na tela de exibição, o cruzador do Invasor desviou para o lado.

— Boa chance de que, se eles agarrarem — disse o Carniceiro —, não sabem que há uma tripulação completa a bordo. Eles não têm mais que dois...

— Atenção, cabitã!

O cruzador Invasor preencheu a tela. Os ossos da nave-aranha cantaram: "*cluuuum*".

O Carniceiro puxou as alças do painel de choque e sorriu.

— Agora a luta mano-a-mano. Onde *você* está indo?

— Com você.

— Tem uma vibra-arma? — Ele apertou o coldre na barriga.

— Claro que tenho. — Ela empurrou uma placa de sua blusa solta. — E isso também. Fio de vanádio, quinze centímetros. Coisa maldosa.

— Vamos. — Ele bateu a alavanca em um indutor de gravidade até a configuração de campo completo.

— Para que é isso?

Eles já estavam no corredor.

— Lutar em um traje espacial lá fora não é bom. O falso campo de gravidade liberado em torno das duas naves manterá uma atmosfera respirável por cerca de seis metros da superfície e manterá um pouco de calor… mais ou menos.

— O que é menos? — Ela entrou atrás dele no elevador.

— Cerca de 23 graus abaixo de zero lá fora.

Ele havia abandonado até as calças curtas desde a noite em que se encontraram no cemitério de Jebel. Tudo o que ele usava era o coldre.

— Acho que não vamos ficar lá tempo suficiente para precisar de sobretudos.

— Garanto que quem ficar lá fora mais de um minuto vai estar morto, e não de hipotermia. — Sua voz de repente ficou grave quando se abaixaram na escotilha. — Se não souber o que está fazendo, fique para trás. — Então, ele se inclinou e deixou os cabelos âmbar roçarem o rosto dela. — Mas você sabe, e eu sei. Precisamos fazer isso bem.

Ao mesmo tempo, ele levantou a cabeça e liberou a escotilha. O frio chegou até eles. Ela não sentiu. O aumento da taxa metabólica que acompanhava Babel-17 a envolvia em um escudo de indiferença física. Algo passou voando sobre a cabeça deles. Sabiam o que fazer, e os dois fizeram: eles se abaixaram. O que quer que fosse, explodiu – era uma granada que tinha acabado de errar a escotilha –, e a luz branqueou o rosto do Carniceiro. Ele saltou, e o brilho desvanecido deslizou por seu corpo.

Ela o seguiu, tranquilizada pelo efeito de câmera lenta de Babel-17. Ela girou enquanto pulava. Alguém se escondeu atrás de uma protuberância de três metros da fuselagem. Ela atirou nele, a câmera lenta lhe dando tempo para mirar com cuidado. Ela não esperou para ver se havia atingido, mas continuou girando. O Carniceiro estava avançando para a coluna larga de três metros do arpéu do Invasor.

Como um caranguejo de garras triplas, a nave inimiga inclinou-se noite adentro. Em K erguia-se a espiral achatada da galáxia natal. As sombras eram preto carbono sobre os cascos lisos. A partir de K, ninguém conseguia vê-la, a menos que seu movimento bloqueasse uma estrela fugitiva ou passasse para dentro da luz direta do próprio braço de Specelli.

Ela saltou de novo – na superfície do cruzador do Invasor agora. Por um momento, ficou muito mais frio. Então, ela acertou, perto da base do arpéu, e rolou de joelhos quando, lá embaixo, alguém soltou outra granada na escotilha. Não tinham percebido que ela e o Carniceiro ainda estavam fora. Ótimo. Ela atirou. E outro silvo soou de onde o Carniceiro deveria estar.

Na escuridão lá embaixo, figuras se moviam. Então, um disparo de vibra-canhão bateu na escotilha de metal sob sua mão. Atacava a escotilha de sua nave, e ela perdeu um quarto de segundo analisando e desconsiderando a ideia de que o espião de quem ela tinha medo na própria tripulação havia se juntado aos Invasores. Em vez disso, a tática do

Invasor era impedi-los de deixar a nave e explodi-los na escotilha. Tinha falhado, então se esconderam na escotilha por segurança e estavam atirando de lá. Ela disparou, disparou novamente. De seu esconderijo atrás do outro arpéu, o Carniceiro estava fazendo o mesmo.

Uma seção da borda da escotilha começou a brilhar com os disparos repetidos. Então, uma voz familiar gritou:

— Tudo bem, já deu, Carniceiro! Você begou eles, cabitã!

Rydra tateou o arpéu, enquanto Brass acendia a luz da escotilha e se levantava com o brilho que se abria sobre a antepara. O Carniceiro, com a arma abaixada, saiu de seu esconderijo.

A luz baixa distorceu ainda mais as feições demoníacas de Brass. Ele segurava uma figura caída em cada garra.

— Na verdade, este é beu. — Ele sacudiu o da direita. — Estava tentando rastejar de volta para a nave, então eu bisei na cabeça dele. — O piloto jogou os corpos frouxos sobre as placas do casco. — Não sei vocês, bas estou com frio. O botivo bor que vim até aqui foi que Diavalo me disse bara te contar que, quando estivesse bronta para um lanchinho, ele conseguiu um uísque irlandês. Ou talvez você brefira um rum quente com creme? Vabos! Vabos! Você está azul!

No elevador, sua mente voltou ao inglês, e ela começou a tremer. O gelo nos cabelos do Carniceiro começou a derreter em gotas brilhantes ao longo da testa. A mão dela doía onde não vira que tinha acabado de se queimar.

— Ei — disse ela quando entraram no corredor —, se você está aqui em cima, Brass, quem está cuidando da nave?

— Kibbi. Voltamos ao controle remoto.

— Rum — disse o Carniceiro. — Sem creme e sem estar quente. Apenas rum.

— Um homem segundo meu coração. — Brass assentiu. Ele deixou cair um braço em volta do ombro de Rydra, o outro em volta do Carniceiro. Amigável, mas também, ela percebeu, estava meio que carregando os dois.

Algo fez "*clang*" por toda a nave.

O piloto olhou para o teto.

— A banutenção acabou de cortar os arpéus. — Ele as levou até a cabine do capitão. Quando desabaram sobre os painéis de choque, ele ligou o intercomunicador: — Ei, Diavalo, venha cá e deixe esses dois bêbados, certo? Estão brecisando disso.

— Brass? — Ela tomou o braço dele quando ele começou a sair. — Você pode nos levar daqui para o Quartel-General da Aliança Administrativa?

Ele coçou a orelha.

— Estamos bem na bonta da Língua. Só conheço o interior da Estalo belo maba. Mas o Sensorial me diz que estabos em um lugar que deve ser o início da Corrente Natalbeta. Ela flui bara fora do Estalo, e bodemos begá-la a jusante bara o Corredor de Atlas e debois para a borta da frente da Aliança Administrativa. Devebos chegar em dezoito, vinte horas.

— Vamos. — Ela olhou para o Carniceiro. Ele não fez objeção.

— Boa ideia — disse Brass. — Cerca de metade de Tarik está… hum, desincorborada.

— Os Invasores venceram?

— Não. Os çiribianos finalmente tiveram a ideia de assar aquele porco grande e bartiram. Mas só debois de Jebel ter um buraco na lateral grande o suficiente bara bassar três naves-aranha de lado. Kibbi me falou que todo bundo que ainda está vivo está trancado em uma das áreas da nave, bas eles não têm mais energia.

— E Tarik? — perguntou o Carniceiro.

— Morto — respondeu Brass.

Diavalo enfiou a cabeça pela escotilha da entrada.

— Aqui está.

Brass pegou a garrafa e os copos.

Então, estática no alto-falante:

— Carniceiro, acabamos de ver você saindo do cruzador dos Invasores. Então, *você* saiu vivo.

Carniceiro se inclinou para frente e pegou o microfone.

— Carniceiro vivo, Tarik.

— Algumas pessoas têm muita sorte. Capitã Wong, espero que você me escreva uma elegia.

— Tarik? — Ela se sentou ao lado do Carniceiro. — Estamos indo para a sede da Aliança Administrativa agora. Voltaremos com ajuda.

— Como quiser, capitã. Mas estamos um pouquinho lotados.

— Estamos bartindo agora. — Brass já estava fora da porta.

— Coruja, os garotos estão bem?

— Presentes e contabilizados. Capitã, a senhora não deu permissão a ninguém para trazer fogos de artifício a bordo, certo?

— Não que eu me lembre.

— É tudo que eu queria saber. Ratt, venha cá *agora*...

Rydra riu.

— Navegação?

— Prontos quando a senhora estiver — disse Ron. No fundo ouviu a voz de Mollya:

— *Nilitake kulala, nilale milele...*

— Vocês não podem dormir para sempre — disse Rydra. — Estamos decolando!

— Mollya está nos ensinando um poema em suaíli — explicou Ron.

— Ah. Sensorial?

— *Aatchiiim!* Eu sempre disse, capitã, mantenha seu cemitério limpo. Pode precisar dele um dia. Tarik é um exemplo. Estamos prontos.

— Peça ao Coruja para mandar um dos garotos aí embaixo com um esfregão. Tudo ligado, Brass?

— Verificado e bronto, Cabitã.

Os geradores de estase foram acionados, e ela se recostou na poltrona de choque. Finalmente, dentro de algo relaxado.

— Não achei que sairíamos de lá. — Ela se virou para o Carniceiro, que estava sentado na beira de sua poltrona, observando-a. — Você sabe que estou nervosa como um gato. Não me sinto bem. Ai, inferno, está… começando. — Com o relaxamento, o mal-estar que ela havia adiado por tanto tempo começou a subir pelo corpo. — Essa coisa toda me faz sentir como se estivesse prestes a me despedaçar. Sabe quando você duvida de tudo, desconfia de todos os seus sentimentos? Começo a pensar que não sou mais eu… — Sua respiração doía na garganta.

— Eu sou — disse ele suavemente —, e você é.

— Nunca me deixe duvidar disso, Carniceiro. Mas preciso pensar até mesmo nisso. Tem um espião na minha tripulação. Eu te contei isso, não? Talvez seja Brass e ele nos jogue em outra nova! — Dentro do mal-estar havia uma bolha de histeria. A bolha estourou, e ela arrancou a garrafa da mão do Carniceiro. — Não beba isso! D-D-Diavalo, ele pode nos envenenar! — Ela se levantou, instável. Havia uma névoa vermelha sobre tudo. —… Ou um dos m-m-mortos. Como… como posso c-c-combater um fantasma? — Então a dor atingiu seu estômago, e ela cambaleou para trás como se tivesse tomado um golpe. O medo veio com a dor. As emoções estavam se movendo por trás do rosto dele, e até elas se obscureceram em sua tentativa de vê-las claramente. —... matar... *n-nos* matar! — Ela sussurrou —... a-a-alguma coisa para matar... d-d-aí nem *v-você*, n-n-nem *eu*...

Foi para se afastar da dor que significava perigo e do perigo que significava silêncio que ela fez aquilo. Ele havia dito *Se você estiver em perigo... então vá dentro do cérebro, veja o que está lá e use o que você precisar.*

Uma imagem sem palavras na mente: quando ela, Muels e Fobo estiveram em uma briga de bar em Tantur. Ela tomou um soco na boca e cambaleou para trás, chocada e girando, bem quando alguém puxou o espelho do bar detrás do balcão e arremessou nela. Seu rosto aterrorizado veio gritando na sua direção, estilhaçando-se em sua mão estendida. Enquanto olhava o rosto do Carniceiro, através da dor e de Babel-17, tudo aconteceu mais uma...

parte quatro

O CARNICEIRO

... virando-se no cérebro para despertar
com cabos atrás dos olhos, ramifica articulações
para a cintura. Ele acorda, conectado,
dedos ramados estalando, engasgando com a língua.
Despertamos, virando.
Travado no chão,
as vértebras virando, peito esvaziado,
ar nos cabos, faíscas
reluzem do teto conectado, tamborilando
as unhas cintilantes. Tosse, chora.
O gêmeo atrás dos olhos tosse, chora.
O gêmeo sombrio se dobra no chão, engole a língua.
Estatelado até a coluna escura do circuito atrás
dos olhos, o gêmeo sombrio livra as vértebras num estalo, bate
as palmas contra o teto. Contas carregadas voam.
O teto, polarizado, desgasta a bochecha com metal.
Arranca pele presa. Arranca costelas,
rasga peitorais metais recurvados
e pretos, atrás das frestas, secas,
que são seus lábios rasgados. Mais.
Nádegas e omoplatas roçam horizontais
No arenoso e verde chão de lágrimas.
Eles despertam.
Despertamos, virando.
Ele, gargarejando sangue, vira-se,
nascido no chão úmido...

— de *O gêmeo sombrio*

1

— ACABABOS DE SAIR DO ESTALO, cabitã. Vocês dois ainda estão bêbados?

Voz de Rydra:

— Não.

— Bas que coisa, hein. Bas acho que você está bem.

A voz de Rydra:

— O cérebro está bem. O corpo está bem.

— Hã? Ei, Carniceiro, ela não fez um de seus encantabentos de novo?

Voz do Carniceiro:

— Não.

— Vocês dois estão engraçados debais. Devo bandar buscar o Coruja para dar uba olhada em vocês?

Voz do Carniceiro:

— Não.

— Tudo bem. A navegação será tranquila agora, e eu bosso tirar ubas horas de folga. Que vocês me dizem?

A voz do Carniceiro:

— O que tem para dizer?

— Tente "obrigado". Vocês sabem, estou be arrebentando de voar aqui.

Voz de Rydra:

— Obrigada.

— De nada, eu acho. Vou deixar vocês dois sozinhos. Ei, me desculbe se interrombi alguba coisa.

2

Carniceiro, eu não sabia! Eu nem poderia saber! E no eco de suas mentes um grito se fundiu, Não poderia... não poderia. Essa luz...

Eu disse a Brass, disse a ele que você deve falar uma língua sem a palavra "eu" e disse que não conhecia nenhuma; mas havia uma óbvia... Babel-17...!

Sinapses congruentes estremeceram empaticamente até as imagens se fixarem, e a partir dela mesma ela criou, o viu...

... na caixa de solitária de Titin, ele rabiscava um mapa na pintura verde da parede com seu esporão sobre o palimpsesto de obscenidades de dois séculos de prisioneiros, um mapa que seguiriam em sua fuga e que os levaria na direção errada. Ela o observou caminhar naquele espaço de doze metros por três meses até sua estrutura de 1,98 metro chegar a 45 quilos e ele desmoronar nas correntes da fome.

Em uma tripla corrente de palavras, ela saiu do fosso: fome, fonte, forte; colapsar, coletar, colecionar; cadeias, candeias, carreiras.

Ele coletou seus ganhos do caixa e estava prestes a atravessar o carpete castanho-avermelhado do *Cassino Cosmica* até a porta quando o crupiê negro bloqueou o caminho, sorrindo para o estojo grosso de dinheiro.

— O senhor gostaria de arriscar mais uma chance? Algo para desafiar um jogador à sua altura? — Ele foi levado a um magnífico tabuleiro de xadrez 3D com peças de cerâmica vitrificada. — O senhor jogará contra o computador da casa. O senhor aposta mil créditos em cada peça que perde. Cada peça que o senhor ganha rende o mesmo. Xeques fazem o senhor ganhar ou perder quinhentos. Xeque-mate rende ao vencedor cem vezes o restante do montante obtido em jogo, para o senhor ou para a casa. — Era um jogo para equilibrar seus ganhos exorbitantes, e ele vinha ganhando exorbitâncias.

— Indo para casa e pegar esse dinheiro agora — disse ele ao crupiê. O crupiê sorriu e disse:

— A casa insiste que o senhor jogue. — Ela observou, fascinada, enquanto o Carniceiro dava de ombros, virava-se para o tabuleiro... e dava um xeque-mate no computador em um mate do louco de sete movimentos. Eles lhe deram seu milhão de créditos e tentaram matá-lo três vezes antes de chegar à boca do cassino. Não tiveram sucesso, mas o exercício foi ainda melhor que a jogatina.

Observando-o funcionar nessas situações e reagir a elas, a mente dela tremia dentro dele, curvando-se à dor ou ao prazer dele, emoções estranhas, porque não tinham ego e eram inarticuladas, mágicas, sedutoras, míticas. *Carniceiro...*

Ela conseguiu interromper a circulação impetuosa.

... se você entendia Babel-17 desde o início, as perguntas dela lançadas em seu cérebro tempestuoso, *por que só a usou gratuitamente para si mesmo, em uma noite de jogo, um assalto a banco, quando um dia depois perderia tudo e não tentaria manter as coisas para si?*

Qual "si"? Não havia nenhum "eu".

Ela havia entrado nele em alguma sexualidade invertida desconcertante. Engolfando-a, ele estava em agonia. *A luz... você cria! Você cria!*, o grito de terror dele.

Carniceiro, ela perguntou, mais familiarizada em padronizar palavras sobre turbulências emocionais do que ele, *como é minha mente dentro da sua?*

Brilhante, um brilho que mexe, ele uivou, a precisão analítica de Babel-17, bruta como pedra para articular a fusão deles, criando tantos padrões, reformando-os.

Isso é ser poeta, ela explicou, a conexão oblíqua rompendo momentaneamente a enxurrada. Poeta *em grego significa* criador *ou* construtor.

Tem um! Tem um padrão agora. Ahhhh!... tão brilhante, brilhante!

Apenas essa simples conexão semântica? Ela ficou surpresa.

Mas os gregos eram poetas há três mil anos, e você é poeta agora. Você junta palavras a essa distância e seus rastros me cegam. Seus pensamentos são todos fogo sobre formas que não consigo agarrar. Soam como música profunda demais, isso me abala.

Isso é porque você nunca ficou abalado antes. Mas estou lisonjeada.

Você é tão grande dentro de mim que vou desmoronar. Vejo o padrão chamado O criminoso e a consciência artística encontram-se na mesma cabeça com um idioma entre eles...

Sim, comecei a pensar em algo como...

Flanqueando isso, formas chamadas Baudelaire... *Ahhh!...* *e* Villon.

Eram poetas franceses anti...

Brilhantes demais! Brilhantes demais! O "eu" em mim não é forte o suficiente para retê-los. Rydra, quando olho para a noite e para as estrelas, é apenas um ato passivo, mas você é ativa mesmo observando e circunda as estrelas com uma chama mais luminosa.

O que você percebe, você muda, Carniceiro. Mas você *precisa perceber.*

Eu preciso... a luz; no seu centro eu vejo espelho e movimento fundido, e as imagens são gradeadas, giratórias, e tudo é escolha.

Meus poemas! Era o constrangimento da nudez.

Definições de "eu", cada qual grande e precisa.

Ela pensou em inglês: I/aye/eye, o ser em si; o "sim" de um marinheiro; o órgão da percepção visual.

Ele começou, *Você...*

Você: You/Ewe/Yew, o ser em si do outro; uma ovelha fêmea; o símbolo celta da morte em forma vegetal... *você inflama minhas palavras com significados que só consigo vislumbrar. O que estou cercando? O que sou eu ao seu redor?*

Ainda observando, ela o viu cometer roubo, assassinato, desordem, porque a validade semântica de *meu* e *teu* foram arruinados em um grunhido de sinapses desgastadas. *Carniceiro, eu ouvi isso ressoando em seus músculos, aquela solidão que obrigou você a obrigar Tarik a rebocar a* Rimbaud *só para ter alguém perto de você que pudesse falar essa língua analítica, a mesma razão pela qual você tentou salvar o bebê,* ela sussurrou.

Imagens acoplaram-se em seu cérebro.

Grama alta sussurrava pela barragem. As luas de Alepo embaçavam a noite. O planamóvel zumbiu, e, com impaciência comedida, ele girou o emblema rubi no volante com a ponta do esporão esquerdo. Lill contorceu-se contra ele, rindo.

— Sabe, Carniceiro, se o sr. Big imaginasse que você me trouxe aqui para uma noite tão romântica, ficaria muito raivoso. Você realmente vai me levar a Paris quando terminar aqui? — O calor sem nome misturava-se dentro dele com uma impaciência sem nome. O ombro dela estava úmido sob sua mão, seus lábios vermelhos. Ela tinha enrolado o cabelo cor de champanhe sobre uma orelha. Seu corpo ao lado dele se mexia em movimentos ondulantes, e a desculpa era ela precisar se virar para encará-lo. — Se você estiver brincando comigo sobre Paris, vou contar ao sr. Big. Se eu fosse uma garota esperta, eu esperaria até depois que você me levasse lá antes de permitir que nossa relação ficasse... amigável. — Sua respiração era perfumada dentro da noite sufocante. Ele moveu a outra mão pelo braço dela. — Carniceiro, me tire desse mundo quente e morto. Pântanos, cavernas, chuva! O sr. Big me assusta, Carniceiro! Me leve para longe dele, para Paris. Não esteja apenas fingindo. Quero tanto, mas tanto ir com você. — Ela fez outro som de riso apenas com os lábios. — Acho que eu... não sou uma menina esperta, no fim das contas. — Ele pousou a boca dele contra a dela... e quebrou o pescoço dela com um tranco das mãos. Com os olhos ainda abertos, ela caiu para trás. A ampola hipodérmica que estava prestes a ser enterrada no ombro dele caiu da mão dela, rolou pelo painel e caiu entre os pedais. Ele a carregou até a barragem e voltou enlameado até o meio da coxa. No banco, ele ligou o rádio.

— Está feito, sr. Big.

— Muito bem. Eu estava escutando. Você pode pegar seu dinheiro de manhã. Foi muito tolo da parte dela tentar me passar a perna em cinquenta mil.

O planamóvel avançava, a brisa quente secando a lama em seus braços, a grama alta sibilando contra as lâminas.

Carniceiro...!

Mas esse sou eu, Rydra.

Eu sei. Mas eu...

Tive que fazer a mesma coisa com o próprio sr. Big duas semanas depois.

Aonde *você prometeu levá-lo?*

Às cavernas de jogatina de Minos. E uma vez eu precisei agachar...

... embora fosse o corpo dele agachado sob a luz verde de Kreto, respirando com a boca aberta para impedir todo o som, era a ansiedade dela, o medo dela que tinha que ser controlado. O carregador em seu uniforme vermelho para e limpa a testa com uma bandana. Sai rapidamente, dá um tapinha no ombro dele. O carregador gira, surpreso, e as mãos se levantam com a base da palma, esporões abrindo a barriga do carregador, cujas entranhas se espalham por toda a plataforma, então corre, enquanto os alarmes começam a tocar, saltando pelos sacos de areia, arrebentando a corrente da âncora e acertando com ela o rosto espantado do guarda do outro lado, que se virou para vê-lo de braços surpresos e abertos...

... saí ao ar livre e fugi, ele disse para ela. *O disfarce da trilha funcionou, e os Rastreadores não conseguiram me seguir depois dos poços de lava.*

Abrindo-se. Carniceiro. Toda a correria, me abrindo?

Dói, ajuda? Eu não sabia.

Mas não havia palavras em sua mente. Até mesmo Babel-17 era como o ruído cerebral de um computador realizando uma análise puramente sináptica.

Sim. Agora você está começando a entender...

... em pé, tremendo nas cavernas de Dis, onde ficou por nove meses como em um útero, comendo toda a comida, o cachorro de estimação de Lonny, depois Lonny, que morrera congelado tentando escalar o gelo – até que, de repente, o planetoide saiu da sombra de Ciclope e Ceres flamejante chamejou no céu de modo que, em quarenta minutos, a caverna foi inundada com água gelada até sua cintura. Quando finalmente libertou seu trenó de salto, a água estava quente, e ele estava viscoso de suor. Correu na velocidade máxima pela faixa do crepúsculo de três quilômetros, definindo o piloto automático um momento antes de perder a consciência, atordoado pelo calor. Desmaiou dois minutos antes de entrar em Gotterdammerung.

Fraco na escuridão de sua memória perdida, Carniceiro, preciso encontrá-lo. Quem era você antes de Nuevanueva York?

E ele se virou para ela com gentileza. *Você está com medo, Rydra? Como antes...*

Não, não como antes. Você está me ensinando uma coisa, e essa coisa está abalando toda a minha imagem do mundo e de mim mesma. Pensei que estivesse com medo antes porque não conseguiria fazer o que você conseguiria, Carniceiro. A chama branca ficou azul, protetora, e tremeu. *Mas eu estava com medo porque eu* poderia *fazer todas essas coisas e, por razões próprias, não por sua falta de razões, porque eu sou, e você é. Sou muito maior do que pensei que fosse, Carniceiro, e não sei se agradeço a você ou o amaldiçoo por me mostrar.* E algo lá dentro estava chorando, gaguejando, estava parado. Ela se entregou aos silêncios que havia tirado dele, temerosa, e nos silêncios alguma coisa esperava que ela falasse, sozinha, pela primeira vez.

Olhe para si mesma, Rydra.

Espelhada nele, ela viu crescer, à luz dela, uma escuridão sem palavras, apenas ruído... crescendo! E gritou para seu nome e forma. *As placas de circuito quebradas! Carniceiro, aquelas fitas que só poderiam ter sido feitas no meu console quando eu estava lá! Claro...!*

Rydra, podemos controlá-las se pudermos nomeá-las.

Como podemos fazer isso agora? Temos que nos nomear primeiro. E você não sabe quem você é.

Suas palavras, Rydra, podemos de alguma forma usar suas palavras para descobrir quem eu sou?

Não minhas palavras, Carniceiro. Mas talvez as suas. Talvez Babel-17.

Não...

Eu sou, ela sussurrou, *acredite em mim, Carniceiro, e você é.*

3

— **QUARTEL-GENERAL, CAPITÃ. DÊ UMA OLHADA** através do capacete sensorial. Essas redes de rádio parecem fogos de artifício, e as almas incorporadas me dizem que cheira a carne moída curada e ovos fritos. Ei, obrigado por tirar o pó da gente. Nunca me livrei de uma tendência à febre do feno de quando eu estava vivo.

A voz de Rydra:

— A tripulação desembarcará com a capitã e o Carniceiro. A tripulação os levará ao general Forester, juntos, e não os deixará separados.

A voz do Carniceiro:

— Há uma fita gravada na cabine da capitã, no console, contendo uma gramática de Babel-17. Coruja enviará essa fita imediatamente ao dr. Markus T'mwarba na Terra por entrega especial. Em seguida, informará ao dr. T'mwarba por estelarfone que a fita foi enviada, o horário e seu conteúdo.

— Brass, Coruja! Tem algo errado lá em cima! — A voz de Ron cortou o sinal da capitã. — Já ouviu esses dois falando assim? Ei, capitã Wong, o que foi...?

parte cinco

MARKUS T'MWARBA

Envelheço descendo por novembro.
O ciclo assintótico do ano
tomba agora. Em delírios cristalinos,
passo sob árvores em fixa linha
e sobre folhas secas se que desmembro.
Abafadas como o medo, estalando.
Apenas isso e o vento escutando
pergunto ao ar frio: "Como se vê livre?"
O vento diz "Mudo" e o sol branco,
"Lembro".

— de *Electra*

1

Um rolo de fita, a instrução imperativa do general Forester e o enfurecido dr. T'mwarba chegaram ao escritório de Danil D. Appleby com um intervalo de trinta segundos um do outro.

Ele estava abrindo a caixa achatada quando o barulho do lado de fora da divisória fez com que ele olhasse para frente.

— Michael — perguntou ele ao interfone. — O que foi?

— Um louco que diz ser psiquiatra!

— Eu não estou louco! — disse o dr. T'mwarba em voz alta. — Mas sei quanto tempo leva para um pacote ir da Sede Administrativa da Aliança até a Terra, e deveria ter chegado à minha porta com o correio desta manhã. Não chegou, o que significa que está sendo retido, e é aqui que vocês retêm as coisas. Me deixe entrar. — Então, a porta bateu contra a parede, e lá estava ele.

Michael esticou o pescoço ao redor do quadril de T'mwarba:

— Ei, Dan, me desculpe. Vou ligar para o…

O dr. T'mwarba apontou para a mesa e disse:

— Isso é meu. Me dê.

— Não se preocupe, Michael — disse o funcionário da Alfândega antes que a porta batesse de novo. — Boa tarde, dr. T'mwarba. Sente-se, por favor. Isso aqui *está* endereçado ao senhor, não é? Não fique tão surpreso por eu conhecê-lo. Também lido com integração do índice psíquico de segurança, e todos nós do departamento conhecemos seu brilhante trabalho em diferenciação esquizoide. Estou muito feliz em conhecê-lo.

— Por que não posso levar meu pacote?

— Um momento e vou descobrir. — Enquanto ele pegava a diretriz, dr. T'mwarba pegou a caixa e enfiou no bolso:

— Agora, você pode explicar.

O funcionário da Alfândega abriu a carta.

— Parece — disse ele, pressionando o joelho contra a mesa para liberar um pouco da hostilidade que havia acumulado em pouquíssimo tempo — que o senhor pode ficar... hum, manter a fita com a condição de que vá até a Sede Administrativa da Aliança esta noite na *Falcão da Meia-Noite* e leve a fita com o senhor. A passagem foi reservada, com agradecimentos antecipados por sua cooperação, atenciosamente, general X.J. Forester.

— Por quê?

— Ele não diz. Doutor, receio que, a menos que o senhor concorde em ir, não poderei deixar que fique com ele. E nós *podemos* pegá-lo de volta.

— Isso é o que você pensa. Tem alguma ideia do que querem?

O funcionário deu de ombros.

— O senhor estava esperando por isso. De quem é?

— Rydra Wong.

— Wong? — O funcionário da Alfândega tinha encaixado os dois joelhos na mesa. Deixou-os cair. — A poeta Rydra Wong? O senhor também conhece Rydra?

— Sou orientador psiquiátrico dela desde os doze anos. Quem é você?

— Meu nome é Danil D. Appleby. Se soubesse que o senhor era amigo de Rydra, eu mesmo teria pedido para o senhor subir! — A hostilidade havia funcionado como um impulso do qual brotaria uma efervescente camaradagem. — Se o senhor vai partir na *Falcão*, tem tempo para dar uma volta comigo, não é? Eu sairia do trabalho mais cedo de qualquer maneira. Tenho que passar em… bem, em um lugar na Cidade dos Transportes. Por que não *disse* antes que a conhecia? Há um lugar deliciosamente étnico perto de onde estou indo. Tem comida razoável e bebida boa lá; o senhor acompanha luta livre? A maioria das pessoas acha que é ilegal, mas é possível assistir lá. Hoje à noite vai ter Rubi e Píton. Se fizer essa parada comigo primeiro, sei que vai achar fascinante. E eu levo o senhor até a *Falcão* no horário.

— Acho que conheço o lugar.

— O senhor desce, e eles têm aquela bolha grande no teto, onde eles lutam…? — Efusivo, ele se inclinou para frente. — Na verdade, foi Rydra quem me levou lá a primeira vez.

O dr. T'mwarba começou a sorrir.

O funcionário da Alfândega deu um tapa na escrivaninha.

— Passamos por momentos loucos naquela noite! Simplesmente loucos! — Ele estreitou os olhos. — Já foi pego por um desses… — Ele estalou os dedos três vezes. —… No setor dos desincorporados? E isso ainda *é* ilegal. Mas aconselho um passeio lá uma noite dessas.

— Vamos. — O médico riu. — Um jantar e uma bebida: foi a melhor ideia que ouvi o dia todo. Estou com fome e não vejo uma boa luta faz um mês.

— Eu nunca tinha estado dentro *deste* lugar antes — disse o funcionário quando saíram do monotrilho. — Liguei para marcar uma visita, mas me disseram que eu não precisava marcar, era só entrar; estavam abertos até as seis. Pensei comigo, que se dane, vou tirar um dia de folga. — Eles atravessaram a rua e passaram pela banca de jornal, onde carregadores não barbeados e esfarrapados estavam pegando cronogramas dos voos que chegariam. Três estelares de uniformes verdes cambaleavam pela calçada com os braços uns sobre os ombros dos outros. — Sabe — o Alfândega estava dizendo —, tive uma grande luta interna comigo mesmo; sempre quis fazer isso desde que cheguei aqui... caramba, desde que fui ao cinema pela primeira vez e vi imagens disso aqui. Mas nada de realmente bizarro seria aceitável no escritório. Então, eu disse para mim mesmo, poderia ser algo simples, encoberto, enquanto eu estivesse vestido. Chegamos.

O funcionário empurrou a porta da Plastiplasms Plus ("Adendos, sobrescritos e notas de rodapé para um corpo bonito").

— Sabe o que eu sempre quis perguntar a alguém que fosse uma autoridade? O senhor acha que tem alguma coisa psicologicamente errada em querer algo assim?

— De jeito nenhum.

Uma jovem senhora de olhos, lábios, cabelos e asas azuis disse:

— Vocês podem entrar. A menos que queiram verificar nosso catálogo primeiro.

— Ah, eu sei exatamente o que quero — assegurou o funcionário da Alfândega. — Por aqui?

— Isso mesmo.

— Na verdade — continuou o dr. T'mwarba —, é psicologicamente importante sentir-se no controle do seu corpo, sentir que pode mudá-lo, moldá-lo. Fazer uma dieta de seis meses ou um programa de musculação bem-sucedido pode trazer uma sensação de satisfação. Assim como um nariz e um queixo novos ou um conjunto de escamas e penas.

Eles estavam em uma sala com mesas de operação brancas.

— Posso ajudá-lo? — perguntou um sorridente cosmetocirurgião polinésio de uma blusa azul. — Por que não se deita aqui?

— Estou apenas observando — disse o dr. T'mwarba.

— Está aqui no seu catálogo como número 5463 — declarou o funcionário da Alfândega. — Quero... aqui. — Ele bateu a mão esquerda no ombro direito.

— Ah, sim. Pessoalmente, eu gosto bastante desse também. Só um momento. — Ele abriu a tampa de uma bancada ao lado da mesa. Instrumentos brilharam.

O cirurgião seguiu para a unidade de refrigeração envidraçada na parede oposta, onde, atrás das portas de vidro, intrincadas formas de plastiplasma estavam borradas pela camada fosca. Ele voltou com uma bandeja cheia de vários fragmentos. O único reconhecível era a metade posterior de um dragão em miniatura com olhos de joias, escamas brilhantes e asas opalescentes: tinha menos de cinco centímetros de comprimento.

— Quando ele estiver conectado ao seu sistema nervoso, você será capaz de fazê-lo assobiar, sibilar, rugir, bater as asas e cuspir faíscas, embora possa levar alguns dias para assimilá-lo à sua imagem corporal. Não se surpreenda se a princípio ele apenas arrotar e parecer enjoado. Tire a camisa, por favor.

O funcionário abriu o colarinho.

— Vamos apenas bloquear toda a sensação do seu ombro... aí, não doeu muito. Isto? Ah, é um constritor venal e arterial local; não queremos fazer sujeira. Agora, vamos apenas cortar o senhor ao longo do... bem, se incomodar o senhor, não olhe. Fale com seu amigo ali. Vai levar apenas alguns minutos. Ah, isso deve ter feito cócegas na barriga! Não ligue. Só mais uma vez. Está bem. Esta é a sua articulação do ombro. Eu sei, seu braço parece meio engraçado pendurado ali sem ela. Vamos colocar essa jaula de plastiplasma transparente agora. Exatamente a mesma articulação que a junção do ombro, e mantém os músculos fora do caminho. Veja, tem sulcos para as artérias. Mova o queixo, por favor. Se quiser assistir, olhe para o espelho. Agora, vamos apenas dobrá-lo nas bordas. Mantenha essa fitaviva ao redor da borda da gaiola por alguns dias até que as coisas cresçam e se juntem. Não há muito como se separar, a menos que estique o braço de repente, mas você deve ficar bem. Agora, vou só conectar o companheirinho ao nervo. Isso vai doer…

— *Ughnnnnn!* — O funcionário da Alfândega quase se levantou.

—… Sente! Sente! Tudo bem, o truquezinho aqui… olhe no espelho… é abrir a gaiola. Você vai aprender como fazer com que ele saia e faça truques, mas não seja impaciente. Demora um pouco. Vou religar a sensação do braço.

O cirurgião removeu os eletrodos, e o funcionário assobiou.

— Arde um pouco. Vai durar cerca de uma hora. Se houver vermelhidão ou inflamação, volte aqui. Tudo o que passa por aquela porta fica perfeitamente esterilizado, mas a cada cinco ou seis anos alguém sofre uma infecção. Pode vestir sua camisa agora.

Ao saírem para a rua, o funcionário da Alfândega flexionou o ombro.

— Sabe que eles dizem que não deveria fazer absolutamente nenhuma diferença. — Ele fez uma careta. — Meus dedos estão engraçados. Acha que ele pode ter machucado um nervo?

— Duvido — disse o dr. T'mwarba —, mas *você* vai machucar se você continuar se contorcendo assim. Vai soltar a fitaviva. Vamos comer.

O funcionário tocou o próprio ombro.

— É estranho ter um buraco de sete centímetros aqui e o braço ainda funcionar.

— Então — disse o dr. T'mwarba por cima de sua caneca —, foi Rydra quem primeiro trouxe você para a Cidade dos Transportes.

— Sim. Na verdade, bem, eu só a encontrei uma vez. Ela estava reunindo uma tripulação para uma viagem patrocinada pelo governo. Vim apenas para aprovar os índices. Mas aconteceu uma coisa naquela noite.

— O quê?

— Vi um monte de pessoas das mais estranhas, das mais esquisitas que já encontrei na vida, que pensavam diferente e agiam de forma diferente, e até faziam amor diferente. E eles me fizeram rir e ficar com raiva, ficar feliz e triste, animado e até mesmo um pouco apaixonado. — Ele olhou para a esfera da arena de luta livre no alto do bar. — E não pareciam mais tão estranhos ou esquisitos.

— A comunicação estava funcionando naquela noite?

— Acho que sim. É presunção minha chamá-la pelo primeiro nome. Mas sinto que ela é minha... amiga. Sou um homem solitário, em uma cidade de homens solitários. E quando se encontra um lugar onde... as comunicações funcionam, você volta para ver se elas funcionarão novamente.

— Funcionaram?

Danil D. Appleby tirou os olhos do teto e começou a desabotoar a camisa.

— Vamos jantar. — Ele encolheu o ombro para a camisa escorregar até o espaldar da cadeira e olhou o dragão enjaulado em seu ombro. — Você... volta de qualquer maneira. — Virando-se na cadeira, ele levantou a camisa, dobrou-a cuidadosamente e a deixou de lado. — Dr. T'mwarba, o senhor tem alguma ideia do que eles querem com o senhor na Sede Administrativa da Aliança?

— Acredito que tenha a ver com Rydra e esta fita.

— Porque o senhor disse que era o médico dela. Só espero que não seja por motivos de saúde. Se algo acontecesse com ela, seria terrível. Para mim, quero dizer. Ela conseguiu dizer tanto para mim naquela noite... dizer de maneira muito simples. — Ele riu e passou o dedo pela borda da gaiola. A fera dentro dela gorgolejou. — E metade do tempo ela nem estava olhando para mim quando disse esse tanto de coisas.

— Espero que ela esteja bem — disse o dr. T'mwarba.

— É melhor que esteja.

2

ANTES DE A *FALCÃO DA MEIA-NOITE* aterrissar, ele convenceu o capitão a deixá-lo falar com o Controle de Voo.

— Quero saber quando a *Rimbaud* chegou.

— Só um momento, senhor. Acredito que não tenha chegado. Não nos últimos seis meses, com certeza. Levaria um tempinho para checar mais do que…

— Não. Teria sido nos últimos dias. Você tem certeza que a *Rimbaud* não pousou aqui recentemente sob o comando da capitã Rydra Wong?

— Wong? Acho que ela pousou ontem, mas não na *Rimbaud*. Era uma nave de batalha sem identificação. Teve uma confusão porque os números de série haviam sido retirados dos tubos, e há a possibilidade de ser roubada.

— A capitã Wong estava bem quando desembarcou?

— Aparentemente ela renunciou ao comando para seu… — A voz parou.

— Para seu?

— Desculpe, senhor. Tudo isso foi classificado como sigiloso. Não tinha visto o adesivo, e essa informação foi acidentalmente colocada de volta no arquivo comum. Não posso dar mais nenhuma informação. Só estão liberadas para pessoas autorizadas.

— Sou o dr. Markus T'mwarba — disse o médico com autoridade e sem saber se isso adiantaria.

— Ah, há uma anotação a respeito do senhor. Mas o senhor não está na lista autorizada.

— Caramba, o que diz aí, mocinha?

— Diz apenas que, se o senhor solicitasse informações, era para encaminhá-lo diretamente ao general Forester.

Uma hora depois, ele entrou no gabinete do general Forester.

— Certo, qual é o problema com Rydra?

— Onde está a fita?

— Se Rydra quis que eu ficasse com ela, teve um bom motivo. Se quisesse que o senhor ficasse com ela, teria enviado ao senhor. Saiba que o senhor não vai botar as mãos nela a menos que eu lhe entregue.

— Eu esperaria mais cooperação, doutor.

— Estou cooperando. Estou aqui, general. Mas o senhor deve querer que eu faça alguma coisa e, a menos que eu saiba exatamente o que está acontecendo, não posso fazer.

— É uma atitude muito pouco militar — disse o general Forester, dando a volta na escrivaninha. — Uma com a qual estou tendo que lidar cada vez mais nos últimos tempos. Não sei se gosto disso. Mas também não sei também se desgosto. — O homem estelar, de uniforme verde, sentou-se à beirada da mesa, tocou as estrelas do colarinho e pareceu pensativo. — A sra. Wong foi a primeira pessoa que conheci em muito tempo para quem eu não pude dizer: faça isso, faça aquilo e se dane se perguntar das consequências. A primeira vez que falei com ela sobre Babel-17, achei que poderia lhe entregar a transcrição, e ela me devolveria em inglês. Ela me disse categoricamente: não; eu teria que contar mais a ela. Foi a primeira vez que alguém me disse que eu *tinha* que fazer alguma coisa em catorze anos. Talvez eu não goste disso; pode ter certeza de que respeito isso. — De forma protetora, suas mãos pousaram no colo. (Protetora? Foi Rydra quem o ensinou a interpretar esse movimento, T'mwarba conjecturou por um instante.) — É tão fácil ficar preso em sua bolha no mundo. Quando uma voz chega penetrando essa bolha, se mostra importante. Rydra Wong… — E o general parou, uma expressão se fixando em suas feições que fez T'mwarba arrepiar enquanto olhava para elas com o que Rydra havia lhe ensinado.

— Ela está bem, general Forester? Tem algo a ver com a saúde dela?

— Não sei — disse o general. — Tem uma mulher no meu gabinete interno… e um homem. Não sei dizer se a mulher é Rydra Wong ou não. Certamente não é a mesma mulher com quem conversei naquela noite, na Terra, sobre Babel-17.

Mas T'mwarba, já na porta, abriu-a.

Um homem e uma mulher ergueram os olhos. O homem era imensamente gracioso, com cabelos cor de âmbar; um condenado, percebeu o médico pela marca em seu braço. A mulher…

Ele encaixou os dois punhos nos quadris:

— Tudo bem, o que estou prestes a dizer para você?

Ela disse:

— Incompreensão.

Padrão de respiração, fechamento de mãos no colo, rolagem de ombros, detalhes cuja importância ela demonstrara a ele mil vezes: ele aprendeu na extensão horripilante de um suspiro o quanto eles identificavam. Por um momento, desejou que ela nunca tivesse lhe ensinado, porque todos eles tinham desaparecido e a ausência deles no corpo familiar dela era pior que cicatrizes e desfigurações. Ele começou com uma voz que era habitualmente para ela, aquela com que ele a elogiava ou censurava.

— Eu ia dizer: se isso for uma piada, querida, eu vou… te dar uns tapas. — Terminou com a voz para estranhos, vendedores e enganos telefônicos, e ele se sentiu abalado. — Se você não é Rydra, quem é você?

Ela disse:

— Incompreensão da pergunta. General Forester, este homem é o dr. Markus T'mwarba?

— Sim, é ele.

— Olhe. — Dr. T'mwarba virou-se para o general. — Tenho certeza de que você já passou por impressões digitais, taxas metabólicas, padrões de retina, esse tipo de identificação.

— Esse é o corpo de Rydra Wong, doutor.

— Tudo bem: hipnóticos, impressão experiencial, enxerto de matéria cortical pré-sináptica... é possível pensar em alguma outra maneira de colocar uma mente em outra cabeça?

— Sim. Dezessete. Não há sinais de nenhuma delas. — O general deu um passo atrás pela porta. — Ela deixou claro que quer falar com o senhor sozinha. Estarei lá fora. — Ele fechou a porta.

— Tenho certeza de quem você não é — disse o dr. T'mwarba depois de um momento.

A mulher piscou e disse:

— Mensagem de Rydra Wong, entregue integralmente, incompreensão de seu significado. — De repente, o rosto assumiu sua animação familiar. As mãos dela se seguraram, e ela se inclinou um pouco para frente: — Mocky, estou feliz que você tenha chegado até aqui. Não posso sustentar isso por muito tempo, então aqui vai. Babel-17 é mais ou menos como Onoff, Algol, Fortran. No fim das contas, sou telepata, só que acabei de aprender como controlar. Eu... nós demos um jeito nas tentativas de sabotagem de Babel-17. Só que somos prisioneiros e, se você quiser nos tirar daqui, esqueça quem eu sou. Use o que está no final da fita e descubra quem *ele* é! — Ela apontou para o Carniceiro.

A animação foi embora, e a rigidez voltou ao rosto dela. Toda a transformação deixou T'mwarba sem fôlego. Ele balançou a cabeça, começou a respirar novamente.

Depois de um momento, voltou ao gabinete do general.

— Quem é o prisioneiro? — perguntou ele com naturalidade.

— Estamos rastreando isso agora. Esperava ter o relatório nesta manhã. — Algo na mesa brilhou. — Chegou agora. — Ele abriu uma fenda na escrivaninha e puxou uma pasta. Quando cortou o selo, fez uma pausa. — Poderia me dizer o que são Onoff, Algol e Fortran?

— Para garantir, escutando atrás da porta. — T'mwarba suspirou e sentou-se em uma poltrona à frente da mesa. — São linguagens antigas do século XX... linguagens artificiais que eram usadas para programar computadores, projetadas especialmente para máquinas. Onoff era a mais simples. Reduzia tudo a uma combinação de duas palavras: *ligado* e *desligado*, ou o sistema numérico binário. As outras eram mais complicadas.

O general assentiu e terminou de abrir a pasta.

— Aquele cara veio da nave-aranha sem identificação com ela. A tripulação ficou muito incomodada quando quisemos colocá-los em aposentos separados. — Ele deu de ombros. — É algo psíquico. Por que arriscar? Nós os deixamos juntos.

— Onde está a tripulação? Eles conseguiram ajudá-lo?

— Eles? É como tentar falar com algo saído de um pesadelo. Transporte. Quem consegue falar com essa gente?

— Rydra conseguia — disse o dr. T'mwarba. — Gostaria de ver se eu poderia.

— Se quiser. Estamos mantendo-os na Sede. — Ele abriu a pasta, depois fez uma careta. — Estranho. Há um relato bastante detalhado da história dele por um período de cinco anos, que começou com um pequenos roubos, serviços violentos, e depois se meteu em algumas brigas. Um assalto a banco... — O general franziu os lábios e assentiu com admiração. — Passou dois anos nas cavernas penais de Titin, escapou... esse garoto *é* especial. Desapareceu no Estalo de Specelli, onde morreu ou talvez tenha entrado em uma nave-sombra... Bem, certamente não morreu. Mas, antes de dezembro de '61 — o general franziu a testa —, não parece que tenha existido. É chamado de Carniceiro.

De repente, o general fuçou em uma gaveta e tirou outra pasta.

— Kreto, Terra, Minos, Calisto — ele leu, em seguida, bateu na pasta com as costas da mão. — Alepo, Rhea, Olímpia, Paraíso, Dis!

— O que é isso, o itinerário do Carniceiro até ele entrar em Titin?

— É o que parece. Mas também são os locais de uma série de acidentes que começaram em dezembro de '61. Tínhamos acabado de fazer uma conexão com Babel-17. Só estávamos trabalhando com os "acidentes" recentes, mas então esse padrão apareceu alguns anos atrás. Relatórios do mesmo tipo de conversa via rádio. Acha que a sra. Wong trouxe nosso sabotador para casa?

— Talvez. Só que não é Rydra que está lá.

— Bem, sim. Acho que se pode dizer isso.

— Por razões semelhantes, imagino que o cavalheiro com ela não seja o Carniceiro.

— Quem acha que é?

— Neste momento, eu não sei. Diria que é bastante importante descobrirmos. — Ele se levantou. — Onde posso me encontrar com a tripulação de Rydra?

3

— **UM LUGAR BEM ELEGANTE!** — disse Calli quando saíram do elevador no último andar das Torres da Aliança.

— Bom agora — disse Mollya — poder andar por aí.

Um maître com traje formal branco veio na direção deles sobre o tapete de pele, olhou de relance para Brass e disse:

— Estes são seus acompanhantes, dr. T'mwarba?

— Isso mesmo. Reservamos uma alcova perto da janela. Pode nos trazer uma rodada de bebidas imediatamente. Eu já pedi.

O garçom assentiu, virou-se e conduziu-os a uma janela alta e arqueada que dava vista para o Alliance Plaza. Algumas pessoas se viraram para observá-los.

— A Sede Administrativa pode ser um lugar muito agradável. — O dr. T'mwarba sorriu.

— Se tiver dinheiro — disse Ron. Ele se esticou para olhar o teto preto azulado, onde as luzes estavam dispostas para simular a vista das constelações a partir de Rymik, e assobiou baixinho. — Li sobre lugares como este, mas nunca pensei que entraria em um.

— Eu gostaria de ter trazido os garotos — murmurou Coruja. — Eles acharam que a festa do barão foi demais.

Na alcova, o garçom puxou a cadeira para Mollya.

— O barão seria Ver Dorco, dos Estaleiros de Guerra?

— Sim — disse Calli. — Cordeiro assado, vinho de ameixa, os pavões mais bonitos que já vi em dois anos. Nem cheguei a comê-los. — Ele balançou a cabeça.

— Um dos hábitos irritantes da aristocracia — riu T'mwarba. — Ficam étnicos à menor provocação. Mas só restam alguns de nós, e a maioria de nós tem educação e deixa os títulos de lado.

— Finado mestre de armas de Armsedge — corrigiu Coruja.

— Li o relatório da morte dele. Rydra estava lá?

— Todos nós estávamos. Foi uma noite bem louca.

— O que aconteceu exatamente?

Brass sacudiu a cabeça.

— Bem, a cabitã chegou mais cedo… — Quando ele terminou de relatar os incidentes, com os outros adicionando detalhes, o dr. T'mwarba se recostou em sua cadeira.

— Os jornais não noticiaram desse jeito. Mas não noticiariam. Aliás, o que era esse tal TW-55?

Brass deu de ombros.

Houve um estalo quando o desincorporafone no ouvido do médico continuou:

— É um ser humano que foi trabalhado diversas vezes desde o nascimento até não ser mais humano — disse o Olho. — Eu estava com a capitã Wong quando o barão o mostrou para ela pela primeira vez.

O dr. T'mwarba assentiu.

— Existe mais alguma coisa que vocês possam me dizer?

Coruja, que estava tentando se sentir confortável na cadeira de espaldar alto, agora apoiava a barriga contra a borda da mesa.

— Por quê?

Os outros ficaram parados rapidamente.

O homem gordo olhou para o restante da tripulação.

— Por que estamos contando tudo isso para ele? Ele vai voltar e entregar aos estelares.

— Isso mesmo — disse o dr. T'mwarba. — E qualquer coisa pode ajudar Rydra.

Ron largou o copo de refrigerante gelado.

— Os estelares não nos trataram de um modo que o senhor chamaria de "legal", doutor — explicou ele.

— Eles não levam a gente a nenhum restaurante chique. — Calli enfiou o guardanapo no colar de zircônio que usava para a ocasião. Um garçom colocou uma tigela de batatas fritas na mesa, afastou-se e voltou com um prato de hambúrgueres.

Do outro lado da mesa, Mollya pegou o frasco alto e vermelho e olhou para ele com expressão interrogativa.

— Ketchup — disse o dr. T'mwarba.

— *Ohhh…!* — Mollya suspirou e o devolveu à toalha de mesa adamascada.

— Diavalo deveria estar aqui agora. — Coruja recostou-se devagar e parou de olhar para o médico. — Ele é um artista com um carbosintetizador e tem um jeito com um dosador de proteína que é ótimo para refeições sólidas como faisão recheado de nozes, filé de estalinho com maionese, e comida boa que enche o bucho de uma tripulação faminta. Mas essa coisa chique…? — Ele espalhou mostarda cuidadosamente sobre seu pão. — Dê a ele meio quilo de carne picada de verdade, e aposto que ele sai correndo da cozinha com medo de ela mordê-lo.

Brass disse:

— O que há de errado com a cabitã Wong? É isso que ninguém quer berguntar.

— Não sei. Mas se vocês me disserem tudo o que puderem, terei muito mais chance de fazer alguma coisa a respeito.

— A outra coisa que ninguém quer dizer — continuou Brass —, é que *um* de nós não quer que o senhor faça nada por ela. Mas não sabemos quem.

Os outros silenciaram-se novamente.

— Havia um esbião na nave. Todos sabíabos disso. Tentou destruir a nave duas vezes. Acho que ele é resbonzável bor qualquer coisa que tenha acontecido com a cabitã e o Carniceiro.

— Todos pensamos assim — disse o Coruja.

— Isso é o que vocês não queriam contar aos estelares?

Brass fez que sim com a cabeça.

— Conte para ele sobre as placas de circuito e a falsa decolagem antes de chegarmos a Tarik — disse Ron.

Brass explicou.

— Se não fosse pelo Carniceiro — o desincorporafone estalou de novo —, teríamos entrado novamente no espaço normal da Nova da Cygnus. O Carniceiro convenceu Tarik a nos rebocar e levar a bordo.

— Então. — O dr. T'mwarba olhou ao redor da mesa. — Um de vocês é um espião.

— Pode ser um dos garotos — disse o Coruja. — Não precisa ser alguém desta mesa.

— Se for — disse o dr. T'mwarba —, estou falando com os outros. O general Forester não conseguiu tirar nada de vocês. Rydra precisa da ajuda de alguém. Simples assim.

Brass quebrou o prolongado silêncio.

— Acabei de berder uma nave bara os Invasores, doutor; todo um belotão de garotos, mais da metade dos oficiais. Embora eu budesse lutar bem e fosse um bom biloto, para qualquer outro cabitão de transborte, aquele encontro com os Invasores me transforbou em um pé-frio para sembre. A cabitã Wong não é do nosso mundo. Mas, de onde quer que ela tenha vindo, trouxe um conjunto de valores com ela que dizia: "Eu gosto do seu trabalho e quero contratá-lo". Sou grato bor isso.

— Ela sabe tantas coisas — disse Calli. — Foi a viagem mais louca que já fiz. Mundos. É isso, doutor. Ela atravessa mundos e não se importa de levar você. Quando foi a última vez que alguém me levou à casa de um barão para jantar e espionar? No dia seguinte, estou comendo com piratas. E cá estou eu agora. Claro que quero ajudar.

— Calli fica confuso demais quando se trata de estômago — interrompeu Ron. — O negócio é que ela faz a gente pensar, doutor. Me fez pensar em Mollya e Calli. Sabe, ela foi trio com Muels Aranlyde, o cara que escreveu *Estrela Imperial*. Mas acho que o senhor deve saber disso, pois é o médico dela. De qualquer forma, a gente começa a pensar que talvez as pessoas que vivem em outros mundos, como Calli diz, onde as pessoas escrevem livros ou fabricam armas, sejam reais. Se a gente acredita neles, fica um pouco mais disposto para acreditar em si mesmo. E quando alguém que pode fazer isso precisa de ajuda, a gente ajuda.

— Doutor — disse Mollya —, eu estava morta. Ela me fez viva. Que posso fazer?

— Pode me contar tudo o que sabe... — ele se inclinou sobre a mesa e entrelaçou os dedos —... do Carniceiro.

— O Carniceiro? — perguntou Brass. Os outros ficaram surpresos. — Que tem ele? Não sabemos nada além do fato de que cabitã e ele ficaram bem bróxibos.

— Vocês ficaram na mesma nave que ele por três semanas. Me contem tudo o que viram ele fazer.

Eles se entreolharam, em silêncio questionador.

— Tinha alguma coisa que pudesse indicar de onde ele vinha?

— Titin — disse Calli. — A marca no braço dele.

— Antes de Titin, pelo menos cinco anos antes. O problema é que nem mesmo o Carniceiro sabe, entendem?

Eles pareciam ainda mais perplexos. Então, Brass disse:

— A língua dele. A cabitã disse que originalbente ele falava uba língua que não tinha uba balavra bara "eu".

O dr. T'mwarba franziu a testa mais profundamente quando o desincorporafone estalou de novo:

— Ela o ensinou a dizer *eu* e *você*. Eles vagaram pelo cemitério à noite, e nós pairamos sobre eles enquanto ensinavam um ao outro sobre quem eles eram.

— O "eu" — disse T'mwarba — é algo com que se pode trabalhar. — Ele se recostou. — É engraçado. Acho que sei tudo o que há para saber sobre Rydra. E sei muito pouco sobre…

O desincorporafone clicou pela terceira vez.

— O senhor não sabe sobre o mainá.

T'mwarba ficou surpreso.

— Claro que sei. Eu estava lá.

A tripulação desincorporada riu baixinho.

— Mas ela nunca disse *por que* ficou tão assustada.

— Foi um ataque histérico causado por sua condição anterior…

Riso espectral de novo.

— A minhoca, dr. T'mwarba. Ela não tinha medo algum do pássaro. Ela estava com medo da impressão telepática de uma enorme minhoca rastejando na direção dela, a minhoca que o pássaro estava imaginando.

— Ela contou isso para vocês…? — E nunca me contou era o final do que havia começado a pensar com uma indignação menor e terminado em assombro.

— Mundos — o fantasma reiterou. — Às vezes os mundos existem sob os nossos olhos e nós nunca os vemos. Esta sala pode estar cheia de fantasmas… nunca se sabe. Até o restante da equipe não consegue saber ao certo do que estamos falando agora. Mas a capitã Wong, ela nunca usou um desincorporafone. Encontrou um jeito de conversar conosco sem um. Ela atravessou os mundos e se juntou a eles, essa é a parte importante, para que ambos se tornassem maiores.

— Então, alguém tem que descobrir de onde no mundo, do seu, ou do meu, ou do dela, o Carniceiro veio. — Uma lembrança resolvida como uma conclusão de cadência, e ele riu. Os outros pareciam intrigados. — Uma minhoca. *Em algum lugar no Éden, agora, um verme, um verme...* Esse foi um dos seus primeiros poemas. E isso nunca me ocorreu.

4

— **EU DEVERIA ESTAR FELIZ?** — perguntou o dr. T'mwarba.

— Deveria estar interessado — respondeu o general Forester.

— O senhor olhou para um mapa hiperestático e descobriu que, embora as tentativas de sabotagem durante o último ano e meio estejam em uma galáxia no espaço normal, estão a uma distância de cruzeiro do Estalo do Specelli do outro lado do salto. Além disso, descobriu que, durante o tempo em que o Carniceiro estava em Titin, não houve nenhum "acidente". Em outras palavras, descobriu que o Carniceiro *poderia* ser responsável pela coisa toda, apenas pela proximidade física. Não, não fico nada feliz.

— Por que não?

— Porque ele é uma pessoa importante.

— Importante?

— Sei que é… importante para Rydra. A tripulação me disse isso.

— Ele? — Então, ele compreendeu. — *Ele?* Ah, não. Tudo menos isso. Ele é a forma mais baixa de… nada disso. Traição, sabotagem, quantos assassinatos… quer dizer, ele é…

— O senhor não sabe o que ele é. E se ele for responsável pelos ataques de Babel-17, por mérito próprio, é tão extraordinário quanto Rydra. — O médico levantou-se de sua poltrona-bolha. — Agora, o senhor vai me dar uma chance de apresentar minha ideia? Fiquei ouvindo a sua durante toda a manhã. A minha provavelmente vai funcionar.

— Mas eu ainda não entendo o que o senhor quer.

Dr. T'mwarba suspirou.

— Primeiro, quero levar Rydra, Carniceiro e a nós para a masmorra mais fortemente vigiada, profunda, escura e impenetrável que a Sede Administrativa da Aliança...

— Não temos uma masm...!

— O senhor está de brincadeira — disse dr. T'mwarba em um tom monótono. — O senhor está numa guerra, lembra?

O general fez uma careta.

— Para que toda essa segurança?

— Por causa do caos que esse cara causou até agora. Ele não vai gostar do que eu pretendo fazer. Ficaria mais feliz se houvesse algo como, digamos, toda a força militar da Aliança do meu lado. Então, sentiria que tenho uma chance.

Rydra estava sentada em um lado da cela, o Carniceiro no outro. Os dois foram amarrados aos formatos de cadeira revestidos de plástico que faziam parte das paredes. O dr. T'mwarba cuidou do equipamento que estava sendo retirado da sala.

— Não há masmorras e câmaras de tortura, hein, general? — Ele olhou para uma mancha seca vermelho-acastanhada no chão de pedra perto do seu pé e balançou a cabeça. — Eu ficaria mais feliz se o local tivesse sido limpo com ácido e desinfetado primeiro. Mas acho que, em um prazo tão curto...

— O senhor está com todo seu equipamento aqui, doutor? — perguntou o general, ignorando a provocação do médico. — Se mudar de ideia, posso trazer uma enxurrada de especialistas para cá em quinze minutos.

— O lugar não é tão grande assim — disse T'mwarba. — E tenho nove especialistas aqui. — Ele pousou a mão sobre um computador de tamanho médio que havia sido colocado no canto ao lado do restante do equipamento. — Também preferiria que logo o senhor não estivesse aqui. Mas como o senhor não vai embora, apenas observe em silêncio.

— O senhor disse que quer segurança máxima — disse o general Forester. — Posso trazer alguns mestres de aikido de 115 quilos para cá também.

— Sou faixa preta em aikido, general. Acho que nós dois somos suficientes.

O general ergueu as sobrancelhas.

— Sou de karatê. Aikido é uma arte marcial que nunca entendi de verdade. E o senhor é faixa preta?

O dr. T'mwarba ajustou um equipamento maior e assentiu com a cabeça.

— Rydra também é. Não sei o que o Carniceiro poderá fazer, então estou mantendo todo mundo bem preso e apertado.

— Muito bem. — O general tocou algo no canto do batente da porta. A placa de metal baixou devagar. — Estaremos aqui em cinco minutos. — A placa chegou ao chão, e a linha ao longo da borda da porta desapareceu. — Estamos selados agora. No centro de doze camadas de defesa, todas impenetráveis. Ninguém sequer sabe a localização do lugar... nem eu mesmo.

— Depois desses labirintos pelos quais passamos, certamente eu não sei — disse T'mwarba.

— No caso de alguém conseguir mapeá-lo, somos realocados automaticamente a cada cinquenta segundos. Ele não vai sair. — O general fez um gesto em direção ao Carniceiro.

— Estou apenas supondo que ninguém poderá entrar. — T'mwarba apertou um interruptor.

— Repasse isso mais uma vez.

— Os médicos em Titin dizem que o Carniceiro tem amnésia. Significa que sua consciência está restrita à parte do cérebro com conexões de sinapses que datam de '61. De fato, sua consciência é restrita a um segmento de seu córtex. O que isto faz — o médico levantou um capacete de metal e o colocou na cabeça do Carniceiro, olhando para Rydra — é criar uma série de "sensações desagradáveis" nesse segmento até que ele seja, por assim dizer, expulso daquela parte do cérebro e volte para o restante da massa encefálica.

— E se simplesmente não houver conexões de uma parte do córtex para a outra?

— Se ficar desagradável o bastante, ele criará novas.

— Com o tipo de vida que ele levou — comentou o general —, eu me pergunto o que seria desagradável o suficiente para tirá-lo da cabeça.

— Onoff, Algol, Fortran — disse o dr. T'mwarba.

O general observou o médico fazer mais ajustes.

— Normalmente isso criaria uma situação turbulenta no cérebro. No entanto, com uma mente que não conhece a palavra "eu" ou não conheceu por muito tempo, as táticas de medo não funcionam.

— O que vai funcionar?

— Algol, Onoff e Fortran, com a ajuda de um barbeiro e o fato de ser quarta-feira.

— Dr. T'mwarba, não me dei ao trabalho de fazer mais que uma verificação preliminar de seu índice psíquico...

— Sei o que estou fazendo. Nenhuma dessas linguagens de computador tem a palavra "eu" também. Isso impede que declarações como "não consigo resolver o problema". Ou "eu não tenho interesse nisso". Ou "tenho mais o que fazer do que perder meu tempo com isso". General, em uma cidade pequena, no lado espanhol dos Pirineus, há apenas um barbeiro. Esse barbeiro faz a barba de todos os homens da cidade que não barbeiam a si próprios. O barbeiro se barbeia ou não?

O general franziu a testa.

— O senhor não acredita em mim? Mas, general, eu sempre digo a verdade. Exceto às quartas-feiras; na quarta-feira, todas as declarações que faço são mentiras.

— Mas hoje é quarta-feira! — exclamou o general, começando a enrubescer.

— Que conveniente. Ora, ora, general, não prenda a respiração até ficar com o rosto azul.

— Não estou prendendo a respiração!

— Eu não disse que estava. Mas apenas responda "sim" ou "não": o senhor parou de bater em sua esposa?

— Droga, não posso responder a uma pergunta como…

— Bem, enquanto o senhor pensa em sua esposa, decida se vai ficar prendendo a respiração, tendo em mente que é quarta-feira, e me diga: quem faz a barba do barbeiro?

A confusão do general irrompeu em uma gargalhada.

— Paradoxos! Quer dizer que vai alimentá-lo com paradoxos que ele precisará enfrentar.

— Quando o senhor faz isso em um computador, ele queima, a menos que tenha sido programado para desligar quando confrontados com eles.

— Suponha que ele decida desincorporar?

— E deixar uma coisinha como uma desincorporação me impedir? — Ele apontou para outra máquina. — É para isso que ela serve.

— Só mais uma coisa. Como sabe quais paradoxos dar para ele? Certamente os que o senhor me disse não…

— Não. Além disso, só existem em inglês e em algumas outras linguagens analiticamente desajeitadas. Paradoxos são compostos pelas manifestações linguísticas do idioma em que são expressos. Para o barbeiro espanhol e a quarta-feira, são as palavras "todos" e "todas", que possuem significados contraditórios. A construção "não faça algo até" tem uma ambiguidade similar. O mesmo acontece com o verbo "parar". A fita que Rydra me enviou era uma gramática e um vocabulário de Babel-17. Fascinante. É a linguagem analiticamente mais exata que se pode imaginar. Mas isso porque tudo é flexível, e as ideias vêm em grande número de conjuntos congruentes, regidos pelas mesmas palavras. Isso significa apenas que o número de paradoxos que se pode inventar é impressionante. Rydra tinha preenchido toda a última metade da fita com alguns dos mais engenhosos. Se uma mente limitada a Babel-17 fosse apanhada neles, queimaria ou entraria em colapso...

— Ou escaparia para o outro lado do cérebro. Entendo. Bem, vá em frente. Comece.

— Comecei há dois minutos.

O general olhou para o Carniceiro.

— Não vejo nada.

— Não verá por mais um minuto. — Ele fez um novo ajuste. — O sistema paradoxal que montei tem que penetrar toda a parte consciente do cérebro dele. Há muitas sinapses para começar a ligar e desligar.

De repente, os lábios do rosto musculoso se afastaram dos dentes.

— E lá vamos nós — disse o dr. T'mwarba.

— O que está acontecendo com a sra. Wong?

O rosto de Rydra se contorcia da mesma forma.

— Esperava que isso não acontecesse — suspirou dr. T'mwarba —, mas suspeitei que fosse acontecer. Estão em união telepática.

Um *estalo* da cadeira do Carniceiro. A fita da cabeça havia se soltado um pouco, e seu crânio atingiu o espaldar da cadeira.

Um som veio de Rydra, aumentando para um gemido completo que de repente se sufocou. Seus olhos assustados piscaram duas vezes e ela gritou:— Ai, Mocky, está doendo!

Uma das braçadeiras cedeu na cadeira do Carniceiro, e o punho voou para cima.

Então, uma luz ao lado do polegar do dr. T'mwarba passou de branco para âmbar, e o polegar enfiou-se no interruptor. Algo aconteceu com o corpo do Carniceiro; ele relaxou.

O general Forester começou:

— Ele desincorp...

Mas o Carniceiro estava ofegante.

— Me deixe sair daqui, Mocky — disse Rydra.

O dr. T'mwarba passou a mão sobre um microinterruptor, e as faixas que prendiam a testa, as panturrilhas, os pulsos e os braços dela se soltaram com sons de estalo. Ela atravessou a cela até o Carniceiro.

— Ele também?

Ela fez que sim com a cabeça.

Ele empurrou o segundo microinterruptor, e o Carniceiro caiu nos braços dela. Ela foi ao chão com o peso do homem, ao mesmo tempo que começou a apertar os nós dos dedos nos músculos enrijecidos das costas dele.

O general Forester estava segurando uma vibra-arma apontada para eles.

— Agora, quem é esse cara e de onde ele vem? — questionou.

O Carniceiro começou a despencar novamente, mas suas mãos bateram no chão, e ele se levantou.

— Meu... — ele começou. — Eu... sou Nyles Ver Dorco. — Sua voz tinha perdido a característica mineral rascante. O tom era quase um quarto mais alto, e um leve sotaque aristocrático impregnou suas palavras. — Armsedge. Nasci em Armsedge. E eu... matei meu pai!

A placa da porta subiu para dentro da parede. Veio uma onda de fumaça e cheiro de metal quente.

— Ora, que desgraça de cheiro é esse? — perguntou o general Forester. — Isso não deveria acontecer.

— Eu diria — disse o dr. T'mwarba — que a primeira meia dúzia de camadas de defesa para esta câmara de segurança foi rompida. Se tivesse durado mais alguns minutos, havia chances de não estarmos mais aqui.

Uma confusão de passos. Um estelar manchado de fuligem cambaleou porta adentro.

— General Forester, o senhor está bem? A parede externa explodiu e, de alguma forma, as travas de rádio dos portões duplos entraram em curto. Algo penetrou as paredes de cerâmica. Parecem lasers ou algo assim.

O general ficou muito pálido.

— O que estava tentando entrar aqui?

Dr. T'mwarba olhou para Rydra.

O Carniceiro ficou de pé, segurando-se no ombro dela.

— Um par de modelos mais engenhosos do meu pai, primos em primeiro grau do TW-55. Há talvez seis posições discretas mas eficazes dentro da equipe, aqui na Sede Administrativa da Aliança. Mas não precisa se preocupar mais com eles.

— Então, eu agradeceria — disse o general Forester — se todos vocês fossem ao meu gabinete e explicassem o que está acontecendo.

— Não. Meu pai não era traidor, general. Simplesmente queria me transformar no agente secreto mais poderoso da Aliança. Mas a ferramenta não é a arma, mas sim o conhecimento de como usá-la. E os Invasores tinham esse conhecimento: Babel-17.

— Certo. Talvez você seja Nyles Ver Dorco. Mas isso deixa mais confusas algumas coisas que achei ter entendido há uma hora.

— Não quero que ele fale demais — disse T'mwarba. — A tensão que todo o seu sistema nervoso acabou de sofrer…

— Estou bem, doutor. Tenho um conjunto completo de reposição. Meus reflexos estão bem acima do normal, e tenho o controle de todo o meu esquema autônomo, até da velocidade com que as unhas dos dedos do pé crescem. Meu pai era um homem bastante minucioso.

O general Forester apoiou o calcanhar contra a frente de sua mesa.

— Melhor deixá-lo continuar. Porque se eu não entender todo esse negócio em cinco minutos, vou pedir para prender todos vocês.

— Meu pai tinha acabado de começar seu trabalho com espiões sob medida quando teve a ideia. Tinha me alterado biologicamente até virar o ser humano mais perfeito que ele poderia imaginar. Então, me mandou para o território do Invasor com a esperança de que eu causasse o máximo de confusão entre eles quanto pudesse. E causei muito dano também até me capturarem. Outra coisa que meu pai percebeu foi que estava fazendo avanços rápidos com os novos espiões e que, no fim das contas, eles me superariam... o que foi bem a verdade. Não chegava ao pés do TW-55, por exemplo. Mas por causa de... acho que foi orgulho familiar, ele quis manter o controle de suas operações na família. Todo espião de Armsedge pode receber comandos de rádio por meio de um acesso pré-estabelecido. Enxertado sob minha medula há um transmissor de hiperestase, cuja maioria das partes são de eletroplastiplasmos. Não importava o quanto os futuros espiões se tornassem complexos, eu ainda estava no controle principal de toda a tropa. Nos últimos anos, vários milhares foram liberados no território do Invasor. Até o momento em que fui capturado, tínhamos montado uma força muito eficaz.

— Por que você não foi morto? — perguntou o general. — Ou eles descobriram e conseguiram botar todo esse exército de espiões contra nós?

— Eles descobriram que eu era uma arma da Aliança. Mas esse transmissor de hiperestase se desfaz sob certas condições e é eliminado com os resíduos do meu corpo. Leva cerca de três semanas para crescer um novo. Então, eles nunca souberam que eu estava controlando os outros. Mas tinham acabado de inventar sua própria arma secreta: Babel-17. Provocaram um caso de amnésia completa em mim, deixaram-me sem meio de me comunicar, exceto por Babel-17, depois me deixaram escapar de Nuevanueva York de volta ao território da Aliança. Não recebi nenhuma instrução para sabotar vocês. Os poderes que eu tinha, o contato com os outros espiões, me ocorreram de forma muito dolorosa e lenta. E toda a minha vida como sabotador disfarçado de criminoso simplesmente se desenvolveu. Como ou por quê, não sei ainda.

— Acho que posso explicar, general — disse Rydra. — É possível programar um computador para cometer erros, e não se faz isso cruzando cabos, mas manipulando a "linguagem" na qual se ensina a "pensar". A falta de um "eu" impede qualquer processo autocrítico. Na verdade, elimina qualquer consciência do processo simbólico... que é a maneira pela qual distinguimos entre realidade e nossa expressão da realidade.

— Como é?

— Os chimpanzés — interrompeu dr. T'mwarba — são fisicamente bem coordenados para aprender a dirigir carros e inteligentes o bastante para distinguir entre luzes vermelhas e verdes. Mas, assim que aprendem, ainda não podem ser soltos, pois, quando a luz fica verde, eles atravessam uma parede de tijolos se ela estiver na frente deles, e se a luz ficar vermelha, vão parar no meio de um cruzamento, mesmo se um caminhão estiver vindo desabalado na direção deles. Eles não têm o processo simbólico. Para eles, vermelho *é* "pare" e verde *é* "siga".

— De qualquer forma — continuou Rydra. — Babel-17 como idioma contém um programa pré-definido para o Carniceiro se tornar um criminoso sabotador. Se soltarmos alguém sem memória em um país estrangeiro apenas com as palavras para ferramentas e peças de máquinas, não será surpresa se ele acabar virando mecânico. Ao manipular seu vocabulário corretamente, é igualmente possível torná-lo marinheiro ou artista. Além disso, Babel-17 é uma língua analítica tão exata que quase lhe assegura o domínio técnico de qualquer situação que se enfrente. E a falta de um "eu" cega a pessoa para o fato de que, embora seja uma maneira muito útil de ver as coisas, não é a única.

— Mas você quer dizer que essa linguagem poderia até virar a pessoa contra a Aliança? — perguntou o general.

— Bem — disse Rydra —, para começar, a palavra para "Aliança" em Babel-17 se traduz literalmente para "aquela que invadiu". Tire isso por base. Há todos os tipos de pequenos diabolismos programados nela. Enquanto se pensa em Babel-17, é perfeitamente lógico para a pessoa tentar destruir a própria nave e depois apagar o fato com auto-hipnose para que ela não descubra o que está fazendo e tente impedir a si mesma.

— Esse é o seu espião...! — interrompeu dr. T'mwarba.

Rydra assentiu.

— Ele "programa" uma personalidade esquizoide autocontida na mente de quem a aprende, reforçada pela auto-hipnose... o que parece ser a coisa sensata a se fazer, já que todo o resto da linguagem é "certo", enquanto qualquer outra língua parece muito desajeitada. Essa "personalidade" tem o desejo geral de destruir a Aliança a qualquer custo e, ao mesmo tempo, permanece oculta do restante da consciência até que esteja forte o bastante para assumir o controle. Foi o que aconteceu conosco. Sem a experiência de pré-captura do Carniceiro, não éramos fortes o bastante para manter o controle total, embora pudéssemos impedi-los de fazer algo destrutivo.

— Por que não dominaram você por completo? — perguntou o dr. T'mwarba.

— Não contavam com meu "talento", Mocky — respondeu Rydra. — Analisei isso com o Babel-17 e é muito simples. O sistema nervoso humano emana ruído de rádio. Mas teria que haver uma antena de vários milhares de quilômetros de alcance de superfície para sintonizar qualquer coisa boa o bastante para dar sentido a esse ruído. Na verdade, a única coisa com esse tipo de alcance é outro sistema nervoso humano. Acontece em certa medida com todo mundo. Algumas pessoas como eu simplesmente têm mais controle sobre esse alcance. As personalidades esquizoides não são tão fortes, e eu também tenho algum controle do ruído que envio. Simplesmente estava interferindo neles.

— E o que eu devo fazer com esses agentes de espionagem esquizoides que cada um de vocês está abrigando na cabeça? Lobotomizo vocês?

— Não — disse Rydra. — Não se conserta um computador cortando metade dos fios. Se conserta corrigindo a linguagem, apresentando os elementos que faltam e compensando as ambiguidades.

— Nós introduzimos os principais elementos — disse o Carniceiro — lá no cemitério de Tarik. Estamos bem a caminho de resolver o restante.

O general levantou-se devagar.

— Não é suficiente. — Ele balançou a cabeça. — T'mwarba, onde está a fita?

— Bem no meu bolso, desde essa tarde — respondeu dr. T'mwarba, puxando o rolo.

— Estou levando isso para a criptografia, então vamos começar do zero. — Ele caminhou até a porta. — Ah, sim, e estou trancando vocês! — Ele saiu, e os três se entreolharam.

5

—... **Sim, é claro** que eu deveria saber que alguém que podia chegar à nossa sala de segurança máxima e sabotar o esforço de guerra ao longo de um braço inteiro da galáxia poderia escapar do meu escritório trancado!... Eu *não* sou imbecil, mas pensei... sei que o senhor não se importa com o que penso, mas eles... Não, não me ocorreu que eles roubariam uma nave. Bem, sim, eu... eu... não. Claro que não presumi... sim, era uma de nossas maiores naves de guerra. Mas eles deixaram um... Não, não vão atacar nossa... *não* tenho como saber, a não ser o fato de que deixaram em um bilhete que diz... Sim, na minha mesa, deixaram um bilhete... Bem, é claro que vou ler para o senhor. É o que tenho tentado fazer nos últimos...

6

RYDRA ENTROU NA espaçosa cabine da nave de guerra *Chronos*. Ratt estava vindo de cavalinho nas costas dela.

Quando ela o abaixou no chão, o Carniceiro se virou do painel de controle.

— Como está todo mundo lá embaixo?

— Alguém está muito confuso com os novos controles? — perguntou Rydra.

O garoto do pelotão puxou a orelha.

— Não sei, capitã. É muita nave para manejarmos.

— Só temos que voltar ao Estalo e entregar esta nave para Tarik e os outros em Jebel. Brass diz que pode nos levar até lá se vocês, garotos, mantiverem tudo funcionando tranquilo.

— Estamos tentando. Mas tem tantas ordens vindas de todo o lugar ao mesmo tempo. Eu deveria estar lá embaixo agora.

— Pode chegar lá em um minuto — disse Rydra. — E se eu nomear você um *quipucamayocuna* honorário?

— Quem?

— É o cara que lê todas as ordens conforme elas chegam, as interpreta e distribui. Seus bisavós eram indígenas, não eram?

— Sim. Seminoles.

Rydra encolheu os ombros.

— *Quipucamayocuna* é maia. Quase a mesma coisa. Eles davam ordens amarrando nós em uma corda; nós usamos cartões perfurados. Corra… e nos mantenha voando.

Ratt tocou a testa e saiu correndo.

— O que acha que o general fez com nosso bilhete? — o Carniceiro perguntou para ela.

— Na verdade, não importa. Ele vai fazer circular por todo o alto escalão; e eles vão refletir sobre ele e a possibilidade ficará semanticamente gravada em suas mentes, o que é já é meio caminho andado. E nós temos Babel-17 corrigida, talvez eu devesse chamá-la de Babel-18, que é a melhor ferramenta concebível para formá-lo na direção da verdade.

— Mais minha bateria de assistentes — disse o Carniceiro. — Acho que seis meses deveriam bastar. Você tem sorte que esses ataques de mal-estar não vinham de taxas metabólicas aceleradas, no fim de contas. Parecia um pouco estranho para mim. Você deveria ter desmaiado antes de sair de Babel-17, se fosse esse o caso.

— Era a configuração esquizo tentando forçar o controle. Bem, assim que terminarmos a entrega de Tarik, temos uma mensagem para deixar na mesa do Comandante Invasor Meihlow, em Nuevanueva York.

— *Esta guerra terminará dentro de seis meses* — ela recitou. — Melhor frase em prosa que já escrevi. Mas agora precisamos trabalhar.

— Temos ferramentas para fazer isso que ninguém mais tem — disse o Carniceiro. Ele abriu espaço quando ela se sentou ao lado dele. — E, com as ferramentas certas, não deve ser muito difícil. O que vamos fazer com nosso tempo livre?

— Vou escrever um poema, acho. Mas pode ser um romance. Tenho muito a dizer.

— Mas eu ainda sou um criminoso. Cancelar as más ações com boas é uma falácia linguística que trouxe problemas às pessoas mais de uma vez. Especialmente se a boa ação for iminente. Ainda sou responsável por muitos assassinatos.

Para acabar com essa guerra, talvez eu tenha que usar os espiões do meu pai para cometer muito mais… erros. Só vou tentar mantê-los sob controle.

— Todo o mecanismo da culpa como impedimento para uma ação correta é também uma falha linguística. Se isso incomodar você, volte, seja julgado, seja absolvido e, em seguida, cuide de seus assuntos. Deixe-me ser seu assunto por um tempo.

— Claro. Mas quem disse que vou ser absolvido nesse julgamento?

Rydra começou a rir. Ela parou diante dele, pegou suas mãos e recostou o rosto nelas, ainda rindo.

— Eu serei sua advogada! E, mesmo sem Babel-17, você já deve ter percebido que eu posso sair muito bem de qualquer encrenca com palavras.

Sobre o autor

Samuel R. Delany é um dos mais aclamados autores de ficção especulativa. Nasceu em 1º de abril de 1942 no bairro do Harlem, na cidade de Nova Iorque. Foi casado por dezenove anos com a poeta Marilyn Hacker, com quem teve uma filha.

Aos 20 anos, já havia publicado livros de ficção científica e aos 27, já havia recebido um Hugo e quatro prêmios Nebula; um deles pelo romance *Babel-17*, que finalmente é publicado em conjunto com *Estrela Imperial*, como o autor sempre desejou.

Nas décadas seguintes, continuou sua premiada trajetória e publicou uma vasta obra incluindo romances, contos e ensaios críticos, além de relatos autobiográficos sobre a sua vida como um escritor negro, gay e disléxico. Entrou para o Hall da Fama da Ficção Científica em 2002 e em 2013 foi laureado como Grande Mestre pela Science Fiction and Fantasy Writers of America.

Desde 1988, lecionou em diversas universidades, e em 2001, tornou-se professor de literatura e escrita criativa na Universidade de Temple onde lecionou até se aposentar em 2015. Atualmente mora na Filadélfia com seu companheiro Dennis Rickett.

SOBRE O AUTOR

SAMUEL R. DELANY é um dos mais aclamados autores de ficção especulativa. Nasceu em 1º de abril de 1942 no bairro do Harlem, na cidade de Nova Iorque. Foi casado por dezenove anos com a poeta Marilyn Hacker, com quem teve uma filha.

Aos 20 anos, já havia publicado livros de ficção científica e aos 27, já havia recebido um Hugo e quatro prêmios Nebula; um deles pelo romance *Babel-17*, que finalmente é publicado em conjunto com *Estrela Imperial*, como o autor sempre desejou.

Nas décadas seguintes, continuou sua premiada trajetória e publicou uma vasta obra incluindo romances, contos e ensaios críticos, além de relatos autobiográficos sobre a sua vida como um escritor negro, gay e disléxico. Entrou para o Hall da Fama da Ficção Científica em 2002 e em 2013 foi laureado como Grande Mestre pela Science Fiction and Fantasy Writers of America.

Desde 1988, lecionou em diversas universidades, e em 2001, tornou-se professor de literatura e escrita criativa na Universidade de Temple onde lecionou até se aposentar em 2015. Atualmente mora na Filadélfia com seu companheiro Dennis Rickett.

EST
REL
A IM
PER
IAL

Samuel R. Delany

ESTRELA IMPERIAL

Tradução

Petê Rissatti

Título original em inglês: *Babel-17/Empire Star*

Direção editorial: Victor Gomes
Coordenação editorial e
tradução de poemas: Giovana Bomentre
Tradução: Petê Rissatti
Preparação: Cássio Yamamura
Revisão: Natália Mori Marques
Capa, projeto gráfico e diagramação: Frede Tizzot

Todas as epígrafes em Babel-17 são de poemas de Marilyn Hacker. A maioria desses trechos foi incluída posteriormente nas coletâneas *Presentation Piece* (Viking Press, Nova York, 1974) e *Separations* (Alfred A. Knopf, Nova York, 1976). Alguns versos estão em versões anteriores àquelas encontradas nas coletâneas.

Dados Internacionais de Catalogação na Publicação (CIP)

D377b Delany, Samuel R.
Babel-17 e Empire Star/ Samuel R. Delany; Tradução: Petê Rissatti – São Paulo: Editora Morro Branco, 2019.
p. 400; 14x21cm.

ISBN: 978-85-92795-82-5

1. Literatura americana – Romance. 2. Ficção americana. I. Rissatti, Petê. II. Título.
CDD 813

Esta obra foi composta em Caslon Pro e Corbel e impressa em papel Pólen Soft 70g com capa em Cartão Trip Suzano 250g pela Corprint para Editora Morro Branco em outubro de 2019

EDITORA MORRO BRANCO
Alameda Santos, 1357, 8º andar
01419-908 – São Paulo, SP – Brasil
Telefone (11) 3373-8168
www.editoramorrobranco.com.br
Impresso no Brasil
2019

Ao se ver obcecado
Com viagem a Atlântida
A descoberta foi óbvia:
O que está de saída
É apenas a Nau dos Parvos,
Pois atípica ventania
Está vindo e que você
Tem que estar pronto e que
Vai se portar em volume
Para mesclar-se aos garotos
E ao menos fingir costume
Com uísque, xingo e arroto.

— W. H. AUDEN

... a verdade é um ponto de vista sobre as coisas.

— MARCEL PROUST

1

ELE TINHA:

uma trança de cabelos loiros até a cintura;

um corpo que era marrom e magro e parecia o de um gato, pelo que diziam, quando ele se enrodilhava, meio dormindo, no tremeluzir da fogueira do Guardião do Campo em Novo Ciclo;

uma ocarina;

um par de botas pretas e um par de luvas pretas com as quais ele conseguia subir paredes e atravessar telhados;

olhos acinzentados grandes demais para seu rosto pequeno e ferino;

garras de latão na mão esquerda com a qual ele havia matado, até o momento, três kepardos selvagens que haviam se esgueirado por uma fenda na cerca elétrica durante seu turno de vigilância em Novo Ciclo (e, certa vez, em uma luta com Billy James – uma escaramuça amigável na qual um golpe de repente veio rápido demais e forte demais e acabou virando verdade –, ele matou o outro garoto; mas isso já fazia dois anos, quando ele tinha dezesseis, e não gostava de pensar nisso);

dezoito anos de vida difícil nas cavernas do satélite Rhys, servindo nos campos subterrâneos, enquanto Rhys girava em torno do gigantesco sol vermelho Tau Ceti;

uma propensão de se afastar das Cavernas-Lares para olhar as estrelas, o que o meteu em confusão ao menos quatro vezes no mês anterior, e nos catorze anos anteriores rendeu a ele sua alcunha: Cometa Jo;

um tio chamado Clémence, de quem ele não gostava.

E, mais tarde, quando perdeu tudo menos, por milagre, a ocarina, pensou em todas essas coisas e no que elas significavam para ele, quanto elas definiam sua juventude e quão pouco o prepararam para sua vida adulta.

No entanto, antes de começar a perder, ele ganhou: duas coisas que, juntamente com a ocarina, ele manteve até o fim. Uma delas foi um filhote de gato-demônio chamado Ga'd. A outra era eu. Sou Joia.

Tenho uma consciência multiplexa, o que significa que vejo as coisas de diferentes pontos de vista. É uma função da série sobretônica no padrão harmônico de minha estruturação interna. Então, vou contar uma boa parte da história do ponto de vista que, nos círculos literários, é chamada de observador onisciente.

O Ceti carmesim feria os penhascos ocidentais. Tyre, gigante como o Júpiter solar, era uma curva preta sobre um quarto do céu, e a anã branca Eye prateava as rochas orientais. Cometa Jo, com cabelos no tom do trigo, caminhava atrás de suas duas sombras, uma longa e cinza, uma atarracada e cor de ferrugem. Sua cabeça estava para trás, e na pressa do anoitecer tingido de vinho ele encarava as primeiras estrelas. Em sua mão direita de dedos longos com as unhas roídas como as de todo garoto, ele segurava sua ocarina. Deveria voltar, ele sabia; deveria rastejar por baixo da noite e para dentro do casulo luminoso da Caverna-Lar. Tinha que respeitar o tio Clémence, não tinha que se meter em brigas com outros garotos na Vigilância Campal; havia tantas coisas que ele tinha que fazer…

Um som. Embate de rocha com não rocha.

Ele se agachou, e a mão esquerda com garras, mortal no braço esguio e definido, saltou para proteger o rosto. Kepardos atacavam os olhos. Mas não era um kepardo. Ele recolheu a garra.

O filhote de gato-demônio saiu cambaleando da fenda, equilibrando-se nas cinco de suas oito pernas, e chiou. Tinha trinta centímetros de comprimento, três chifres e grandes olhos cinza, da cor dos de Jo. Dava risadinhas, o que os filhotes de gatos-demônios fazem quando estão irritados, em geral porque perderam seus pais gatos-demônios – que têm quinze metros de comprimento e são totalmente inofensivos, a menos que pisem em você por acidente.

— Qualé? — perguntou Cometa Jo. — Tua mami e teu papi deram no pé?

O gato-demônio soltou a risadinha de novo.

— Quiqui tá pegando? — insistiu Jo.

O gatinho olhou para trás, por sobre o ombro esquerdo, e chiou.

— Bor'olhar. — Cometa Jo meneou a cabeça. — Vam' gatin. — Franzindo a testa, começou a avançar, o movimento de seu corpo nu sobre as rochas tão gracioso quanto a fala era grosseira. Desceu de uma placa de rocha para a terra vermelha esfarelada, os cabelos amarelos nublavam os ombros no meio do salto, em seguida caindo sobre os olhos. Ele os jogou para trás. O gatinho coçou o tornozelo, deu risadinhas de novo, em seguida saiu em disparada ao redor do rochedo.

Jo seguiu – então se lançou de novo contra a rocha. As garras da mão esquerda e os nós dos dedos da direita bateram no granito. Ele suava. A veia grande na lateral do pescoço pulsava com fúria enquanto seu escroto se retraía como uma ameixa seca.

Um líquido verde espumava e flamejava em um gêiser a meio metro acima dele. Havia coisas naquela bagunça flamejante que ele não conseguia ver, mas conseguia sentir – se contorcendo, gritando baixo, morrendo com grande dor. Uma das coisas estava tentando com toda força se libertar.

O filhote de gato-demônio, sem ligar para a agonia ali dentro, correu até a base, cuspiu com arrogância e fugiu de novo.

Quando Jo arriscou respirar, a coisa saiu de lá de dentro com tudo. Cambaleou para frente, fumegando. Ergueu os olhos cinza. Cabelos longos da cor do trigo balançaram à brisa e caíram de volta sobre os ombros quando, por um momento, a coisa se moveu com graça felina. Em seguida, caiu para frente.

Algo sob o medo fez com que Cometa Jo estendesse a mão e pegasse os braços estendidos do outro. Mão pegou garra. Garra pegou mão. Apenas quando Cometa Jo estava se ajoelhando e a figura estava arfando em seus braços que percebeu que era seu duplo.

A surpresa explodiu em sua cabeça e sua língua foi uma das coisas que se soltaram.

— Cê quenhé?

— Você precisa levar… — a figura começou, tossiu e, por um momento, suas feições perderam a clareza. —… levar… — ela repetiu.

— Quié? *Quié?* — Jo ficou perplexo e assustado.

—… levar uma mensagem para a Estrela Imperial. — O sotaque tinha o tom limpo e preciso da interlíngua dos alienígenas. — Você tem que levar uma mensagem para a Estrela Imperial!

— Quiqu'eu digo?

— Chegue até lá e diga para eles… — A figura tossiu de novo. — Chegue até lá, não importa quanto tempo leve.

— Qui raios vô dizer quando chegar lá? — questionou Jo. Em seguida, pensou em todas as coisas que já deveria ter perguntado. — De onde cê veio? Aonde cê vai? Qui tá rolando?

Atingida por um espasmo, a figura arqueou as costas e saltou dos braços de Cometa Jo. Cometa Jo estendeu a mão para manter a boca do outro aberta e impedir que engolisse a língua, mas, antes que ele a tocasse, ela... derreteu.

Borbulhou e ferveu, espumou e fumegou.

O fenômeno maior havia se aquietado, agora era apenas uma poça escorrendo pelo mato. O filhote de gato-demônio foi até a beirada, fungou, em seguida tirou algo de lá com a pata. A poça parou, em seguida começou a evaporar rapidamente. O gatinho levou a coisa até a boca e, piscando com velocidade, aproximou-se e se sentou entre os joelhos de Jo e depois se sentou para lamber o próprio peito rosa peludo.

Jo olhou para baixo. A coisa era multicolorida, multifacetada, multiplexada, e era eu.

Eu sou Joia.

2

AH, NÓS viajamos tanto, Norn, Ki, Marbika e eu, para terminarmos a viagem desse jeito repentino e desastroso. Eu os alertei, claro, quando nossa nave original deu defeito e tivemos que embarcar no Cruzador Organiforme de S. Doradus; as coisas caminhavam de um jeito lindo, desde que permanecêssemos na região comparativamente empoeirada da Nuvem de Magalhães, mas, quando chegamos ao espaço mais vazio da Espiral Natal, não havia nada que o mecanismo enquistador pudesse catalisar.

Circundaríamos Ceti e seguiríamos para a Estrela Imperial com nosso fardo de boas notícias e más, nossa narrativa de vitória e derrota. Mas perdemos nossa crosta, e a Organiforma, como uma ameba selvagem, despencou sobre o satélite Rhys. O dano foi fatal. Ki estava morto quando aterrissamos. Marbika havia se partido em centenas de componentes idiotas que estavam se debatendo e morrendo dentro da geleia nutriente na qual estávamos suspensos.

Norn e eu tivemos uma rápida conversa. Fizemos um rastreio com o escaner perceptor bastante defeituoso em um raio de cem milhas do impacto. A Organiforma já havia começado a se destruir; sua inteligência primitiva nos culpou pelo acidente e queria matar. O escaner perceptor mostrou uma pequena colônia de terranos que trabalhavam produzindo plyasil, que crescia nas vastas cavernas subterrâneas. Havia uma pequena Estação de Transporte a cerca de 35 quilômetros a sul, onde o plyasil era embarcado ao Centro Galáctico para ser distribuído entre as estrelas. Mas o satélite em si era incrivelmente atrasado.

— Trata-se da comunidade mais simplexa que já encontrei que ainda poderíamos chamar de inteligente — comentou Norn. — Não consigo detectar mais que dez mentes no planeta que já estiveram em outro sistema estelar, e todos trabalham na Estação de Transporte.

— Onde eles têm naves não orgânicas confiáveis que não fiquem hostis e se despedacem — disse eu. — Por causa desta daqui, vamos os dois morrer e nunca chegaremos à Estrela Imperial. É o tipo de nave em que deveríamos estar. Essa coisa... bah! — A temperatura do protoprotoplasma estava ficando desconfortável.

— Tem uma criança em algum lugar por aqui — disse Norn. — E um... afinal, caramba, o que é aquilo?

— Os terranos chamam de gato-demônio — respondi, pegando a informação.

— Certamente não é uma mente simplexa!

— Não é exatamente multiplexa também — falei. — Mas é alguma coisa. Será que conseguimos enviar a mensagem?

— Mas a inteligência dele é sub-imbecil — comentou Norn. — Os terranos ao menos tem uma boa quantidade de massa cinzenta. Se pudéssemos apenas conseguir que os dois cooperassem. Aquela criança é bem esperta... mas tão simplexa! Ao menos o gatinho é complexo, então poderia ao menos levar a mensagem. Bem, vamos tentar. Veja se consegue trazê-los até aqui. Se você se cristalizar, vai poder postergar a morte por um tempo, não é?

— Sim — respondi, desconfortável —, mas não sei se quero. Não acho que consigo aceitar ser tão passivo, ser apenas um ponto de vista.

— Mesmo passivo — disse Norn — você pode ser muito útil, especialmente para aquele garoto simplexo. Ele vai passar por dificuldades, caso concorde.

13

— Ah, tudo bem — aquiesci. — Vou me cristalizar, mas não vou gostar. Vá lá fora e veja o que pode fazer.

— Droga — disse Norn. — Não gosto de morrer. Não quero morrer. Quero viver, ir até a Estrela Imperial e contar para eles.

— Rápido — falei. — Está perdendo tempo.

— Tudo bem, tudo bem. Que forma acha que devo assumir?

— Lembre que está lidando com uma mente simplexa. Existe apenas uma forma que pode assumir na qual provavelmente ele prestará muita atenção sem atribuir a um pesadelo amanhã pela manhã.

— Tudo bem — repetiu Norn. — Lá vamos nós. Adeus, Joia.

— Adeus — me despedi e comecei a cristalizar.

Norn avançou, e a geleia borbulhante arrefeceu quando ele irrompeu pelas rochas onde a criança estava esperando. *Aqui, gatinho, gatinho, gatinho*, projetei na direção do gato-demônio. Ele colaborou bastante.

3

Cometa Jo caminhou de volta para as cavernas, tocando baixo a ocarina e pensando. A gema (que era Joia, que sou eu) estava na algibeira à altura da cintura. O filhote de gato-demônio estava tentando comer vagalumes, em seguida parando para tirar pelos das ventosas dos pés. Rolou uma vez de barriga para cima e chiou para uma estrela, em seguida correu atrás de Cometa. Não era uma mente simplexa, de jeito nenhum.

Cometa chegou à plataforma de Toothsome. Olhando por sobre a rocha, viu o tio Clémence à porta da caverna com uma aparência muito irritada. Cometa encaixou a língua dentro da bochecha e caçou sobras do almoço, porque sabia que não teria jantar.

Sobre ele, alguém disse:

— Ei, estúpido! Tio Clem tá doido atrás d'ocê, gritando.

Ele ergueu os olhos. Sua prima em quarto grau, Lilly, estava pendurada na plataforma de um penhasco mais alto, olhando para baixo.

Ele acenou, e ela desceu para ficar ao lado dele. Seu cabelo estava cortado rente ao couro cabeludo, o que ele sempre invejara nas garotas.

— É teu o gatin-demônio? Como chama?

— Né meu nada — respondeu ele. — Ei, quem falou que ocê pode usar minhas bota e minhas luvas, hein?

Ela estava usando as botas pretas de cano na altura dos joelhos e as luvas que iam até os cotovelos, ambas dadas por Charona no seu aniversário de doze anos.

— Quis te esperar e dizer como o tio Clem tá doido da vida. E precisei me pendurar lá, onde eu podia ver ocê vindo.

— Jhup, precisou. Cê só quis usar elas. Me dá logo. Não disse que podia usar.

Relutante, Lilly arrancou as luvas.

— Jhup é ocê — disse ela. — Não vai me deixar usar? — Ela tirou as botas.

— Não — respondeu Cometa.

— Tá certo — disse Lilly. Ela deu meia-volta e gritou: — *Tio Clem!*

— Ei...! — disse Jo.

— Tio Clem, Cometa voltou!

— Cala boca! — sussurrou Cometa, em seguida se virou e correu de volta pela plataforma.

— Tio Clem, ele tá fugin de novo... — Só então o filhote de gato-demônio enfiou dois de seus chifres nos tornozelos de Lilly, recolheu luvas e botas com a boca e correu atrás de Cometa, o que foi uma coisa muito multiplexa a se fazer, considerando que ninguém havia lhe dito para fazer nada daquilo.

Quinze minutos depois, Cometa estava agachado nas rochas iluminadas pelas estrelas, assustado e bravo. Foi quando o filhote de gato-demônio se aproximou e soltou botas e luvas diante dele.

— Hein? — disse Cometa quando reconheceu suas coisas na escuridão castanho-avermelhada. — Ei, obrigado! — E ele as pegou e calçou. — Charona — ele falou, erguendo-se. — Vou lá ver a Charona. — Porque Charona lhe dera as botas, porque Charona nunca ficava brava com ele e porque Charona provavelmente saberia o que era a Estrela Imperial.

Ele começou a caminhar, então se virou e franziu a testa para o gatinho-demônio. Os filhotes de gato-demônio são

notavelmente independentes e não pegam e trazem coisas para os seres humanos como cães.

— Gato-demônio — disse ele. — Ga'd'mônio. Ga'd; é um nome. Ga'd, quer vir comigo? — o que era uma coisa surpreendentemente não simplexa a se fazer; de qualquer forma, me surpreendeu.

Cometa Jo começou a andar, e Ga'd seguiu.

Chovia perto da alvorada. O borrifo escorreu sobre o rosto e fez brilharem os cílios enquanto ele pendia da lateral do penhasco, encarando o portão da Área de Transporte. Pendia como um bicho-preguiça, e Ga'd estava sentado na curva de sua barriga.

Entre as rochas à luz que se avermelhava, dois caminhões de plyasil avançavam devagar. Em um minuto, Charona viria para deixá-los entrar. Pendendo a cabeça para trás até o mundo ficar de cabeça para baixo, ele conseguiu ver além do vale rochoso, estendido pela cúspide dupla da Ponte do Brooklyn, até as plataformas de carga, onde as naves estelares sacudiam sob a chuva vermelha da alvorada.

Quando os caminhões saíram do bosque de videiras chupper que cobria a estrada em um trecho, ele viu Charona marchando na direção do portão. Cão-3 corria atrás dela, latindo através da cerca para os veículos quando eles pararam. O gato-demônio pisoteou nervosamente, trocando o peso nos pés. Ele lembrava seus homônimos pelo fato de não gostar de cães.

Charona puxou a alavanca do porão, e as barras rolaram para trás. Quando o caminhão passou com estrépito, Jo berrou para baixo lá do penhasco.

— Ei, Charona, segura aí pa mim!

Ela ergueu a cabeça careca e contorceu o rosto marcado.

— Quem és tu aí no alto?

Cão-3 latiu.

— Cuidado — gritou Jo, que em seguida soltou das rochas e rodopiou no ar. Ele e Ga'd caíram rolando. Ele saltou diante dela, leve sobre os pés calçados.

— Ora — ela riu, enfiando os punhos no bolso de seu traje de pele-prata que reluzia com a chuva —, és um elfo ágil. Onde estiveste escondido pela maior parte do mês?

— Vigia de Novo Ciclo — disse ele com um sorrisinho. — Olha, tô usando teu presente.

— E é bom ver-te com elas. Vem, vem para que eu possa fechar o portão.

Cometa passou por baixo das barras semiabaixadas.

— Ei, Charona — disse ele quando começaram a descer juntos a estrada molhada —, quiquié Estrela Imperial? E onde fica? E como chego lá? — Por acordo tácito, saíram da estrada para ir em direção à terra mais acidentada do vale lá embaixo, até a língua de metal chamada de Ponte do Brooklyn.

— É uma grande estrela, rapaz, que teus tetravós na Terra chamavam de Aurigae. Fica a 72 graus ao redor do eixo da galáxia a partir de onde estamos, a uma distância hiperestática de 55,9 e, para citar uma máxima antiga, não podes chegar lá saindo daqui.

— Por quê?

Charona riu. Cão-3 correu à frente e latiu para Ga'd, que se arqueou, começou a retrucar algo em gatês, pensou melhor e saiu em disparada.

— Seria possível obter uma carona em um transporte e começar a viagem; mas *tu* não podes. O que é a parte importante.

Cometa Jo franziu a testa.

— Por que posso ir não? — Ele pegou o talo de uma planta e arrancou a flor. — Vou sair desse planeta… agorinha!

Charona ergueu a pele nua onde as sobrancelhas estariam.

— Pareces deveras determinado. És a primeira pessoa nascida aqui a dizer isso a mim em quatrocentos anos. Retorna, Cometa Jo, a teu tio e faz as pazes na Caverna-Lar.

— Jhup — disse Cometa Jo e chutou uma pedrinha. — Quero ir. Por que posso ir não?

— Simplexo, complexo e multiplexo — respondeu Charona. E eu despertei no bolso. Talvez houvesse esperança, no fim das contas. Se havia alguém para explicar aquilo para ele, a jornada seria mais fácil. — Esta é uma sociedade simplexa, Cometa. Viagens espaciais não fazem parte dela. Exceto pelo transporte de plyasil aqui, e algumas crianças curiosas como tu mesmo, ninguém jamais entra pelos portões. E, em um ano, vais deixar de vir, e tudo que todas as tuas visitas farão será tornarem-te um pouco mais leniente com os teus quando esses quiserem passar pelos portões ou voltarem às Cavernas-Lares com quinquilharias mágicas das estrelas. Para viajar entre mundos é necessário lidar com, no mínimo, seres complexos, e, com frequência, com multiplexos. Ficarias perdido quanto a como te portar. Depois de meia hora em uma espaçonave, vais virar as costas e decidir voltar, achando a ideia inteira uma tolice. O fato de que tu tens uma mente simplexa é bom, de certa forma, porque permaneces seguro em Rhys. E mesmo que passes pelos portões, não é provável que sejas "corrompido", por assim dizer, mesmo com visitas à área de transporte, nem por uma exposição ocasional a algo das estrelas, como aquelas botas e luvas que te dei.

Ela parecia ter terminado, e eu me entristeci, pois aquilo certamente não foi uma explicação. E, a essa altura, eu sabia que Jo partiria em jornada.

Mas Cometa Jo enfiou a mão no bolso, empurrou a ocarina de lado e me ergueu na palma da mão.

— Charona, cê já viu uma dessas?

Juntos eles se assomaram sobre mim. Além das pontas das garras de Cometa, além de seus rostos sombreados, a faixa preta da Ponte do Brooklyn riscava o céu arroxeado. A palma da mão dele estava quente embaixo da minha faceta dorsal. Uma gotícula fria espirrou sobre a minha face frontal, distorcendo as deles.

— Ora... acho... Não, não pode ser. Onde pegaste isso?

Ele deu de ombros.

— Só encontrei. Que acha que é?

— Por todas as luzes dos sete sóis, parece ser um tritoviano cristalizado.

Ela tinha razão, claro, e eu soube imediatamente que ali estava uma mulher do espaço bem viajada. Nós, tritovianos, não somos tão comuns em estado cristalizado.

— Tenho que levar ele pra Estrela Imperial.

Charona pensou em silêncio por trás da máscara enrugada do rosto, e eu notei, pelos sobretons, que eram pensamentos multiplexos, com imagens do espaço e das estrelas visto na escuridão da noite galáctica, paisagens estranhas com as quais nem eu tinha familiaridade. Os quatrocentos anos como guardiã do portão da área de transporte de Rhys haviam nivelado sua mente a algo quase simplexo. Mas a multiplexidade havia despertado.

— Tentarei explicar-te uma coisa, Cometa. Diz-me, qual é a coisa mais importante que há?

20

— Jhup — respondeu de pronto, em seguida a viu franzindo a testa. Ele ficou envergonhado. — Digo, plyasil. Não quis falar palavrão.

— Palavras não me incomodam, Cometa. Na verdade, sempre achei um pouco engraçado que teu povo tivesse um "palavrão" para se referir a plyasil. Embora eu suponha que isso não seja tão engraçado quando me lembro dos "palavrões" do mundo de onde venho. "Água" era o termo tabu onde cresci; havia pouquíssima, e que não ousasses a se referir a que não fosse por sua fórmula química em uma discussão tecnológica, e nunca diante de teu professor. E na Terra, nos tempos de nossos trisavós, a comida, uma vez deglutida e separada do corpo, não podia ser chamada por seu nome comum em companhia educada.

— Mas o que tem de feiura em comida e água?

— O que tem de feiura em jhup?

Ele ficou surpreso ao vê-la usar a gíria. Mas ela estava sempre lidando com caminhoneiros e estivadores que tinham bocas notoriamente sujas e falta de respeito por tudo – assim dizia o tio Clémence.

— Sei não.

— É um plástico orgânico que cresce na flor de uma cepa mutante de um grão que floresce apenas com a radiação que vem do coração de Rhys, na escuridão das cavernas. Não serve a ninguém deste planeta, exceto como uma liga para fortalecer outros plásticos e, ainda assim, é a única função de Rhys no plano Universal: suprir o restante da galáxia. Pois há lugares onde ela é necessária. Todos os homens e mulheres em Rhys trabalham para produzi-lo, processá-lo ou transportá-lo. É só isso. Em nenhum lugar em minha definição mencionei nada de feio.

— Ué, se um saco dele rasga e espalha, é meio que... bem, não feio, mas faz bagunça.

— Água derramada ou comida derrubada é bagunça também. Mas nenhuma delas é assim por natureza.

— É só que não pode falar certas coisas na frente de gente educada. É o que o tio Clem diz. — Por fim, Jo se refugiou em como fora treinado. — E, como cê disse, jhup é a coisa mais importante que tem, então é por isso que a gente tem... bem, que ser um pouco respeitoso.

— Eu não disse isso. Você disse. E é por isso que tens uma mente simplexa. Se passares pelo segundo portão e pedires carona para um capitão de transporte; visto que provavelmente conseguirás, pois todos são boa praça, estarás em um mundo diferente, onde plyasil significa apenas quarenta créditos a tonelada, e é muito menos importante que demy, kibblepobs, suportes de bandeja ou boysh, que rendem cerca de cinquenta créditos. E poderias gritar o nome de qualquer um deles, e pensariam apenas que eras barulhento.

— Não vou sair gritando por aí — Cometa Jo garantiu para ela. — E tudo que consigo entender da sua falação sobre "simplexo" é que sei como ser educado, mesmo que muita outra gente não sabe... eu sei que não sou educado como devia ser, mas eu sei como.

Charona riu. Cão-3 correu de volta e esfregou a cabeça no quadril dela.

— Talvez eu possa explicá-lo em termos puramente tecnológicos, embora eu saiba dolorosamente que tu não compreenderás até teres visto por ti mesmo. Para e ergue os olhos.

Eles pararam na pedra quebrada e olharam para cima.

— Vês os buracos? — perguntou ela.

Na plataforma que era o assoalho da ponte, aqui e ali havia pontinhos de luz.

— Parecem pontos aleatórios, não é?

Ele assentiu com a cabeça.

— Esta é a visão simplexa. Agora, anda e continua olhando.

Cometa começou a caminhar, firme, olhando para cima. Os pontos de luz apagaram, e aqui e ali outros apareceram, em seguida apagaram de novo, e outros, ou talvez os primeiros, retornaram.

— Existe uma superestrutura de vigas sobre a ponte que entra no caminho de alguns dos buracos e impede que percebas todos de uma vez. Mas agora estás recebendo a visão complexa, pois estás ciente de que há mais do que é visto a partir de um ponto. Agora, começa a correr e mantém tua cabeça erguida.

Jo começou a correr pelas pedras. A frequência do piscar aumentou, e de repente ele percebeu que os buracos estavam em um padrão: estrelas de seis pontas cruzavam pelas diagonais de sete buracos cada uma. Era apenas com o brilho piscando tão rápido que o padrão inteiro podia ser percebido. Ele tropeçou e caiu, deslizando de quatro.

— Viste o padrão?

— Hum... vi. — Jo sacudiu a cabeça. A palma das mãos ardia através das luvas, e um joelho ficou ralado.

— Isso foi a visão multiplexa. — Cão-3 inclinou-se e lambeu o rosto do garoto.

Ga'd observou com um pouco de desdém da forquilha de um arbusto-tridente.

— Encontraste também uma das maiores dificuldades da mente simplexa tentando abranger a visão multiplexa. Era muito provável que caísses de cara no chão. Realmente

não sei se queres fazer a transição, embora sejas jovem, e pessoas mais velhas que tu tiveram que auscultar com atenção. Certamente desejo-te sorte. Mesmo que, para as primeiras pernas de tua jornada, poderás sempre dar meia-volta e voltar, e mesmo com um salto curto até Buraco-de-Rato, terás visto uma boa quantidade a mais do universo que a maioria das pessoas de Rhys. Mas quanto mais longe fores, mais difícil será retornar.

Cometa Jo afastou Cão-3 de lado e se levantou. Sua próxima pergunta veio tanto do medo de sua empreitada quanto pela dor nas mãos.

— Ponte do Brooklyn — disse ele, ainda olhando para cima. — Por que chamam de Ponte do Brooklyn? — Ele perguntou como alguém que faz uma pergunta sem resposta, e, se a mente dele fosse precisa o bastante para articular seu verdadeiro sentido, teria perguntado "Por que aquela estrutura está lá para me fazer cair?".

Mas Charona estava dizendo:

— Na Terra há uma estrutura semelhante a esta que se estende entre duas ilhas... embora seja um pouco menor que esta daqui. "Ponte" é o nome desse tipo de estrutura, e Brooklyn é o nome do lugar até onde ela leva, por isso era chamada Ponte do Brooklyn. Os primeiros colonizadores trouxeram o nome com eles e o deram àquilo que vês aqui.

— Cê quer dizer que tem um motivo?

Charona fez que sim com a cabeça.

De repente, uma ideia surgiu na mente dele, virou uma esquina e emergiu se batendo e tilintando por trás das orelhas.

— Eu vou poder ver a Terra?

— Isso não te levará para tão longe de casa — respondeu Charona.

— E posso ver a Ponte do Brooklyn? — Os pés dele começaram a se mover dentro das botas.

— Eu a vi quatrocentos anos atrás, e ainda estava em pé naquela época.

Cometa Jo de repente se ergueu de um salto e tentou bater o punho contra o céu, o que era uma ação lindamente complexa que me deu ainda mais esperança; em seguida, correu adiante, saltou contra um dos pilares da ponte e saiu em disparada trinta metros acima, por pura exuberância.

No meio do caminho até o topo, ele parou e olhou para baixo.

— Ei, Charona — gritou ele. — Eu vou ir Terra! Eu, Cometa Jo, vou ir Terra e ver a Ponte do Brooklyn!

Lá embaixo, a guardiã do portão sorriu e acariciou a cabeça de Cão-3.

4

ELES SAÍRAM debaixo das balaustradas quando a chuva cessou. Subiram pela ponta da amurada e caminharam no asfalto escurecido pela água na direção do segundo portão.

— Tens certeza? — perguntou Charona mais uma vez para ele. Um pouco ressabiado, ele fez que sim com a cabeça.

— E o que direi ao teu tio quando ele vier me questionar, o que ele fará?

Ao pensar no tio Clémence, o ressabio aumentou.

— Só diz que fui embora.

Charona assentiu com a cabeça, puxou a segunda alavanca, e o portão subiu.

— E vais levar aquilo ali? — Charona apontou para Ga'd.

— Claro. Por que não? — E com isso ele avançou com bravura. Ga'd olhou à direita, à esquerda, em seguida correu atrás dele. Charona teria ela mesma atravessado o portão para acompanhar o garoto, mas, de repente, veio um sinal de luz piscante indicando que sua presença era novamente solicitada no primeiro portão. Então, apenas seu olhar o acompanhou enquanto o portão descia. Em seguida, ela virou-se e voltou pela ponte.

Ele nunca tinha feito mais que olhar através do segundo portão para as formas bulbosas das naves, para os armazéns de carga, para os trenós e carregadores mecânicos que trilhavam os caminhos da Área de Transporte. Quando o atravessou, olhou ao redor, esperando que o mundo fosse muito diferente, como Charona havia alertado. Mas sua concepção de "*diferente*" era bem simplexa, então ele se decepcionou com aqueles seis primeiros metros.

Outros seis metros, e a decepção foi substituída pela curiosidade comum. Um trenó discoide estava deslizando na direção dele, e uma figura alta o guiava de forma austera. Houve uma pequena explosão de medo e surpresa quando ele percebeu que o disco estava vindo bem na sua direção. Um momento depois, o disco parou.

A mulher que estava ali, em pé – e levou um minuto para ele compreender, pois seus cabelos eram longos como os de um homem e tinham um penteado elaborado como ele nunca vira antes –, usava um vestido vermelho, no qual painéis de diferentes texturas, embora a cor fosse sempre a mesma, a envolviam ou balançavam na brisa abafada da madrugada. Ele percebeu que seus cabelos, lábios e unhas eram vermelhos. Aquilo *era* estranho. Ela olhou para baixo na direção dele e disse:

— Você é um garoto bonito.

— Quê? — perguntou Cometa.

— Eu disse que você é um garoto bonito.

— Bem, jhup, digo... bem... — Então, ele parou de olhar os próprios pés e a encarou também.

— Mas seu cabelo está um horror.

Ele franziu a testa.

— Como assim tá um horror?

— Exatamente o que eu disse. E *onde* você aprendeu a falar interlíngua? Ou estou apenas recebendo um equivalente telepático nebuloso de sua elocução oral?

— É o quê?

— Deixe para lá. Ainda é um garoto bonito. Eu lhe darei um pente e lições de dicção. Venha comigo para a nave... você vai embarcar na minha nave, pois não há nenhuma outra partindo tão cedo. Pergunte por San Severina.

A prancha discoide afastou-se.

— Ei, aonde cê vai? — gritou Cometa Jo.

— Penteie seus cabelos primeiro, que depois vamos conversar sobre isso em suas aulas. — Ela retirou algo de um painel do vestido e jogou para ele.

Ele pegou, olhou para o objeto. Era um pente vermelho.

Ele puxou a massa de cabelos sobre o ombro para inspeção. Estava retorcida pela jornada noturna até a Área de Transporte. Ele bateu no objeto algumas vezes, esperando que talvez o pente fosse de algum tipo especial que facilitasse o desembaraçamento. Não era. Então lhe custou cerca de dez minutos, e, em seguida, para evitar repetir o suplício pelo máximo de tempo possível, ele o trançou com destreza sobre um ombro. Em seguida, pôs o pente no bolso e tirou a ocarina.

Estava passando uma pilha de carga quando viu um jovem alguns anos mais velho que ele encarapitado no topo das caixas, abraçando os joelhos e olhando para ele lá embaixo. Ele estava descalço, sem camisa, e suas calças esfarrapadas ficavam no lugar presas por um cordão. Os cabelos tinham um comprimento indiscriminadamente unissex e bem mais embaraçado que os de Jo estavam. Estava muito sujo, mas sorria.

— Ei! — disse Jo. — Sabe onde consigo uma carona pra fora daqui?

— T'chapubna — disse o rapaz, apontando além do campo. — Tid' jhup n'LLL.

Jo ficou um pouco perdido, pois a única coisa que tinha entendido na frase foi um palavrão.

— Quero conseguir uma carona — repetiu Jo.

— T'chapubna — disse o rapaz e voltou a apontar. Em seguida, pôs as mãos na boca como se ele também estivesse tocando uma ocarina.

— Quer tentar? — perguntou Jo e, em seguida, desejou não ter perguntado, pois o garoto estava tão sujo.

Mas o rapaz fez que não com a cabeça, sorrindo.

— Só navegabundo. Não toca música.

O que meio que fez sentido, talvez.

— De onde cê é? — perguntou Jo.

— Só um navegabundo — repetiu o rapaz. Nesse momento, ele apontou para a lua-lua rosa sobre o horizonte. — Lá e volta, lá e volta, navega sempre eu. — Ele sorriu de novo.

— Ah — disse Jo e sorriu porque não conseguia pensar em nada mais para se fazer. Não sabia ao certo se havia conseguido alguma informação da conversa ou não. Começou a tocar a ocarina de novo e continuou a caminhada.

Seguiu diretamente para uma nave dessa vez; uma estava sendo carregada, então foi para ela que rumou.

Um homem parrudo estava supervisionando os carregadores-robôs, verificando as coisas em uma lista. A camisa engordurada ainda estava úmida da chuva, e ele a havia amarrado sobre a barriga peluda, que se projetava embaixo e em cima do nó.

Outro rapaz, esse mais próximo da idade de Jo, estava recostado em um cabo de sustentação que vinha da nave. Como o primeiro, estava sujo, descalço e sem camisa. Uma das pernas da calça havia sido rasgada do joelho para baixo, e dois cintos se uniam em um fio entrelaçado. Faltava ao rosto bronzeado a prontidão para sorrir que o outro mantinha. O rapaz afastou-se do fio e, devagar, balançou o corpo para observar Jo enquanto ele passava.

Jo começou a se aproximar do homem grande que verificava o carregamento, mas este estava ocupado demais reorganizando a pilha que um dos carregadores havia feito incorretamente,

então Jo recuou. Olhou para o rapaz de novo, deu um sorriso inclinado e acenou com a cabeça. Cometa não sentiu vontade de travar conversa, mas o garoto respondeu com outro aceno de cabeça, e parecia que o homem ficaria ocupado por um tempo.

— É navegabundo? — perguntou Jo.

O garoto assentiu.

— Cê vai pra lá e volta? — perguntou ele, apontando para o disco da lua-lua. O garoto assentiu com a cabeça de novo.

— Alguma chance de eu pegar uma carona pra... bem, pra qualquer lado?

— Tem, se você quiser trabalhar — disse o garoto. O sotaque surpreendeu Jo.

— Claro — disse Jo. — Se eu tiver que trabalhar, não ligo, não.

O garoto recostou-se novamente no fio.

— Ei, Elmer — gritou ele. O homem olhou para trás, em seguida acionou um interruptor no console de pulso, e os carregadores-robôs todos pararam. *Isso foi fácil*, pensou Jo.

— Que desejas? — perguntou Elmer, virando-se e enxugando a testa.

— Conseguimos aquele segundo navegabundo. O garoto quer um trabalho.

— Muito que bem — disse Elmer. — Cuidarás dele, então. Parece um vadio, mas se alimentá-lo bem ele trabalhará, garanto. — Ele abriu um sorrisinho e voltou aos carregadores-robôs.

— Está contratado — disse o rapaz. — Meu nome é Ron.

— Sou Jo — disse o outro. — Me chamam de Cometa Jo.

Ron riu alto e apertou a mão de Jo.

— Nunca vou entender. Estou viajando pelas correntes de estase há seis meses, e todo espaçonauta vivido e verdadeiro

que se encontra é Bob, Hank, ou Elmer. Então, assim que você chega em algum planeta obscuro ou em uma cultura simplexa de um produto só, todo mundo é Estelar ou Smith Cósmico ou Cometa Jo. — Ele deu um tapinha no ombro de Jo. — Não te ofenda, mas vais perder teu cometa logo, logo.

Jo não se ofendeu, principalmente porque não sabia ao certo do que Ron estava falando, mas sorriu.

— De onde cê é?

— Tranquei meu curso na Universidade Centauri por um ano para dar uma volta pelas estrelas, trabalhar um pouco quando precisar. Estou navegabundeando por esta parte da espiral há alguns meses. Percebe que o Elmer aqui me fez falar igual um espaçonauta?

— O cara sentado lá atrás? Ele vem da... universidade também?

— Hank? Aquele garoto obscuro semplexo que estava sentado sobre as cargas? — Ron riu.

— Semplexo? — perguntou Jo. Ele relacionou a palavra com as outras que havia aprendido naquela manhã. — Tipo simplexo, complexo e essas coisas?

Ron aparentemente percebeu que o questionamento era sério.

— Na verdade, não existe isso de semplexo. Mas às vezes me intriga... Hank só vagabundeia entre Rhys e lua-lua. Os pais dele são h-pobres, e nem imagino que consiga ler e escrever o próprio nome. A maioria dos navegabundos vem de situações similares, vais descobrir. Eles têm apenas uma rota, em geral entre dois planetas, e é tudo que verão. Mas eu salto estrelas também. Desejo chegar à posição de oficial antes de o Meio-Giro terminar, então poderei voltar à escola com algum dinheiro, mas tu precisas começar de algum lugar. Até onde você vai?

— Estrela Imperial — respondeu Jo. — Cê... digo, sabes onde é que fica?

— Já tentando pegar o sotaque espaçonauta? — perguntou Ron. — Não se preocupe, ele vai se agarrar a você antes que perceba. Estrela Imperial? Acho que fica a cerca de setenta, setenta e cinco graus ao redor do centro galáctico.

— Setenta e dois graus a uma distância de 55,9 — disse Jo.

— Então, por que me perguntou? — questionou Ron.

— Porque isso não me diz nadica.

Ron riu de novo.

— Ah, entendo. Nunca estiveste no espaço antes?

Jo fez que não com a cabeça.

— Entendo — repetiu Ron, e a risada ficou mais alta. — Bem, isso logo te dirá alguma coisa. Acredita em mim, dirá! — Então, Ron viu Ga'd. — É seu?

Jo assentiu com a cabeça.

— Posso levar ele comigo, não posso?

— Elmer é o capitão. Pergunta a ele.

Jo olhou para o capitão, que estava arrumando furiosamente uma pilha de carga para equilibrá-la no carregador.

— Tudo bem — disse ele e foi na direção do homem. — Elm...

Ron agarrou os ombros dele, e Jo virou de uma vez.

— Quê? Jhup...

— Agora não, semplexo! Espere até ele ter terminado.

— Mas cê acabou...

— Você não sou eu — explicou Ron —, e ele não estava tentando equilibrar a carga quando eu o interrompi. Se o chamar pelo nome, ele vai ter que parar, e talvez você o mate se a carga tombar.

— Ah. Do que eu tenho que chamar ele?

— Tente capitão — respondeu Ron. — É o que ele é, e quando você o chamar assim, ele não vai precisar parar o que estiver fazendo, a menos que seja conveniente. Chame-o de Elmer apenas se for uma emergência. — Ele olhou de soslaio para Jo. — Pensando melhor, deixe outra pessoa decidir se é uma emergência ou não. Para você, ele é "capitão" até que ele diga o contrário.

— Era emergência quando cê chamou ele?

— Ele queria outro navegabundo para esta viagem, mas eu também vi que ele não estava fazendo nada que não pudesse parar e... bem, você ainda tem muito que aprender.

Jo pareceu cabisbaixo.

— Anime-se — disse Ron. — Você faz um som legal com essa batata doce aí. Eu tenho um violão lá dentro... vou pegá-lo, e podemos tocar juntos, hein? — Ele pegou o tirante e começou a escalar, mão após mão. Ele desapareceu na escotilha pendurada. Jo observou de olhos arregalados. Ron nem estava usando luvas.

Só então o capitão Elmer disse:

— Ei, podes levar teu gatinho, mas precisas deixar estas luvas e botas.

— Hein? Por quê?

— Porque eu mandei. Ron?

O navegabundo olhou pela escotilha.

— Quê? — Ele estava segurando um violão.

— Explique para ele sobre os artefatos culturalmente banidos.

— Tudo bem — disse Ron e deslizou pelo cabo de sustentação de novo com os pés e uma das mãos. — É melhor você jogar fora isso daí agora.

Jo começou a tirá-las das mãos e dos pés com relutância.

— Olha só, nós vamos encontrar algumas culturas complexas, com uma tecnologia muito inferior à tecnologia que

fez essas botas. Se vazarem, podem perturbar a cultura deles inteira.

— A gente não pode fazer botas pra eles? — perguntou Jo. — E foi Charona que deu estas aqui pra mim.

— Isso é porque vocês são simplexos aqui. Nada poderia perturbar a cultura de vocês, exceto se a puséssemos em outro ambiente. E, mesmo assim, provavelmente vocês criariam uma igual. Mas culturas complexas são delicadas. Vamos levar uma carga de jhup para Gênesis. Então, os LLL vão para Buraco-de-Rato. Você até pode pegar uma carona de lá até a Terra, se quiser. Acho que você vai querer ver a Terra. Todo mundo quer.

Jo fez que sim com a cabeça.

— Da Terra você pode ir para qualquer lugar. Talvez você até consiga uma carona direto até Estrela Imperial. Por que você precisa ir até lá?

— Tenho que levar uma mensagem.

— É? — Ron começou a afinar o violão.

Jo abriu o bolso e me tirou de dentro dele – eu preferiria que ele não ficasse me mostrando para todo mundo por aí. Havia algumas pessoas que ficariam bem perturbadas se eu aparecesse, cristalizada ou não.

— Isto — respondeu Jo. — Eu tenho que levar isto lá.

Ron deu uma olhada para mim.

— Ah, entendo. — Ele abaixou o violão. — Então, acho que vai ser bom você ir com o embarque dos LLL.

Sorri para mim mesma. Ron era um jovem educado multiplexamente. Estremeci ao pensar o que teria acontecido se Jo tivesse me mostrado a Hank; o outro navegabundo provavelmente teria tentado fazer Jo me trocar por uma coisa ou outra, e isso teria sido desastroso.

— O que é LLL? — perguntou Jo. — É uma daquelas coisas mais importantes do que jhup?

— Meu Deus, sim — respondeu Jo. — Você nunca viu, certo?

Jo fez que não com a cabeça.

— Então, venha — disse Ron. — Podemos tocar música depois. Suba até a escotilha e jogue as botas e as luvas fora.

Jo deixou-as no asfalto e começou a escalar o cabo. Foi mais fácil do que ele previu, mas lá em cima ele já estava suando. Ga'd simplesmente escalou o casco da nave com os pés em forma de ventosa e ficou esperando por ele na escotilha.

Jo seguiu Ron por um corredor, passou por outra escotilha, desceu uma escada curta.

— Os LLL estão aqui dentro — Ron disse diante de uma porta circular. Ainda estava com o violão pendurado no pescoço. Abriu a porta, e algo fisgou o estômago de Jo e torceu. As lágrimas marejaram os olhos dele, e a boca se abriu. Sua respiração começou a ficar muito lenta.

— Bateu em você pra valer, não foi — disse Ron com voz suave. — Vamos entrar.

Jo ficou assustado e, quando entrou na penumbra, o peso no seu estômago parecia aumentar vários quilos a cada passo. Ele piscou para clarear a visão, mas as lágrimas voltaram.

— Aqueles são os LLL — disse Ron.

Jo viu as lágrimas no rosto desgastado de Ron. Ele olhou para frente de novo.

Estavam presos ao chão pelos pulsos e tornozelos; sete deles, Jo contou. Seus grandes olhos verdes piscaram à luz azul das cargas. Suas costas estavam encurvadas, as cabeças abaixadas. Os corpos pareciam imensamente fortes.

— O que é que estou… — Jo tentou falar, mas algo ficou preso na garganta, e o som saiu rouco. — O que é que estou sentindo? — sussurrou ele, pois era o mais alto que conseguia falar.

— Tristeza — explicou Ron.

E, assim que foi nomeada, a emoção se tornou reconhecível – uma tristeza vasta, esmagadora, que drenava todos os movimentos dos músculos, toda a alegria dos olhos.

— Eles me deixam… triste? — questionou Jo. — Por quê?

— São escravos — respondeu Ron. — Eles constroem… constroem com beleza, uma maravilha. São extremamente valiosos. Construíram metade do Império. E o Império os protege desse jeito.

— Protege?

— É impossível chegar perto deles sem se sentir assim.

— Então, quem os compraria?

— Não muita gente. Mas o suficiente para que sejam escravos incrivelmente valiosos.

— Por que não *soltam* eles? — perguntou Jo, e a frase se tornou um quase grito.

— Economia — explicou Ron.

— Como cê consegue pensar em economia se sentindo desse jeito?

— Não é muita gente que consegue — respondeu Ron. — Essa é a proteção dos LLL.

Jo esfregou os olhos com o nós dos dedos.

— Vam'bora daqui.

— Vamos ficar um pouco — contestou Ron. — Vamos tocar para eles agora. — Ele se sentou sobre uma caixa e pôs o violão no colo, e puxou um acorde modal dele. — Toque — disse Ron. — Eu acompanho.

Jo começou a soprar, mas seu fôlego estava tão fraco que a nota estremeceu e morreu no meio da canção.

— Eu... não quero — protestou Jo.

— É seu trabalho, navegabundo — disse Ron simplesmente. — Precisa cuidar da carga assim que entra a bordo. Eles gostam de música, ela vai deixá-los felizes.

— Vai... me deixar mais feliz também? — questionou Jo.

Ron balançou a cabeça.

— Não.

Jo levou a ocarina à boca, encheu os pulmões e soprou. As notas longas preencheram o porão da nave, e quando Jo fechou os olhos, as lágrimas derreteram a escuridão por trás das pálpebras. O acompanhamento de Ron se entremeou na melodia que Jo arrancava da ocarina. Cada nota assumia a pungência de um perfume e invocava, diante de Jo, enquanto ele tocava de olhos fechados e chorava, o Novo Ciclo no qual o plyasil murchara, o funeral de Billy James, o dia em que Lilly rira dele quando ele tentou beijá-la atrás da cerca do gerador de força, a vez em que os kepardos assassinados foram pesados e ele soubera que o dele pesava 4,5 quilos a menos que o de Yl Odic – e Yl era três anos mais nova que ele, e todo mundo vivia falando como ela era maravilhosa –, em suma, todas as lembranças dolorosas de sua existência simplexa.

Quando saíram do porão, meia hora depois, e a sensação rolou para longe dele como ondas recuando enquanto Ron segurava a escotilha, Jo se sentiu exausto e tremia.

— Trabalho duro, hein? — disse Ron, sorrindo. As lágrimas marcavam a poeira no seu rosto.

Jo não disse nada, apenas tentou não soluçar a sério da saudade de casa que ainda apertava sua garganta. *Você pode sempre dar meia-volta e ir para casa*, dissera Charona. Ele

quase começou a fazê-lo. Mas uma voz vinda do alto-falante disse: "Garoto Bonito, venha por favor para sua aula de interlíngua".

— É San Severina — disse Ron. — Ela é nossa única passageira. Os LLL são dela.

Uma matriz inteira de emoções irrompeu na cabeça de Jo de uma vez, entre elas a indignação, o medo e a curiosidade. A curiosidade venceu.

— A cabine dela é por ali, virando a esquina — disse Ron.

Jo começou a andar. Como ela era capaz de possuir aquelas criaturas incríveis?

5

— **UMA VASTA** melhoria — disse San Severina quando abriu a porta. — Você deve estar se perguntando como sou capaz de possuir aquelas criaturas incríveis.

Ela se sentou em uma poltrona-bolha opulenta, coberta de azul do pescoço aos tornozelos. Seus cabelos, seus lábios, suas unhas eram azuis.

— Não é fácil — disse ela.

Ele entrou. Uma das paredes estava coberta com estantes abarrotadas de livros.

— Você, pelo menos — continuou San Severina — precisa apenas sentir quando está na presença deles. Eu, como proprietária, estou sujeita àquele sentimento durante todo o tempo em que eu for proprietária deles. Faz parte do contrato.

— A senhora está se sentindo desse jeito… agora?

— Com muito mais intensidade do que você sentiu. Minha faixa de sensibilidade é muito mais ampla que a sua.

— Mas… por quê?

— Impossível evitar. Tenho oito mundos, cinquenta e duas civilizações e trinta e duas mil, trezentos e cinquenta e sete sistemas éticos completos e distintos para reconstruir. Não consigo fazê-lo sem os LLL. Três desses mundos estão carbonizados, sem uma gota de água em sua superfície. Um está metade vulcânico e sua crosta precisa ser completamente refeita. Outro perdeu uma boa quantidade de sua atmosfera. Os outros três são ao menos habitáveis.

— O que aconteceu? — perguntou Jo, incrédulo.

— Guerra — respondeu San Severina. — E é mais desastrosa hoje do que era mil anos atrás. Sessenta e oito bilhões,

quinhentos mil, duzentos e cinco pessoas reduzidas a vinte e sete. Não havia nada a fazer além de reunir nossa riqueza remanescente e fazer um acordo para comprar os LLL. Estou levando-os de volta agora, via Terra.

— LLL — repetiu Jo. — O que eles *são*?

— Não perguntou ao outro jovem?

— Sim, mas…

O sorriso de San Severina o impediu de continuar.

— Ah, as sementes da complexidade. Quando você recebe uma resposta, pede uma segunda. Muito bem. Vou lhe dar uma segunda. São a vergonha e a tragédia do universo multiplexo. Ninguém pode ser livre até eles estarem livres. Enquanto forem comprados e vendidos, qualquer homem poderá ser comprado e vendido… se o preço for alto o bastante. Agora, venha, é hora de sua lição de interlíngua. Pode me passar aquele livro?

Obediente mas perplexo, Jo buscou o livro na mesa.

— Por que tenho que aprender a falar? — perguntou ele enquanto entregava o livro para ela.

— Para que as pessoas o entendam. Você terá uma longa jornada, e no fim dela precisará entregar uma mensagem, bem precisa, bem exata. Seria desastroso se o entendessem errado.

— Eu nem sei o que é! — comentou Jo.

— Saberá quando chegar o momento de entregá-la — afirmou San Severina. — Mas é melhor que você comece a trabalhar nisso já.

Jo olhou o livro com apreensão.

— A senhora sabe de alguma coisa pra eu talvez aprender rápido mesmo, dormindo ou meio que hipnotizado? — Ele lembrou-se da decepção com o pente.

— Não tenho nada disso comigo agora — disse San Severina com tristeza. — Pensei que o outro jovem tivesse

explicado. Vamos passar por algumas sociedades complexas primitivas. Artefatos culturalmente banidos não são permitidos. Acho que você terá que aprender do jeito difícil.

— Jhup — disse Jo. — Quero ir pra casa.

— Muito bem. Mas você terá que pegar uma carona de volta lá em Buraco-de-Rato. Já estamos a 153 milhas longe de Rhys.

— Hein?

San Severina levantou-se e ergueu um par de venezianas que cobriam uma das paredes. Além do vidro: escuridão, as estrelas e a borda vermelha de Ceti.

Cometa Jo ficou parado e boquiaberto.

— Enquanto você espera, talvez possamos estudar um pouco.

A borda de Ceti ficava cada vez melhor.

6

O VERDADEIRO trabalho na nave certamente era tão fácil quanto cuidar dos campos subterrâneos de plyasil. Exceto pelos LLL, ficou comparativamente agradável quando se tornou rotina. A inteligência e o charme de San Severina transformaram as aulas de idioma em um ápice de prazer de um dia que teria sido divertido de qualquer maneira. Uma vez, ela surpreendeu Jo e a mim ao dizer, durante uma aula, quando ele parecia especialmente recalcitrante e exigiu outro motivo por que ele tinha de melhorar sua interlíngua:

— Além disso, pense como sua fala desajeitada será cansativa para seus leitores.

— Meus o quê? — Ele já havia, com dificuldade, dominado a enunciação por inteiro.

— Você assumiu uma empreitada de grande vigor e importância, e tenho certeza de que, um dia, alguém vai escrevê-la. Se não melhorar sua dicção, vai perder seu público inteiro antes da página quarenta. Sugiro que se empenhe com seriedade, porque você vai passar por um período empolgante, e seria bem triste se todo mundo o abandonasse na metade do caminho por conta de suas atrocidades na gramática e na pronúncia.

Vossa Multiplexidade San Severina certamente me entendia por completo.

Quatro dias passados, Jo estava observando Elmer com cautela enquanto estava sentado assobiando na janela de sentido T. Quando decidiu (definitivamente) que o capitão não estava fazendo nada que pudesse ser fatal se interrompesse, pôs às mãos para trás e chamou:

— Elmer?

Elmer olhou ao redor.

— Olá. O que há?

— Elmer, por que todo mundo fica sabendo mais sobre o que estou fazendo nesta nave do que eu?

— Porque as pessoas estão neste trabalho há mais tempo que tu.

— Não estou falando de trabalho. Digo, sobre minha viagem, a mensagem e tudo o mais.

— Ah. — Elmer deu de ombros. — Simplexo, complexo e multiplexo.

Jo estava acostumado a jogarem essas três palavras nele como resposta a qualquer coisa que ele não compreendia, mas desta vez ele disse:

— Quero outra resposta.

O capitão inclinou-se para frente, esfregou a lateral do nariz com o polegar e franziu a testa.

— Olha, vieste a bordo, dizendo que precisavas levar uma mensagem para a Estrela Imperial sobre os LLL, então nós…

— Elmer, espere um minuto. Como você sabe que a mensagem diz respeito aos LLL?

Elmer olhou surpreso.

— Não diz?

— Não sei — respondeu Jo.

— Ah — disse Elmer. — Bem, eu sei. Ela diz respeito aos LLL. Terás que descobrir mais tarde como tem a ver com os LLL, mas posso te garantir que tem. É por isso que Ron te mostrou os LLL prontamente, e por isso San Severina está tão interessada em ti.

— Mas como todo mundo sabe se eu não sei? — Ele sentiu a exasperação aumentar de novo no fundo da garganta.

— Vais para Estrela Imperial — recomeçou Elmer com paciência — e é o Império que protege os LLL.

Jo meneou a cabeça.

— Estão extremamente preocupados com eles, como deveriam estar, como todos estamos. Tens contigo um tritoviano cristalizado, e os tritovianos são a vanguarda do movimento pela emancipação dos LLL. Vêm trabalhando nisso há quase mil anos. Portanto, é muito alta a probabilidade de tua mensagem dizer respeito aos LLL.

— Ah... isso faz sentido. Mas San Severina parece saber de coisas que ela não poderia sequer ver ou entender.

Elmer gesticulou para Jo chegar mais perto.

— Para uma pessoa sobreviver a uma guerra que reduziu 68 bilhões de pessoas a 27, essa pessoa deve saber um bocado. E é um pouco tolo ficar surpreso por essa pessoa saber um pouquinho mais que eu sei ou tu sabes. Não é apenas tolo, é incrivelmente simplexo. Agora, volte ao trabalho, navegabundo.

Tendo que admitir que, no fim das contas, aquilo foi bastante simplexo, Jo desceu para o porão para revirar os boysh, os rennedox e os kibblepobs. Só teria que tocar de novo para os LLL depois do jantar.

Dois dias depois, eles aterrissaram em Buraco-de-Rato. San Severina levou-o para fazer compras na feira e comprou para ele um casaco justo de veludo preto com bordado prateado cujos padrões mudavam com a pressão da luz sob a qual era visto. Em seguida, o levou a um salão de beleza corporal. Durante a viagem, ele ficou tão imundo quanto qualquer um dos

44

outros navegabundos. Levando-o delicadamente pela orelha, ela o estendeu para a proprietária de jaleco branco.

— Trate disso — disse ela.

— Para quê? — quis saber a proprietária.

— Primeiro para Terra, em seguida para uma longa jornada.

Quando terminaram, a trança havia desaparecido, as garras tinham sido cortadas, e ele havia sido limpo dos dentes às unhas do pé.

— O que você acha? — perguntou ela, cobrindo os ombros dele com o casaco.

Jo correu a mão pelos cabelos loiros e curtos.

— Estou parecendo uma garota. — Ele franziu a testa. Em seguida, olhou para as unhas. — Espero que não encontre kepardos no caminho. — Agora, ele olhou no espelho de novo. — Mas o casaco é bacana.

Quando saíram de lá, Ga'd olhou de novo para Jo, piscou e ficou tão incomodado que deu muitas risadinhas até ficar com soluço, e teve que ser carregado de volta à Área de Transporte, enquanto sua barriga era acariciada e ele se recompunha.

— É uma pena que vou ter que me sujar de novo — disse ele a San Severina. — Mas o trabalho é sujo.

San Severina riu.

— Que criança deliciosamente simplexa. Você vai viajar o restante do trajeto até a Terra como meu protegido.

— Mas e Ron e Elmer?

— Eles já partiram. Os LLL foram transferidos para outra nave.

Jo ficou surpreso, triste, em seguida curioso.

— San Severina?

— Sim?

45

— Por que está fazendo tudo isso por mim?

Ela beijou seu rosto, em seguida recuou de um golpe sem muito empenho que Ga'd dera com os chifres. Jo ainda estava acariciando a barriga do gato.

— Porque você é um garoto muito bonito e muito importante.

— Ah — disse ele.

— Você não entende?

— Não.

Eles continuaram a caminhar para a nave.

E, uma semana mais tarde, estavam em pé, juntos, sobre uma elevação rochosa, observando o comparativamente mínimo disco solar que se punha atrás da Ponte do Brooklyn. Um fio fino de água rastejava sobre o canal de lama seca e preta que os guias de viagem ainda mencionavam como East River. A selva sussurrava atrás deles, e, do outro lado do "rio", cabos emaranhados abaixavam a própria ponte até as areias brancas do Brooklyn.

— É menor que aquela que temos em Rhys — disse Jo. — Mas muito bonita.

— Parece decepcionado.

— Ah, não é com a Ponte — garantiu Jo.

— É porque tenho que deixá-lo aqui?

— Bem… — Ele fez uma pausa. — Gostaria de dizer que sim. Porque eu acho que faria você se sentir melhor. Mas não quero mentir.

— A verdade é sempre multiplexa — disse San Severina —, e você precisa ter o hábito de lidar com a multiplexidade. O que está passando na sua cabeça?

— Lembra que comentei sobre como todo mundo havia sido legal até agora? E você me disse que era melhor eu parar de esperar que as pessoas fossem legais assim que eu chegasse à Terra? Isso me assusta.

— Eu também disse que haveria outras coisas além de pessoas que seriam legais.

— Mas pessoas significa qualquer ser sapiente de qualquer sistema vivo. Você me ensinou isso. O que mais, se não forem pessoas? — De repente, ele tomou a mão dela. — Você vai me deixar totalmente sozinho, e eu talvez nunca mais a veja de novo!

— Isso mesmo — confirmou ela. — Mas eu não jogaria você para o universo sem nada. Então, eu lhe darei um conselho: encontre o Moli.

— Hum… onde você sugere que eu o encontre? — Ele ficou perplexo de novo.

— É grande demais para vir até a Terra. Da última vez que o vi foi na Lua. Estava esperando uma aventura. Talvez você seja exatamente o que ele está procurando. Tenho certeza de que ele será legal com você; sempre foi legal comigo.

— Não é uma pessoa?

— Não. Pronto, já lhe dei meu conselho. Vou embora, agora. Tenho muito a fazer, e você já tem uma vaga ideia do problema que vou enfrentar até tudo estar concluído.

— San Severina!

Ela esperou.

— Naquele dia, em Buraco-de-Rato, quando fomos fazer compras, e você riu e me chamou de criança deliciosamente simplexa… quando você riu, você estava feliz?

Sorrindo, ela fez que não com a cabeça.

— Os LLL estão sempre comigo. Preciso ir agora.

Ela voltou até as folhas roçarem seus lábios, vestido e pontas dos dedos prateados. Em seguida, ela se virou com a incrível tristeza da posse dos LLL. Jo a observou, em seguida se voltou para ver a última ponta da luz solar se afundar na areia.

Era noite quando ele voltou ao Terminal de Transporte. A Terra era uma área turística grande o bastante, então havia sempre pessoas sob a abóbada cintilante. Ele mal tinha começado a pensar em como chegaria à Lua e caminhava por ali, despendendo sua curiosidade, quando um cavalheiro imponente e bem-vestido começou uma conversa.

— Diga lá, meu jovem, você já está aqui faz algum tempo, não é? Esperando uma nave?

— Não — respondeu Jo.

— Vi que estava aqui esta tarde com aquela moça charmosa, e não pude evitar vê-lo nesta noite. Meu nome é Oscar. — Ele estendeu a mão.

— Cometa Jo — disse Jo e pegou a mão do outro.

— Para onde está indo?

— Gostaria de chegar à Lua. Peguei carona até aqui vindo de Rhys.

— Ora, ora. Um longo caminho. Que nave vai pegar?

— Não sei. Acho que não é muito fácil pegar carona do Terminal também, é? Acredito que seria melhor eu tentar uma parada comercial.

— Certamente, se quiser uma carona. Claro, se Alfred não aparecer, talvez possa usar o bilhete dele. Ele já perdeu duas naves; não sei por que eu fico aqui parado, esperando por ele. Exceto pelo fato de que *tínhamos* planos de ir juntos.

— Até a Lua?

— Exatamente.

— Ah, que ótimo — disse Jo, alegrando-se. — Espero que ele não chegue aqui… — Ele se refreou. — Isso saiu tão simplexo, não foi?

— A verdade é sempre multiplexa — entoou Oscar.

— É. Foi o que ela me disse.

— A moça com quem você estava nesta tarde?

Jo fez que sim com a cabeça.

— Aliás, quem era ela?

— San Severina.

— Já ouvi este nome. O que ela estava fazendo neste braço da galáxia?

— Ela acabou de comprar uns LLL. Tinha um tanto de trabalho a fazer.

— Comprou uns LLL, hein? E ela deixou você sem dinheiro para um bilhete? Era de se pensar que ela poderia lhe deixar 105 créditos de passagem para a Lua.

— Ah, ela é uma pessoa muito generosa — disse Jo. — E o senhor não deve pensar mal dela porque ela comprou os LLL. É terrivelmente triste ser dono deles.

— Se eu tivesse dinheiro para comprar LLL — retrucou Oscar —, nada, mas *nada* poderia me deixar triste. *Uns* LLL? Quantos ela comprou?

— Sete.

Oscar levou a mão à testa e assobiou.

— E o preço sobe geometricamente! Comprar dois custa quatro vezes mais do que comprar um, sabe. Ela não lhe deu nenhum crédito?

Jo fez que não com a cabeça.

— Incrível. Nunca ouvi falar numa coisa dessas. Tem ideia do quanto essa mulher deve ser fabulosamente rica?

Jo fez que não com a cabeça de novo.

— Você não é muito inteligente, não é?

— Nunca perguntei quanto custavam, e ela nunca me disse. Eu era apenas um navegabundo em sua nave.

— Navegabundo? Parece empolgante. Sempre quis fazer algo assim quando tinha sua idade. Mas nunca tive coragem. — O homem elegante de repente olhou ao redor do Terminal com uma expressão perturbada. — Olhe, Alfred não vem mesmo. Use o bilhete dele. Só ir até o guichê e solicitar.

— Mas não tenho nenhuma identificação de Alfred — comentou Jo.

— Alfred nunca tem identificação com ele. Sempre perde a carteira e coisas assim. Quando faço uma reserva para ele, sempre estipulo que ele provavelmente não terá nenhuma identificação. Só diga para eles que você é Alfred A. Douglas. Eles lhe darão o bilhete. Agora, vá depressa.

— Ah, tudo bem. — Ele abriu caminho entre as pessoas até um dos funcionários dos guichês.

— Com licença — disse ele. — Você teria um bilhete em nome de A. Douglas?

O funcionário do guichê olhou em sua prancheta.

— Sim. Está bem aqui. — Ele sorriu para Jo. — Deve ter tido uma estada ótima enquanto esteve na Terra.

— Hein?

— Este bilhete está a sua espera faz três dias.

— Ah — disse Jo. — Bem, eu estava meio debilitado, e não quis que meus pais me vissem até eu me recompor.

O funcionário do guichê assentiu com a cabeça e piscou.

— Aqui está seu bilhete.

— Obrigado — disse Jo e voltou para Oscar.

— A próxima nave já está embarcando — disse Oscar. — Vamos, vamos. Ele vai ter que descobrir outra maneira de chegar até lá.

Dentro da nave, Jo perguntou.

— Sabe se o Moli ainda está na Lua?

— Acredito que sim. Ele nunca vai a lugar nenhum, pelo que eu ouvi falar.

— Acha que terei problemas para encontrá-lo?

— Duvido... não é bonita a vista da janela?

Oscar estava recontando outra história apimentada quando saíram do terminal em Luna. Um crescente brilhante de luz do sol corria pelo plastidomo que se arqueava um pouco mais de um quilômetro e meio acima deles. As montanhas lunares curvavam-se ao longe à direita, e a Terra pendia como uma ficha de pôquer esverdeada atrás deles.

De repente, alguém gritou:

— Lá estão eles!

Uma mulher gritou e recuou.

— Peguem-nos! — outra pessoa gritou.

— O que é... — Oscar começou a gaguejar.

Jo olhou ao redor, e o hábito fez com que ele erguesse a mão esquerda. Mas não tinha mais garras. Quatro deles – um atrás, um na frente, um de cada lado. Ele desviou e trombou com Oscar, que desmoronou. Pedaços saíram girando e pulando sob os pés dele.

Ele olhou ao redor quando outros quatro homens explodiram. Os fragmentos giraram zumbindo, zunindo pelo ar, circulando-o, se aproximando, borrando o rosto assustado

dos outros que desembarcavam. Então, de repente, todos eles se juntaram e ele ficou na escuridão trêmula. Uma luz se acendeu, bem quando ele despencou.

— Bosie! — Alguém berrou. — Bosie...!

Jo caiu em uma poltrona-bolha em uma saleta que parecia estar se movendo, mas ele não tinha certeza. Uma voz que era a de Oscar disse:

— Primeiro de abril. Surpresa.

— Jhup! — exclamou Jo e se levantou. — Que jhup é esse tá rolando... o que está havendo?

— Primeiro de abril — repetiu a voz. — É meu aniversário. Você está um trapo; você não vai ficar chateado por causa disso, vai?

— Estou assustado pra caramba. O que é isso? Quem é você?

— Sou o Moli — disse o Moli. — Pensei que você soubesse.

— Soubesse do quê?

— De toda essa coisa com Oscar, Alfred e Bosie. Pensei que você tivesse entrado na brincadeira.

— Que brincadeira? Onde estou?

— Na Lua, claro. Eu só pensei que seria uma maneira inteligente de trazer você para cá. San Severina *não* pagou sua passagem, sabe. Acho que ela simplesmente supôs que eu pagaria. Bem, como eu paguei a conta, você tem que me conceder um pouco de diversão. Você não entendeu?

— Entender o quê?

— Foi uma alusão literária. Eu as faço o tempo todo.

— Bem, vou observar da próxima vez. Aliás, o que é você?

— Um multiplexo onipresente linguístico. Moli para você.

— Algum tipo de computador?

— Hum-hum. Mais ou menos.

— Bem, o que deve acontecer agora?

— Você deveria me dizer — disse Moli. — Eu só ajudo.

— Ah.

Uma risadinha veio detrás da poltrona-bolha, e Ga'd veio marchando, sentou-se na frente de Jo e olhou para ele com reprovação.

— Aonde você está me levando?

— Para meu Console-Lar. Pode descansar e fazer planos lá. Sente-se e relaxe. Estaremos lá em três ou quatro minutos.

Jo sentou-se. Não relaxou, mas tirou a ocarina e tocou até a porta abrir à sua frente.

— Fui à feira, não sabia o que comprar — disse Moli.

— Você não vem?

7

— EU — ELE LANÇOU sua capa sobre o console — tenho — ele jogou a algibeira contra a parede de vidro — que sair daqui! — Seu gesto final foi um chute alto em Ga'd. Ga'd desviou; Jo cambaleou e retomou o equilíbrio, tremendo.

— Quem está impedindo você? — perguntou Moli.

— Jhup, você — grunhiu Jo. — Olha só, estou aqui há três semanas, e todas as vezes que me apronto para ir embora, terminamos em uma daquelas conversas ridículas que duram nove horas, e aí fico cansado demais. — Ele atravessou o salão e pegou sua capa. — Tudo bem, então eu sou idiota. Mas por que você tem tanto prazer em esfregar isso na minha cara? Não consigo evitar, já que sou um semplexo obtuso...

— Você não é um semplexo — disse Moli. — Sua visão das coisas já está bem complexa agora... embora haja uma boa quantidade de nostalgia compreensível de suas antigas percepções simplexas. Às vezes, você tenta defendê-las apenas pela discussão. Como na vez em que estávamos discutindo os fatores psicológicos limitantes na apreensão do presente especioso, e você insistiu em sustentar que...

— Ah, não, não senhor! — disse Jo. — Não vou entrar em mais uma dessas. — Nesse momento, ele estava pegando a bolsa do outro lado do salão. — Estou indo. Ga'd, vamos embora.

— Você — disse Moli, de forma muito mais autoritária do que costumava falar — está sendo tolo.

— Pois sou simplexo. E ainda estou indo.

— Inteligência não tem a ver com plexidade.

— Tem a espaçonave que você passou quatro dias me ensinando a usar — retrucou Jo, apontando através da parede de vidro. — Você pôs um implante hipnótico da rota na minha cabeça na primeira noite em que eu cheguei aqui. O que, sob a luz dos sete sóis, está me impedindo?

— Nada está *impedindo* você — respondeu Moli. — E se você tirasse da cabeça que tem algo impedindo-o, poderia relaxar e fazer as coisas de forma sensata...

Exasperado, Jo virou o rosto para a parede de microlinks e blocos lógicos de dezoito metros, com seu brilho de luzes de verificação e seus teclados de reprogramação.

— Moli, eu *gosto* daqui. É ótimo ter você como amigo, de verdade. E tenho toda comida, faço todos os meus exercícios, tudo; mas e estou ficando maluco. Acha que é fácil simplesmente sair e deixar você aqui?

— Não seja tão emotivo — disse Moli. — Não estou programado para lidar com esse tipo de coisa.

— Você sabia que, desde que parei de ser um navegabundo, trabalhei menos do que nunca na vida durante qualquer período comparável?

— Você também mudou mais do que durante qualquer período comparável.

— Olha, Moli, tente entender. — Ele soltou a capa e voltou para o console. Era uma mesa grande de mogno. Ele puxou a cadeira para fora, engatinhou para baixo dela e se encolheu, abraçando os joelhos. — Moli, acho que não você entende. Então, ouça. Você está aqui, em contato com todas as bibliotecas e todos os museus deste braço da galáxia. Você conseguiu muitos amigos, gente como San Severina e as outras pessoas que sempre passam aqui para vê-lo. Você escreve livros, cria música, pinta quadros. Acha que poderia ser feliz

em uma pequena monocultura onde não há nada para fazer nas noites de sábado além de ficar bêbado, com apenas um teleteatro, e sem biblioteca, onde talvez quatro pessoas foram à universidade, e você nunca as viu porque estão ganhando dinheiro demais, e todo mundo sabe da vida de todo mundo?

— Não.

— Bem, eu podia, Moli.

— Então, por que partiu?

— Bem, por causa da mensagem e porque existia um monte de coisas às quais acho que não dava o devido valor. Não acho que eu estava pronto para partir. Você não poderia ser feliz lá. Eu poderia. É simples assim, e não acho de verdade que você compreenda isso plenamente.

— Compreendo — disse Moli. — Espero que você consiga ser feliz em um lugar assim. Porque a maioria do universo é assim. Você está condenado a passar um bom tempo em lugares assim, e se não conseguisse gostar deles, ficaria bem triste.

Ga'd olhou embaixo da mesa e depois saltou no colo de Jo. Era sempre dez graus mais quente ali, e as duas criaturas de sangue quente, Ga'd e Jo, de forma independente ou em conjunto, buscavam aquele lugar toda hora.

— Agora, ouça você — falou Moli.

Jo recostou a cabeça na lateral da mesa. Ga'd saltou de seu colo, saiu e voltou um momento depois arrastando a algibeira plástica. Jo abriu-a e tirou a ocarina.

— Há coisa que eu posso lhe dizer; a maioria delas já lhe disse. Há coisas que precisa me perguntar. Você perguntou muito poucas. Sei muito mais sobre você do que você sabe sobre mim. E se somos amigos, o que é muito importante para você e para mim, essa situação precisa mudar.

Jo abaixou a ocarina.

— Tudo bem… não sei muito sobre você, Moli. De onde você é?

— Fui construído por um LLL moribundo para abrigar sua consciência em dissociação.

— LLL? — perguntou Jo.

— Você já quase tinha esquecido deles, não é?

— Não, não tinha.

— Minha mente é uma mente de LLL, entende?

— Mas você não me deixa triste.

— Sou metade LLL e metade máquina. Assim, eu perdi a proteção.

— Você é um LLL? — perguntou Jo novamente, incrédulo. — Nunca me ocorreu. Agora que me disse, acha que fará alguma diferença?

— Duvido — respondeu Moli. — Mas se você disser qualquer coisa sobre algum de seus melhores amigos, vou perder um bom tanto de respeito por você.

— O que sobre meus melhores amigos?

— Outra alusão. É até melhor que você não tenha entendido.

— Moli, por que não seguimos juntos? — disse Jo de repente. — Estou indo embora… quanto a isso já me decidi. Por que não vem comigo?

— Ideia deliciosa. Achei que você nunca pediria. De qualquer modo, é a única maneira que você tem de sair daqui. Claro, a área na qual vamos é muito hostil quanto à libertação dos LLL. É bem no território do Império. Eles protegem os LLL e vão ficar bem chateados se um deles desprezar sua proteção e decidir se libertar. Algumas das coisas que eles sabidamente fazem são atrozes.

— Bem, se alguém perguntar, diremos que você é um computador. Como eu disse, eu nunca saberia se você não tivesse dito nada.

— Não pretendo me passar por outra coisa — disse Moli com seriedade.

— Então *eu vou* dizer que você é um computador. Mas vamos logo. Ficaremos aqui por horas se isso continuar. Consigo sentir outra daquelas discussões começando. — Ele se levantou debaixo da mesa e começou a avançar na direção da porta.

— Cometa?

Jo parou e olhou para trás.

— Quê? Não mude de ideia logo agora.

— Ah, não. Eu definitivamente vou. Mas… bem, se eu fosse… e é para ser sincero agora… me cristalizar na rua, acha mesmo que as pessoas diriam "Ah, eis ali um multiplexo onipresente linguístico" e não pensariam em um LLL?

— É o que eu diria, se é que eu diria alguma coisa.

— Tudo bem. Pegue o tubo até a Praça do Diário, e eu o encontro em quarenta minutos.

Ga'd seguiu nas oito patas atrás de Jo enquanto este corria através da planície rachada e poeirenta da Lua na direção da nave em formato de ovo.

O tubo era uma corrente de estase artificial que levava as naves rapidamente para além de Plutão, onde podiam sair do sistema sem medo de danos pesados por poeira solar. A grande placa de plástico, com uns dezesseis quilômetros de cada lado, apoiava prédios, uma atmosfera própria e várias

áreas de diversão. Jo pousou a nave em uma rua lateral e saiu no ar fresco.

Soldados estavam em treinamento na praça.

— Para que estão fazendo isso? — perguntou ele para um homem uniformizado que descansava ao lado.

— É a brigada de campo do Exército Imperial. Eles vão partir em alguns dias; não vão ficar aqui por muito tempo...

— Eu não estava protestando — disse Jo. — Só curioso.

— Ah — disse o soldado e não deu mais explicações.

— Aonde vão? — perguntou Jo depois de um instante.

— Olha só — disse o soldado, virando-se para Jo como faria com uma criança insistente —, tudo sobre o Exército do Império que você não conseguir enxergar imediatamente é segredo. Se aonde eles vão não lhe diz respeito, esqueça. Se lhe diz respeito, vá ver se consegue uma autorização do Príncipe Nactor.

— Nactor? — perguntou Jo.

— Aquele lá. — O soldado apontou para um homem escuro de cavanhaque que estava liderando um pelotão.

— Não acho que me diz respeito — afirmou Jo.

O soldado lançou-lhe um olhar enojado, levantou-se e se afastou. As capas pretas revoavam juntas enquanto os homens faziam uma curva brusca.

Em seguida, houve uma comoção entre os espectadores. Eles olharam para cima e começaram a apontar e falar com empolgação.

O objeto cobriu o sol, girando na direção da praça, ficando cada vez maior. Era meio cúbico e... imenso! Enquanto um dos lados se voltava para a luz, a outra desaparecia, até Jo de repente recuperar sua noção de proporção: tinha quase quatrocentos metros de cada lado.

Ele caiu na praça, e Jo e todos os soldados e um dos prédios mais altos despencou. Houve uma confusão em massa, sirenes soaram, e as pessoas estavam correndo do objeto e na direção dele.

Jo começou a correr na direção dele. A baixa gravidade levou-o bem rápido até lá. Algumas rachaduras grandes se abriram na praça e atravessaram a área em ziguezague. Ele saltou sobre uma delas e viu estrelas abaixo dele.

Tomando fôlego, ele aterrissou do outro lado e avançou um pouco mais lentamente. Percebeu que o objeto estava coberto com algum tipo de gelatina borbulhante; a gelatina parecia surpreendentemente familiar, mas ele não conseguia se lembrar de onde. A face do objeto que estava voltada para ele, ele conseguiu perceber através da fumaça leve que subia, era de vidro. E além do vidro, na penumbra da noite transplutoniana: microlinks, blocos lógicos e o brilho leve das luzes de verificação.

— Moli! — gritou Jo, correndo adiante.

— Psiu — disse uma voz familiar, abafada pela gelatina. — Estou tentando não chamar atenção.

Nesse momento, os soldados já estavam marchando.

— Caramba, o que é isso? — disse um deles.

— É um multiplexo onipresente linguístico — disse o outro.

O primeiro coçou a cabeça e olhou de cima a baixo pela parede.

— Onipresente pra caramba, não é?

Um terceiro estava examinando a beirada de uma rachadura na praça.

— Acham que vão ter que trazer um desgraçado de um LLL até aqui para reconstruir isso?

Moli sussurrou:

— Deixe um deles dizer qualquer coisa na minha cara. Deixe…

— Ah, fique quieto — disse Jo — ou não vou deixar que se case com minha filha.

— O que você quer dizer com isso?

— É uma alusão — explicou Jo. — Fiz umas leituras enquanto você tirava uma soneca na semana passada.

— Muito engraçado, muito engraçado — disse Moli.

Os soldados começaram a se afastar.

— Não vão trazer LLL nenhum — disse um dos soldados, coçando a orelha. — Isso é trabalho de soldado. De qualquer forma, fazemos toda a construção real aqui. Mas eu queria que *tivesse* um desgraçado de um LLL por aqui.

Várias luzes de controle de Moli mudaram de cor por trás da gelatina.

— Que jhup é esse todo em você? — perguntou Jo, recuando.

— Minha espaçonave — disse Moli. — Estou usando uma organiforma. São muito mais confortáveis para objetos inanimados como eu. Nunca tinha visto uma antes?

— Não... sim! Lá em Rhys. É nisso que o tritoviano e aquelas outras coisas chegaram.

— Estranho — disse Moli. — Em geral não usam organiformas. Não são especialmente inanimados.

Mais pessoas estavam se reunindo ao redor do computador. As sirenes estavam se aproximando.

— Vamos sair daqui — disse Jo. — Você está bem?

— Estou — respondeu Moli. — Só estou pensando na praça.

— Sangrando, mas erguida — disse Jo. — É outra alusão. Vá embora, vamos fazer um reconhecimento em Tantamount.

— Ótimo — concordou Moli. — Afaste-se. Vou decolar.

Houve um borbulho, uma sucção tremenda, e Jo cambaleou no vento. As pessoas começaram a gritar.

De volta à nave de Jo, Ga'd estava escondido embaixo do console com as patas da frente sobre a cabeça. Jo apertou o botão de decolagem, e a equipe robótica assumiu o comando. A confusão da praça diminuiu embaixo deles. Ele correu até a saída hiperestática, em seguida sinalizou para o salto.

Os geradores estáticos subiram, e a nave começou a deslizar para a hiperestase. Ele não havia terminado de deslizar quando a nave sacolejou para frente e ele caiu em cima do console. Seus punhos absorveram o choque, e ele ricocheteou para trás com os dois doloridos. Ga'd berrou.

— Olhe por onde anda — uma voz disse pelo alto-falante.

8

JO FEZ os caninos deslizarem para além do lábio inferior.

— Você não está jogando xadrez — continuou a voz. — Se ocupar meu quadrado, não vou ser retirado do tabuleiro. Preste atenção da próxima vez.

— Gnnnnnnnng — disse Jo, esfregando a boca.

— O mesmo para você e muito mais.

Jo balançou a cabeça e pôs seu capacete sensorial. Cheirava a jhup velho. Soltava sons como um pedaço de metal sendo esmagado por uma prensa hidráulica. Mas era lindo.

Rampas curvavam-se para dentro de estruturas que se abriam como flores. Pináculos finos irrompiam em suas pontas em formas de metal e cúpulas de observação frágeis estavam apoiadas sobre pórticos finos.

— Você poderia sair daí e ver se nos causou algum dano.

— Ah — disse Jo. — Sim. Claro.

Ele começou a ir para a comporta e estava preste a liberá-la quando percebeu que a luz de alerta ainda estava ligada.

— Ei — ele falou para trás no intercomunicador —, não tem ar lá fora.

— Pensei que você cuidaria disso — respondeu a voz. — Só um segundo. — A luz apagou-se.

— Obrigado — disse Jo. Ele puxou a alavanca de liberação. — Aliás, o que é você?

Fora da comporta, um homem careca de jaleco branco estava descendo uma das rampas.

— Esta é a Estação de Pesquisa Geodética que você quase atropelou, jovenzinho. — A voz era muito baixa pessoalmente.

— Melhor entrar no campo de força antes que esta atmosfera escape. A propósito, o que pensou que estava fazendo?

— Estava terminando um salto estático a caminho de Tantamount. Simplexo da minha parte, não foi? — Jo começou a voltar pela rampa com o homem, que deu de ombros.

— Nunca faço julgamentos dessa forma — disse o homem. — Agora, me conte qual é sua especialidade.

— Não tenho, acho que não.

O homem franziu a testa.

— Não acho que precisamos de um sintetizador neste momento. Eles costumam ser extremamente longevos.

— Sei praticamente tudo que há para saber sobre plantação e armazenagem de plyasil — comentou Jo.

O homem sorriu.

— Receio que não vá servir muito. Estamos apenas no volume cento e sessenta e sete: *Bba* até *Bbaab*.

— Seu nome comum é jhup — disse Jo. O homem sorriu de um jeito bondoso para ele.

— Ainda falta muito para *jh*. Mas se estiver vivo em quinhentos ou seiscentos anos, conversaremos sobre sua candidatura.

— Obrigado. Mas eu já vou ter esquecido.

— Muito bem — disse o homem, virando-se para ele. — Adeus.

— Bem, e o dano na minha nave? Não vai dar uma olhada? Você não deveria estar aqui, para começar. Eu consegui todas as liberações deste trajeto.

— Meu jovem — disse o cavalheiro —, em primeiro lugar, nós temos prioridade. Em segundo lugar, se não quer um emprego, você está abusando de nossa hospitalidade ao usar todo nosso ar. Em terceiro lugar, há um trabalho avançado sendo feito em

biologia, humanos... e se você continuar a me importunar, vou despachar você como um espécime e fazer com que o cortem em várias amostras. E não pense que não sou capaz.

— E a minha mensagem? — questionou Jo. — Eu tenho que entregar uma mensagem sobre os LLL para a Estrela Imperial. E é importante. É por isso que bati em vocês para começo de conversa.

O rosto do homem ficou hostil.

— Ao fim e ao cabo — disse ele, monótono — terminaremos nosso projeto e haverá tanto conhecimento que os LLL serão economicamente inviáveis, porque a construção será capaz de prosseguir sem eles. Se quiser se beneficiar dos LLL, ordenarei que o fatiem imediatamente. O pai está trabalhando nos adenoides agora. Há uma tonelada de trabalho a ser feito nos bicúspides. Acabamos de começar o cólon, e o duodeno é um mistério completo. Se quiser entregar sua mensagem, entregue-a aqui.

— Mas eu nem sei o que é! — disse Jo, recuando até a beirada do campo de força. — Eu acho que vou indo.

— Temos um computador feito exatamente para problemas como o seu — garantiu o homem. — Nem mais uma respirada do nosso ar, está ouvindo — acrescentou ele e avançou na direção de Jo.

Jo viu para onde ele estava avançando e simplesmente sumiu dali.

O campo de força era permeável, e ele o atravessou, desviando. Saltou para a comporta da nave e bateu-a com tudo. A luz de alerta piscou menos de um segundo depois disso.

Ele voltou na marcha ré e rezou para que o piloto automático ainda conseguisse acertar as correntes e se mover para um nível de estase mais profundo. Ele acertou, mesmo que

tremendo um pouco. A Estação de Pesquisa Geodética desapareceu dos painéis de visualização do capacete sensorial que estava caído de frente sobre o console.

Ele fez facilmente o reconhecimento com Moli na órbita ao redor de Tantamount. Era um planeta de metano congelado com tanta atividade vulcânica que a superfície estava constantemente sendo rompida e explodindo. Era a filha única de uma estrela-anã branca e quente, de modo que dali pareciam dois olhos, um como uma joia cintilante, outro cinza-prateado, espreitando a noite.

— Moli, quero ir para casa. De volta para Rhys. Desisto disso tudo.

— Mas por que isso agora? — veio a voz incrédula do computador pelo intercomunicador. Jo apoiou-se nos cotovelos, olhando com melancolia para sua ocarina.

— O universo multiplexo não me atrai. Não gosto dele. Quero ficar longe dele. Se sou complexo agora, é ruim demais, é um erro, e se eu conseguir voltar a Rhys, vou tentar ao máximo que puder ser simplexo. Vou mesmo.

— O que deu em você?

— Não gosto das pessoas, é isso. Acho que é simples assim. Já tinha ouvido falar na Estação de Pesquisa Geodética?

— Com certeza. Você trombou com eles?

— Sim.

— Que infelicidade. Bem, tem certas coisas tristes no universo multiplexo com as quais precisamos lidar. E uma das coisas é a simplexidade.

— Simplexidade? — perguntou Jo. — Como assim?

— E é melhor ficar agradecido por ter adquirido o tanto de multiplexidade de visão que você conseguiu, ou nunca teria saído de lá vivo. Ouvi falar de outras criaturas simplexas que os encontraram. Elas não voltam.

— Eles são simplexos?

— Meu bom deus, sim. Não deu para perceber?

— Mas eles estão compilando todas aquelas informações. E o lugar onde vivem… é lindo. Não dá para ser estúpido e construir aquilo.

— Em primeiro lugar, a maior parte da Estação de Pesquisa Geodética foi construída pelos LLL. Em segundo lugar, como eu disse muitas vezes antes, inteligência não tem necessariamente a ver com plexidade.

— Mas como eu ia saber?

— Acredito que não vá doer descrever os sintomas. Eles não fizeram uma única pergunta?

— Não.

— Esse é o primeiro sinal, embora não seja conclusivo. Julgaram você corretamente, pelo que pôde perceber a partir das declarações sobre você?

— Não. Acharam que eu estava procurando trabalho.

— O que indica que deveriam ter feito perguntas. Uma consciência multiplexa sempre faz perguntas quando precisa.

— Eu lembro — disse Jo, deixando a ocarina de lado — quando Charona estava tentando me explicar isso, ela me perguntou qual era a coisa mais importante que havia. Se eu perguntasse isso para eles, sei que eles teriam dito: a desgraça do dicionário, ou enciclopédia, ou seja lá o que for.

— Muito bem. Alguém que consegue dar uma resposta não relativa àquela pergunta é simplexo.

— Eu disse jhup — lembrou Jo, melancólico.

— Estão no processo de catalogar todo o conhecimento do Universo.

— Isso é mais importante que jhup, eu acho — comentou Jo.

— De um ponto de vista complexo, talvez. Mas de uma visão multiplexa, são quase equivalentes. Em primeiro lugar, é uma tarefa bem difícil. Da última vez que ouvi falar deles, já estavam chegando no B, e tenho certeza que eles não têm nada sobre *Aaaaaaaaaaaaaaaavdqx*.

— O que é… bem, isso que você disse?

— É o nome de um conjunto bem complexo de avaliações morais deterministas compreendido por meio de uma visão relativista do momento dinâmico. Estava estudando isso alguns anos atrás.

— Eu não tinha familiaridade com o termo.

— Eu acabei de inventar. Mas o que significa é bem real, e vale um artigo. Não acho que eles sequer pudessem compreendê-lo. Mas, a partir de agora, vou me referir a ele como *Aaaaaaaaaaaaaaaavdqx*, e existem dois de nós que conhecem a palavra agora, então é válida.

— Acho que entendi.

— Além disso, catalogar todo o conhecimento, mesmo todo o conhecimento disponível, embora seja admirável, é… bem, a única palavra é simplexo.

— Por quê?

— Uma pessoa consegue aprender tudo o que precisa saber; ou pode aprender o que quer saber. Mas precisar aprender tudo que se quer saber, que é o que a Estação de Pesquisa Geodética está fazendo, até causa um colapso, semanticamente falando. O que aconteceu com sua nave?

— A Estação de Pesquisa Geodética de novo. Colidimos.

— Não gosto disso.

— Minha decolagem foi meio que sacolejante.

— Não gosto disso mesmo. Especialmente considerando a distância que temos que percorrer. Por que você não embarca aqui e viaja comigo? Esta organiforma é uma beleza, e acho que consegui ter um pouco mais de controle nas minhas aterrissagens e decolagens.

— Se prometer não quebrar minhas costas quando aterrissarmos.

— Prometo — disse Moli. — Vou abrir. Dê a volta pela esquerda e pode deixar este calhambeque bem onde está.

Eles fizeram contato.

— Jo — disse Moli enquanto o tubo flexível se prendia à sua eclusa de ar —, se você realmente quiser, pode voltar. Mas vai chegar um momento em que voltar será mais difícil que continuar. Você recebeu uma boa dose de uma educação muito especializada. Não apenas o que San Severina e eu tentamos ensinar para você, mas até mesmo em Rhys você estava aprendendo.

Jo começou a atravessar o tubo.

— Ainda quero ir para casa. — Ele diminuiu o ritmo enquanto se movia na direção da sala do console. — Moli, às vezes, mesmo quando se é simplexo, a gente se pergunta "Quem sou eu?" Tudo bem, você diz que a Estação de Pesquisa Geodética era simplexa. Isso faz com que eu me sinta um pouco melhor. Mas ainda sou um garoto muito comum que gostaria de voltar a um campo de jhup, e talvez lutar com alguns kepardos selvagens. É o que sou. É o que conheço.

— Se você voltasse, acharia as pessoas ao redor muito parecidas com as que você encontrou na Pesquisa Geodética. Você foi embora de casa, Jo, porque estava infeliz. Lembra por quê?

Jo chegou à sala do console, mas parou, as mãos nos batentes da porta.

— Jhup, sim. Claro que me lembro. Porque eu pensava que era diferente. Então, veio a mensagem, e eu pensei que era a prova de que eu era especial. Do contrário, não a teriam dado para mim. Não vê, Moli? — Ele se inclinou para frente sobre as mãos. — Se eu realmente soubesse que eu era especial, digo, se eu tivesse *certeza, então* eu não ficaria tão chateado com coisas como a Estação de Pesquisa! Mas a maior parte do tempo eu só me sinto perdido, infeliz e comum.

— Você é você, Jo. Você é você e tudo que absorveu, desde o jeito de você sentar por horas e olhar Ga'd quando quer pensar até o jeito que se vira um décimo de segundo mais rápido em reação a uma coisa azul do que a uma coisa vermelha. Você é tudo que já pensou, tudo que já esperou e tudo que já odiou também. E tudo que aprendeu. Você tem aprendido um monte de coisas, Jo.

— Mas se eu soubesse que era pra mim, Moli. É isso que eu quero ter certeza: de que a mensagem era realmente importante e que eu era a única pessoa que poderia entregá-la. Se eu realmente soubesse que essa educação que eu recebi me tornou... bem, como eu digo, algo especial: então eu não me importaria de seguir em frente. Jhup, eu ficaria feliz.

— Jo, você é você. E isso é tão importante quanto você querer continuar.

— Talvez essa seja a coisa mais importante que há, Moli. Se há uma resposta para essa questão, Moli, é o que é, saber que você é você mesmo e ninguém mais.

Assim que Jo entrou na sala do console, os alto-falantes da unidade de comunicação começaram a sussurrar. Quando Jo olhou ao redor, o sussurro aumentou.

— O que é isso, Moli?

— Não sei.

A porta fechou-se, o tubo caiu, e a nave escangalhada recuou à deriva. Jo observou-a através da parede de vidro coberta com a organiforma vagamente deformadora.

O alto-falante estava gargalhando agora.

Ga'd coçou a orelha com um pé.

— Está vindo dali — disse Moli. — Está vindo terrivelmente rápido também.

A gargalhada ficou mais alta, chegou à histeria, preencheu a câmara alta. Alguma coisa jogou-se ao lado da parede de vidro de Moli, em seguida girou na direção contrária e parou no meio do caminho, a seis metros de distância.

A gargalhada parou e foi substituída por um ofegar exausto.

A coisa lá fora parecia um pedaço imenso de rocha, apenas a face frontal havia sido polida. Quando pairaram levemente ao fulgor de Tantamount, a luz branca deslizou da superfície; Jo viu que era uma placa transparente. Atrás dela, uma figura se inclinava para frente, mãos sobre a cabeça, pés afastados um do outro. Mesmo a partir daqui, Jo conseguia ver o peito subindo no ritmo do arfar que irrompia pela sala do console.

— Moli, você poderia abaixar o volume?

— Ah, desculpe. — O arfar cessou até virar algo que acontecia dentro do ouvido dele e se reduziu até um som razoável a uma quantidade respeitável de metros de distância. — Quer falar com ele, ou eu falo?

— Vá em frente.

— Quem é você? — perguntou Moli.

— Ni Ty Lee. Quem é você, caramba, que é tão interessante?

— Sou o Moli. Ouvi falar de você, Ni Ty Lee.

— Nunca tinha ouvido falar de você, Moli. Mas sei que deveria. Por que você é tão interessante?

Jo sussurrou.

— Quem é ele?

— Psiu — disse Moli. — Conto depois. O que está fazendo, Ni Ty Lee?

— Eu estava correndo na direção daquele sol lá, e olhando para ele, e pensando como era bonito, e rindo porque era tão bonito, e rindo porque ele ia me destruir, e ainda assim seria bonito, e eu estava escrevendo um poema sobre como aquele sol era bonito e como o planeta que o circula era bonito; e eu estava fazendo tudo isso até ver algo mais interessante para fazer, que era descobrir quem você era.

— Então, suba a bordo e descubra um pouco mais.

— Já sei que você é um multiplexo onipresente linguístico com uma consciência baseada num LLL — retrucou Ni Ty Lee. — Tem mais alguma coisa que eu deveria descobrir antes de navegar para dentro do fogo?

— Tenho um garoto a bordo da sua idade sobre o qual você não sabe nadica de nada.

— Então, estou indo. Mande o tubo para fora. — Ele começou a avançar.

— Como ele sabia que você era LLL? — perguntou Jo quando o pedaço de rocha se aproximou.

— Não sei — disse Moli. — Algumas pessoas conseguem falar isso de cara. É melhor do que aqueles que ficam rodeando e conversando por uma hora antes de chegar à pergunta. Só aposto que ele não sabe que LLL eu sou.

O tubo conectou-se com a nave de Ni. Um momento depois, a porta se abriu, e Ni Ty Lee entrou tranquilamente, os dedões nos bolsos, e olhou ao redor.

Jo ainda estava usando a capa preta que San Severina comprara para ele em Buraco-de-Rato. Ni Ty Lee, no entanto, parecia um navegabundo limpo. Estava de pés descalços. Não usava camisa e estava com calças de trabalho desbotadas com um joelho puído. Seus cabelos longos demais eram de um loiro prateado e estavam presos atrás das orelhas e da testa; seu rosto tinha maçãs altas, com olhos asiáticos inclinados da cor de lascas de ardósia.

Seus olhos fixaram-se em Jo, e ele sorriu.

— Oi — disse ele e se aproximou.

Ele estendeu a mão, e Jo a pegou para cumprimentar. Havia garras nos dedos da mão direita.

A cabeça de Ni inclinou-se para o lado.

— Vou escrever um poema sobre as expressões que acabaram de passar pelo seu rosto. Você é de Rhys e costumava trabalhar nos campos de jhup e ficar agachado ao lado das fogueiras em Novo Ciclo e matar kepardos quando eles invadiam. — Ele fez um som curto, triste, entretido sem abrir a boca. — Ei, Moli. Agora já sei tudo sobre ele, e vou tomar meu rumo. — Ele começou a se virar.

— Você esteve em Rhys? Realmente esteve em Rhys? — perguntou Jo.

Ni voltou.

— Sim. Estive. Três anos atrás. Peguei carona até lá como navegabundo e trabalhei um tempo no campo sete. Foi lá que consegui essas daqui. — Ele ergueu as garras.

Uma dor latejante começou no fundo da garganta de Jo que ele não sentia desde a primeira vez que havia tocado para os LLL.

— Trabalhei no campo sete pouco antes de Novo Ciclo.

— O Guardião James enfiou um pouco de juízo naquele filho pentelho dele? Me dei bem com a maioria das pessoas,

mas briguei umas quatro vezes com aquele sabe-tudo ridículo. E uma vez quase o matei.

— Eu… eu matei — sussurrou Jo.

— Ah — disse Ni. Ele piscou. — Bem. Acho que não dá para dizer que estou surpreso. — Mas, de qualquer forma, ele parecia perplexo.

— Você esteve lá mesmo — disse Jo. — Não estava só lendo minha mente?

— Estive lá. Em carne e osso. Por três semanas e meia.

— Não ficou muito tempo — comentou Jo.

— Não disse que tinha ficado muito tempo.

— Mas você *esteve* lá mesmo — repetiu Jo.

— O universo não é tão grande assim, amigo. É uma pena sua cultura ser tão simplexa, ou haveria mais a saber sobre vocês e eu ficaria mais tempo. — Ele se virou mais uma vez para partir.

— Espere um minuto! — chamou Jo. — Quero… *preciso* falar com você.

— Precisa?

Jo fez que sim com a cabeça.

Ni Ty pôs as mãos de volta nos bolsos.

— Ninguém precisa de mim faz um bom tempo. Talvez isso seja interessante o bastante para eu escrever um poema. — Ele caminhou orgulhoso até o console e se sentou na mesa. — Vou ficar um pouquinho, então. Sobre o que você precisa falar?

Jo ficou em silêncio enquanto a mente voava.

— Bem, do que sua espaçonave é feita? — ele perguntou no fim das contas.

Ni Ty olhou para o teto.

— Ei, Moli — chamou ele —, esse cara está me enrolando? Ele não precisa mesmo saber do que minha nave é

feita, precisa? Se ele estiver me enrolando, eu vou embora. As pessoas me enrolam o tempo todo, e eu sei tudo sobre isso, e não me interessa nem um pouco.

— Ele precisa se aquecer para o que é importante — respondeu Moli. — E você precisa ter paciência.

Ni Ty olhou de novo para Jo.

— Sabe, ele tem razão. Eu sempre estou vazando palavras e parágrafos dos meus poemas porque escrevo rápido demais. Daí ninguém os entende. Nem sei muito bem como ser paciente. Talvez seja muito interessante, no fim das contas. Essa ocarina é sua?

Jo fez que sim com a cabeça.

— Eu tocava uma coisa dessas. — Ele pôs os lábios nela e tocou uma melodia alegre que de repente diminuiu sua velocidade no final.

O nó na garganta de Jo apertou-se ainda mais. A música era a primeira canção que ele havia aprendido no instrumento.

— Foi a única canção que eu aprendi. Deveria ter me dedicado por mais tempo. Aqui, toque você. Talvez isso vá aquecer você.

Jo simplesmente fez que não com a cabeça.

Ni Ty deu de ombros, virou a ocarina nas mãos, em seguida disse:

— Dói?

— Sim — disse Jo depois de um tempo.

— Não consigo evitar — comentou Ni Ty. — Eu simplesmente tenho feito um monte de coisas.

— Posso me intrometer? — perguntou Moli.

Ni deu de ombros.

— Claro. — Jo fez que sim com a cabeça.

— Você vai descobrir, durante suas leituras, Jo, que certos autores parecem ter descoberto todas as coisas que você descobriu, feito tudo o que você fez. Havia um escritor de

ficção científica antigo, Theodore Sturgeon, que acabava comigo todas as vezes que eu o lia. Ele parecia ter visto cada lampejo de luz em uma janela e cada sombra de folha em uma porta de tela que eu tinha visto; feito tudo que eu já fizera, de tocar violão a se espalhar por algumas semanas em um barco em Arkansas Pass, no Texas. E ele supostamente estava escrevendo ficção, e isso há quatro mil anos. Então, você aprende que muitas das outras pessoas descobrem as mesmas coisas no mesmo escritor, que não fizeram nenhuma das coisas que você fez e não viu nenhuma das coisas que você viu. É um tipo raro de escritor. Mas Ni Ty Lee é desse tipo. Eu li muitos de seus poemas, Ni Ty. Meu apreço, se eu fosse expressá-lo, tenho certeza que se provaria vergonhoso.

— Ora — disse Ni Ty. — Obrigado. — E ele abriu um sorrisinho que era grande demais para esconder, mesmo quando abaixou a cabeça. — Perco a maioria dos melhores. Ou não os anoto. Queria poder mostrar para vocês alguns deles. São realmente bacanas.

— Eu também gostaria — disse Moli.

— Ei. — Ni Ty olhou para cima. — Mas você precisa de mim. Não consigo nem lembrar o que você perguntou.

— Sobre sua nave — lembrou Jo.

— Só escavei um pedaço de meteoro não poroso, aparafusei dentro dele uma Turbina Kayzon atrás e rodei os controles de permeabilidade ígnea.

— Isso, isso! — gritou Moli. — É exatamente como foi feito! Aparafusou o Kayzon com um roquete canhoto. Os fios correm para trás, não é? Foi anos atrás, mas era uma navezinha bem bonita!

— Você tem razão sobre os fios — respondeu Ni Ty. — Só usei um alicate.

— Não importa. Só importa que você realmente fez. Eu falei para você, Jo, com alguns autores, as coisas são simplesmente excepcionais.

— Mas tem um problema — disse Ni Ty. — Nunca faço nada tempo suficiente para realmente saber como é... só o bastante para identificar em uma frase ou oração, então já passo para outra coisa. Acho que tenho medo. E escrevo para compensar todas as coisas que não consigo fazer de fato.

Nesse momento comecei a sentir uma pontadinha de dor. Disse a mesma coisa para Norn uma hora antes de cairmos em Rhys, quando estávamos discutindo meu último livro. Lembra de mim? Sou Joia.

— Mas você tem a minha idade — disse Jo por fim. — Como você conseguiu fazer tudo isso e escrever tudo isso tão cedo?

— Bem, eu... digo... é... acho que não sei de verdade. Só faço. Acho que tem um monte de coisa que nunca vou fazer porque fico ocupado demais escrevendo.

— Outra interferência — disse Moli. — Você ficaria envergonhado se eu contasse a história para ele?

Ni Ty fez que não com a cabeça.

— É como Oscar e Alfred — comentou Moli.

Ni Ty olhou surpreendentemente aliviado.

— Ou Paul V. e Arthur R. — acrescentou ele.

— Como Jean C. e Raymond R. — falou Moli, no ritmo.

— Ou Wiley e Colette.

— É um padrão literário recorrente — explicou Moli. — Um escritor mais velho, um escritor mais novo... com frequência uma criança apenas... e algo trágico. E o mundo recebe algo maravilhoso. Tem acontecido a cada vinte ou trinta anos desde o romantismo.

— Quem era o escritor mais velho? — perguntou Jo.

Ni Ty abaixou os olhos.

— Muels Aronlyde.

— Nunca ouvi falar dele — disse Jo.

Ni Ty piscou.

— Ah. Pensei que todo mundo soubesse de toda a confusão desagradável.

— Eu gostaria de conhecê-lo — sugeriu Jo.

— Duvido que vá — disse Moli. — O que aconteceu foi muito, muito trágico.

— Aronlyde era LLL. — Ni Ty respirou fundo e começou a explicar. — Fizemos uma viagem longa juntos e…

— Você fez uma viagem longa com um LLL?

— Bem, na verdade, era apenas parte… — Então, ele parou. — Não consigo evitar — disse ele. — É aquilo que eu fiz. Juro que não consigo evitar.

— Você conhece a tristeza dos LLL, então — falou Jo.

Ni Ty concordou com a cabeça.

— Sim. Veja, eu o vendi. Estava desesperado, precisava de dinheiro, e ele me disse para ir em frente.

— Você o vendeu? Mas por quê…

— Economia.

— Ah.

— E com isso comprei um LLL mais barato para reconstruir o mundo que havíamos destruído; por isso eu conheço a tristeza dos LLL, e a tristeza de ser dono de um LLL… embora fosse um mundo pequeno, e tivesse levado pouco tempo. Eu estava explicando isso para San Severina faz poucos dias, e ela ficou muito triste… ela também havia comprado e vendido LLL e usou-os para reconstruir um…

— Você conhece San Severina?

— Sim. Ela me deu aulas de interlíngua quando eu era um navegabundo...

— Não! — gritou Jo.

Ni Ty balançou a cabeça e sussurrou:

— Juro que não consigo evitar! Juro!

— Não! — Ele virou e pôs as mãos sobre as orelhas, agachou e cambaleou.

Atrás dele, Ni Ty berrou:

— Moli, você disse que ele precisava de mim?

— Você está satisfazendo a necessidade muito bem.

Jo girou rapidamente.

— Saia daqui!

Ni Ty olhou assustado e se levantou da mesa.

— É minha vida, caramba, não a sua. É minha! — Ele agarrou a mão de garra de Ni. — Minha. Eu desisti dela... mas isso não significa que você pode ficar com ela.

Ni respirou fundo e rápido.

— Ela não é interessante agora — disse ele, ágil, recostando à mesa. — Passei por isso muitas vezes antes.

— Mas eu não! — gritou Jo. Ele sentiu como se algo nele tivesse sido violentado e insultado. — Você não pode roubar minha vida!

De repente, Ni o empurrou. Jo deslizou até o convés, e o poeta ficou acima dele, tremendo agora.

— O que faz você pensar que é sua? Talvez você tenha roubado de mim. Por que eu nunca consigo terminar nada? Por que quando chega a hora de eu conseguir um trabalho, me apaixonar, ter um filho, de repente sou arrancado de lá e arremessado para dentro do monte de excremento onde tenho que começar a mesma bagunça, tudo de novo? Você está fazendo isso comigo? Você está me arrancando do que é meu,

pegando para você as milhares de vidas belas que comecei? — De repente, ele fechou os olhos e lançou a mão esquerda contra o ombro direito. Com a cabeça para trás, ele sussurrou para o teto: — Deus, eu disse isso tantas vezes! E isso me entedia, caramba! Me entedia! — Ele arranhou o ombro com as garras, e cinco riscas de sangue pingaram no peito; e por um instante horrendo a cena veio em um lampejo na cabeça de Jo, quando ele correu da gargalhada de Lilly, parou com os olhos apertados e a cabeça para trás e puxou as garras sobre o ombro. Ele afastou a lembrança da mente e piscou. Havia um monte de pele cicatrizada velha cobrindo o ombro de Ni Ty no caminho onde os vergões novos foram cortados.

— Sempre retornando, sempre voltando, sempre a mesma coisa de novo, de novo e *de novo*! — gritou Ni Ty.

Ele avançou na direção da porta.

— Espere!

Jo virou de barriga para baixo e rastejou com os joelhos um atrás do outro.

— O que você vai fazer?! — Ele desviou de Ni Ty e pôs o braço na frente da porta.

Ni Ty pousou a mão de garra ao redor do antebraço de Jo. Jo fez que não a cabeça. Billy James havia bloqueado seu caminho no canal, e ele pôs as garras no braço do garoto daquele jeito, e foi assim que tudo começou.

— Vou para minha nave — disse Ni Ty, monotonamente —, e vou encarar aquele sol e meter o pé no acelerador até lá. Fiz isso uma vez rindo. Dessa vez, provavelmente vou chorar. E, caramba, melhor que seja interessante.

— Mas *por quê*?

— Porque algum dia — e o rosto de Ni Ty se contorceu com o esforço das palavras —, outra pessoa vai vir saltar na

direção de um sol prateado, primeiro rindo, depois chorando, e ela vai ter lido sobre isso, e ela vai lembrar e, de repente, ela saberá, não vê? Saberá que ela não é a única…

— Mas ninguém vai ler o que você tem a dizer sobre…

Ni Ty afastou o braço de Jo e saiu pelo tubo, quase acertando Ga'd, que estava descendo com uma resma de papel na boca.

O tubo desprendeu-se, e a organiforma se juntou quando a porta se fechou na sala do console. Jo viu Ni Ty curvando-se sobre os controles; então, ele se levantou e apertou o rosto e as mãos contra a janela quando o piloto automático levou o meteoro oco para dentro do brilho ofuscante do sol. Jo estreitou os olhos na direção dele até suas pálpebras apertadas doerem. O choro que veio pelo intercomunicador durou, talvez, um minuto depois que a nave desapareceu de vista.

Jo passou a mão pela testa e virou de costas para a parede.

Ga'd estava sentado na resma de papel, mastigando uma orelha no cantinho.

— O que é isso?

— Os poemas de Ni Ty — respondeu Moli. — O último lote no qual ele estava trabalhando.

— Ga'd, você os roubou da nave dele? — questionou Jo.

— Com alguém assim, a única coisa que você consegue fazer é tirar a obra deles antes que a destrua. Foi assim como conseguimos tudo dele que temos. Isso tudo aconteceu antes — explicou Moli, exausto.

— Mas Ga'd não sabia disso — falou Jo. — Você estava só roubando, não é? — Ele tentou parecer reprovador.

— Você subestima seu gatinho-demônio — disse Moli. — Ele não tem uma mente simplexa.

Jo curvou-se e puxou os papéis debaixo de Ga'd, que por fim rolou e deu tapas na mão dele algumas vezes. Em seguida, ele os levou à mesa e foi para baixo dela.

Três horas mais tarde, quando ele emergiu, Jo caminhou devagar até a parede de vidro e estreitou mais uma vez os olhos para a anã branca. Ele se virou, soprou três notas em sua ocarina, em seguida deixou a mão cair.

— Acho que é a consciência mais multiplexa que encontrei até agora.

— Talvez seja — disse Moli. — Por outro lado, você também é agora.

— Espero que ele não mergulhe no sol — comentou Jo.

— Não o fará se descobrir algo mais interessante entre aqui e lá.

— Não há muito mais lá fora.

— Não é preciso muito para interessar uma mente como a de Lee.

— Aquilo que você estava dizendo sobre multiplexidade e compreensão de pontos de vista. Ele assumiu completamente meu ponto de vista, e você estava correto; foi estranho.

— É preciso uma consciência multiplexa para perceber a multiplexidade de outra consciência, sabe?

— Consigo entender por quê — disse Jo. — Ele estava usando todas as experiências dele para compreender as minhas. Fez com que eu me sentisse engraçado.

— Você sabe que ele escreveu aqueles poemas antes de saber que você existia.

— Certo. Mas isso só deixa tudo mais estranho.

— Sinto — disse Moli — que você criou seu silogismo de trás para frente. Você estava usando suas experiências para entendê-lo.

— Eu estava?

— Você teve um monte de experiências nos últimos tempos. Se ordená-las multiplexamente, ficarão mais claras. E quando ficarem claras o suficiente, um tanto de confusão restará para que você faça as perguntas adequadas.

Jo ficou em silêncio por um momento, ordenando. Então, ele disse:

— Qual era o nome do LLL no qual sua mente é baseada?

— Muels Aronlyde — respondeu Moli.

Jo voltou-se para a janela.

— Então, tudo isso aconteceu antes.

Depois de outro minuto de silêncio, Moli disse:

— Você sabe que terá de fazer a última parte da viagem sem mim.

— Eu já havia começado a ordenar isso — disse Jo. — Multiplexamente.

— Ótimo.

— Vou ficar assustado pra caramba.

— Não precisa ficar.

— Por que não?

— Você tem um tritoviano cristalizado no bolso.

Ele estava falando de mim, claro. Espero que você não tenha me esquecido, porque o restante da história ficará incompreensível se tiver esquecido.

9

— **O QUE DEVO** fazer com isso? — perguntou Jo.

Ele me pousou sobre um pano de veludo sobre a mesa. As luzes no teto alto da sala do console estavam fracas e formavam auréolas na leve névoa dos umidificadores.

— Qual a coisa mais multiplexa que você consegue fazer quando não tem certeza do que fazer?

— Fazer perguntas.

— Então, pergunte.

— Ele vai responder?

— Há um jeito mais fácil de descobrir que não seja perguntando para mim — respondeu Moli.

— Só um segundo — pediu Jo. — Preciso ordenar minhas percepções multiplexamente, e isso talvez leve um pouco de tempo. Não estou acostumado. — Depois de um instante, ele disse: — Por que vou ter que me juntar ao Exército Imperial e servir ao Príncipe Nactor?

— Excelente — disse Moli. — Também estava me perguntando a respeito disso.

Porque, eu transmiti, *o exército vai cruzar seu caminho.* Foi um alívio conseguir falar. Mas essa é uma das dificuldades da cristalização: só é possível responder quando se é questionado diretamente.

Por acaso, entre o momento em que Jo dissera "Não estou acostumado" e o momento em que fizera a pergunta, o rádio começou a ressoar a voz do Príncipe Nactor, anunciando que todos os seres humanos na área estavam imediatamente convocados, ao que Moli disse:

— Acho que isso dá conta do seu problema. — Então, não há mesmo nada de misterioso na pergunta de Jo. Quero enfatizar, para aqueles que acompanharam a discussão até este momento, que a multiplexidade está perfeitamente dentro das leis da lógica. Eu deixei de fora o incidente porque pensei que era distrativo e supus que era perfeitamente dedutível, a partir da questão de Jo, o que acontecera, certa de que o leitor multiplexo suporia por si. Fiz isso várias vezes durante toda a história.

— Por que não posso simplesmente entregar minha mensagem e ir cuidar das minhas coisas? — questionou Jo.

Na cristalização, a pessoa tem a atividade aparente de ser capaz de fazer questões retóricas. *Você está pronto para entregar a mensagem?*, transmiti.

Jo bateu os punhos na mesa. A sala pareceu tremer, pois eu balancei para frente e para trás.

— Jhup! Que mensagem? Isso é o que preciso descobrir agora. Qual é?

Alguém veio libertar os LLL.

Jo levantou-se, e a preocupação aprofundou as linhas jovens de seu rosto.

— Essa é uma mensagem muito importante. — A preocupação se transformou em uma careta. — Quando estarei pronto para entregá-la?

Assim que alguém vier libertá-los.

— Mas eu cruzei todo esse caminho... — Jo parou. — Eu? Eu vou libertá-los? Mas... Talvez eu esteja pronto para entregar a mensagem, mas como saberei quando estarei pronto para libertá-los?

Se você não sabe, transmiti, *obviamente essa não é a mensagem.*

Jo sentiu-se confuso e envergonhado.

— Mas eu deveria estar.

Ele não fez perguntas, então eu não pude transmitir nada. Mas Moli falou por mim:

— Essa é a mensagem, mas você entendeu errado. Tente pensar em outra interpretação que não contenha contradições.

Jo se afastou da mesa.

— Não enxergo o suficiente — disse ele, desestimulado.

— Às vezes, é preciso ver pelos olhos de outra pessoa — comentou Moli. — Neste momento, eu diria que, se você pudesse usar os olhos de Joia, estaria prestando um grande serviço a si mesmo.

— Por quê?

— Você está ficando cada vez mais intimamente preocupado com os LLL e com nossa luta pela libertação. Os tritovianos são os mais ativos das espécies não LLL nessa luta. É simples assim. Além disso, facilitaria muito sua carreira militar.

— Isso pode ser feito? — perguntou Jo.

— Uma operação muito simples — respondeu Moli. — Você mesmo pode realizá-la. Vá pegar o tritoviano.

Jo voltou até a mesa e me ergueu do veludo.

— Agora, erga a pálpebra direita.

Jo obedeceu. E fez outras coisas seguindo as instruções de Moli. Um minuto depois, ele gritou de dor, girou para longe da mesa e caiu de joelhos com as mãos sobre o rosto.

— A dor logo vai embora — disse Moli com calma. — Posso lhe dar um pouco de colírio para lavar os olhos se a ardência ficar forte demais.

Jo sacudiu a cabeça.

— Não é a dor, Moli — sussurrou ele. — Eu vejo. Eu vejo você e eu, e Ga'd e Joia, só que tudo ao mesmo tempo. E vejo a nave militar esperando por mim, e até o Príncipe Nactor. Mas a nave está a 170 milhas de distância, e Ga'd está

atrás de mim, e você está ao meu redor, e Joia está dentro de mim, e eu… não sou mais eu mesmo.

— Melhor você praticar um pouco a caminhada — disse Moli. — Escadas em espiral são especialmente difíceis no começo. Pensando melhor, seria melhor você se acostumar apenas a ficar sentado, parado, e pensar. Então seguiremos para as coisas mais complicadas.

— Eu não sou mais eu mesmo — repetiu Jo com suavidade.

— Toque sua ocarina — sugeriu Moli.

Jo observou a si mesmo tirando o instrumento do bolso e levando-o aos lábios, olhou suas pálpebras se fecharem, uma sobre o olho esquerdo, uma sobre a presença reluzente que substituiu o direito. Ouviu-se começar com tom longo, lento, e com os olhos fechados ele observou Ga'd se aproximar, hesitante, e em seguida esfregar o focinho em seu colo.

Um pouco depois, Jo disse:

— Sabe, Moli, não acho que falar com Joia me trouxe alguma coisa.

— Certamente não tanto quanto olhar através dele.

— Ainda estou terrivelmente zonzo com a mensagem.

— Você precisou fazer concessões. Quando as pessoas se tornam tão militantes quanto ele, a maioria das mentes multiplexas fica extremamente linear. Mas o coração dele está no lugar certo. De fato, ele falou bastante com você, se você puder ver isso de forma multiplexa.

Jo observou o próprio rosto ficar concentrado. Era bem engraçado, ele pensou de passagem, como um esquilo superansioso e loiro usando um monóculo de diamante.

— A mensagem devem ser as palavras: *Alguém veio libertar os* LLL. E tenho que estar pronto para libertar os LLL. Só que não sou eu quem vai libertá-los. — Ele esperou Moli aprovar sua lógica. No entanto, houve silêncio. Então, ele continuou: — Queria que fosse eu. Mas acho que há motivos por que não posso ser. Preciso estar pronto para entregar a mensagem também. A única maneira de eu poder realmente estar pronto é se eu garantir que quem quer que seja que vá libertar os LLL esteja pronto.

— Muito bem — respondeu Moli.

— Onde vou encontrar essa pessoa e como vou poder ter certeza de que ela está pronta para libertar os LLL?

— Talvez você mesmo tenha que prepará-la.

— Eu?

— Você recebeu uma bela educação nos últimos meses. Vai ter que compartilhar uma boa parte dessa educação com alguém tão simplexo quanto você era quando começou esta jornada.

— E perder tudo de único que Ni Ty me deixou?

— Sim.

— Então, não vou fazer isso — comentou Jo.

— Ah, deixa disso.

— Olha só, minha antiga vida foi roubada de mim. Agora você quer que eu dê minha nova vida para outra pessoa. Não vou fazer isso.

— Essa é uma maneira muito egoísta de…

— Além disso, já conheço o suficiente de culturas simplexas para saber que a única coisa que você poderia fazer a elas com um exército de modo a libertar uma ou outra pessoa é destruí-las. E não vou fazer isso.

— Ah — disse Moli. — Você compreendeu.

— Sim, compreendi. E seria muito doloroso.

— A destruição acontecerá, quer você vá ou não. A única diferença é que você não poderá entregar sua mensagem.

— Ele não vai ficar pronto sem mim?

— A questão é que você não terá como saber.

— Vou arriscar — disse Jo. — Vou para outro lugar. Vou apostar que tudo vai ser melhor, estando eu lá ou não.

— Você não tem ideia de como isso é arriscado. Olha só, temos tempo. Vamos fazer uma pequena viagem. Quero mostrar uma coisa a você que vai mudar sua opinião.

— Moli, não acho que eu poderia ser exposto aos LLL escravizados, explorados e há muito sofredores bem agora. É para lá que você quer me levar, não é?

— O sofrimento LLL é algo que acontece com você, não com os LLL — disse Moli. — É impossível compreender o sofrimento dos LLL do ponto de vista dos próprios LLL a menos que você seja um. A compreensão é uma das coisas que o Império esconde deles. Mesmo os LLL não conseguem concordar sobre o que é tão terrível em sua situação. Mas há consenso suficiente, por isso você precisa acreditar em nossa palavra. Existem certas muralhas que a multiplexidade não consegue escalar. Às vezes, ela consegue explodi-las, mas é muito difícil, e isso deixa cicatrizes na terra. E admitir sua impermeabilidade é o primeiro passo para a destruição; vou mostrar uma coisa que você poderá avaliar no plexo que quiser. Vamos falar com San Severina.

10

— **ESTE É UM** dos mundos que ela reconstruiu com os LLL? — perguntou Jo, olhando por ruas prateadas da cidade vazia, então de volta para as colinas onduladas e verdejantes que se estendiam à beira do lago crispado pela brisa atrás deles.

— É um deles — disse Oscar. — É o primeiro terminado, e será o último a ser repopulado.

— Por quê? — questionou Jo, pisando no gradil de ferro recém-forjado do meio-fio. O sol azulado flamejava na janela em espiral que circulava a grande torre à esquerda. Uma fonte magnífica estava vazia à direita. Jo correu os dedos sobre a borda seca de granito da base de doze metros quando passaram por ela.

— Porque ela está aqui.

— Quanto trabalho ainda falta ser feito?

— Todos os mundos foram reconstruídos. Quarenta e seis civilizações foram restabelecidas. Mas são seus sistemas éticos que levam tempo. Eles estarão em construção nos próximos seis meses ou mais. — Oscar apontou na direção de uma porta preta de metal com parafusos de latão. — Bem por ali.

Jo olhou ao redor para os pináculos gigantescos.

— É lindo — disse ele. — Realmente é. Acho que entendo um pouco mais por que ela quis reconstruí-lo.

— Aqui — disse Oscar.

Jo entrou.

— Desça as escadas.

Seus pés ecoaram na escadaria ampla e escura.

— Bem por aqui — Oscar empurrou uma porta menor na parede de pedra cinza.

Quando Jo entrou, ele torceu o nariz.

— Que cheiro esquisi…

Ela estava nua.

Seus pulsos e tornozelos estavam presos ao chão com correntes.

Quando a lâmina cinza de luz caiu sobre as suas costas curvadas, ela recuou puxando as algemas e uivou. Seus lábios arreganharam-se mostrando os dentes que ele não tinha percebido serem tão longos. O uivo parou em um rouquejo seco.

Ele a observou.

Ele se observou observando-a e se observou recuando até a porta, e a porta se fechou com um estrondo atrás dele.

O esforço havia feito os músculos dos ombros dela ficarem rígidos e definidos. Seu pescoço estava cheio de veias, seus cabelos desgrenhados e opacos caíam sobre o rosto. *Um pente*, pensou ele de um jeito absurdo. Ah, meu deus, *um pente vermelho*. E observou as lágrimas marejarem seu olho verdadeiro. O outro ficou ainda mais seco e encrostado.

— Eles a mantêm aqui agora — explicou Oscar. — As correntes são curtas para que ela não consiga se matar.

— Quem…

— Existiam outros 26, lembre-se. Ah, ela passou, muito tempo atrás, do ponto em que, se pudesse libertá-los, ela os libertaria. Mas os outros a mantêm aqui agora, desse jeito. E seus LLL continuam trabalhando.

— Isso não é justo! — gritou Jo. — Por que ninguém a liberta?

— Ela sabia em que estava se envolvendo. Ela disse para eles antes que precisariam fazer isso. Sabia de suas limitações.

— Oscar fez uma cara de dor. — Sete deles. Que é mais do que qualquer pessoa jamais teve de uma só vez. É realmente demais. E a tristeza aumenta quanto mais os LLL constroem. Geometricamente. Como o preço.

Jo encarou-a, apavorado, fascinado, dilacerado.

— Você veio aqui para falar com ela — disse Oscar. — Vá em frente.

Jo avançou com hesitação e observou-se fazendo isso. Havia escaras nos pulsos e nos tornozelos.

— San Severina?

Ela recuou com um engasgo abafado na garganta.

— San Severina, preciso falar com você.

Um fio fino de sangue serpenteou pelos ligamentos nas costas da mão esquerda dela.

— Não consegue falar comigo? San Severina…

Com os elos tilintando, ela avançou sobre ele, os dentes se fechando com um estalo no que teria sido a perna dele se ele não a tivesse afastado para trás. Ela mordeu a própria língua e despencou aos berros sobre a pedra, a boca lavada de sangue.

Jo apenas viu que estava batendo na porta, e Oscar o estava abraçando depois de um minuto. Oscar conseguiu abrir a maçaneta, e eles saíram cambaleando até o primeiro degrau da escadaria. Oscar estava ofegante também quando começaram a subir as escadas.

— Quase sinto pena dela — disse ele no meio da subida.

Chocado, Jo se virou para ele na escadaria.

— Você não…

— Sinto pena dos LLL — disse Oscar. — Sou um deles, lembra?

Jo observou a si mesmo subindo pelos degraus de novo, levando sua confusão.

— Sinto pena dela — disse Jo.

— Suficiente para se juntar ao exército? — perguntou Oscar.

— Jhup — disse Jo. — Sim.

— Eu já esperava.

Quando saíram pela porta de cima e de novo à rua, Jo estreitou os olhos para a luz.

— Ni Ty — disse ele depois de um instante —, ele disse que veio falar com San Severina alguns dias atrás.

Oscar fez que sim com a cabeça.

— Aqui? Ele a viu desse jeito?

Oscar fez que sim com a cabeça de novo.

— Então, ele fez isso também — disse Jo. Começou a descer a rua. — Espero que ele tenha chegado ao sol.

— Eles não poderiam tê-la colocado para dormir ou talvez a hipnotizado? — refletiu Jo, encarando a parede de vidro, de volta à sala do console.

— Se ela dormir, os LLL param de construir — explicou Moli. — É parte do contrato. A posse deve ser uma posse consciente em todos os momentos para os LLL funcionarem.

— Foi mais ou menos isso que eu pensei. Como se pode ter certeza de que ela está consciente dentro daquela... fera? Alguém consegue se comunicar com ela?

— Aquela fera é a proteção dela — explicou Moli. — Está pronto para partir?

— Na medida do possível.

— Então, quero que leve contigo uma declaração complexa que ainda precisa de uma avaliação multiplexa: os únicos elementos importantes em qualquer sociedade são o artístico

e o criminoso, porque apenas eles, ao questionarem os valores da sociedade, podem forçá-la a mudar.

— Isso é verdade?

— Não sei. Não avaliei multiplexamente. Mas permita-me dizer, ainda, que você vai mudar uma sociedade. Você não teve a educação que, digamos, Ni Ty teve para fazê-lo artisticamente.

— Eu já entendi, Moli — afirmou Jo. — Aliás, Moli, aonde o exército está indo?

— Estrela Imperial — respondeu Moli. — Tem alguma ideia de qual será sua primeira ação criminosa?

Jo parou por um momento.

— Bem, antes de você me dizer qual era nosso destino, seria deserção sem aviso. Agora não tenho mais certeza.

— Ótimo — disse Moli. — Adeus, Jo.

— Adeus.

11

JO DECIDIU que não gostava do Exército quase imediatamente. Ele estava na espaçonave de 10 milhas havia três minutos, perambulando com outros recrutas, quando o Príncipe Nactor passou caminhando a passos largos. Quando os recrutas recuaram, o Príncipe Nactor viu Ga'd. O gato-demônio estava chutando as pernas para o alto e gorjeando. Quando Jo foi até ele para pegá-lo, o Príncipe Nactor perguntou:

— É seu?

— Sim, senhor — respondeu Jo.

— Bem, você não pode trazer isso aí a bordo.

— Claro, senhor — disse Jo. — Vou cuidar disso imediatamente.

Com sua visão expandida, não havia problema em localizar algum lugar naquela nave de batalha onde ele pudesse esconder Ga'd. Ela fora reconvertida alguns anos antes e muitos dos antigos equipamentos haviam sido removidos para serem substituídos por componentes mais compactos. A antiga câmara de visualização, que abrigava o fotorregenerador de contato direto, havia sido fechada, e o compartimento sobre o casco com paredes de vidro fora primeiro usado como depósito de coisas que nunca seriam necessárias, depois selado.

Jo esgueirou-se para dentro, usando uma chave de encaixe do gabinete de manutenção, e encontrou a comporta selada. Ele arrancou a correia, empurrou Ga'd para a escuridão, começou a fechar a porta, mas teve uma ideia. Voltou à manutenção, pegou um estêncil de alfabeto, uma lata de tinta amarela e um rolo. Voltando, ele pintou na porta:

Entrada autorizada apenas para pessoas com nomes J–O

Ele subiu de novo as escadas a tempo de receber uniforme e equipamentos. O intendente exigiu seu cartão de permissão. Jo explicou que não tinha. O intendente foi dar uma bronca pelo computador de controle. Jo voltou para a comporta e entrou. Havia um pequeno corredor, o alto de sua cabeça loira raspou no teto e ficou empoeirada. Então, ele ouviu música.

Ouvira um instrumento como aquele muito tempo atrás, quando era um navegabundo. O violão de Ron. Só que aquele violão era tocado de um jeito diferente, muito mais rápido. E a voz – ele nunca tinha ouvido uma voz como aquela. Era lenta e forte como sua ocarina.

Ele esperou, tentado espiá-la, mas resistiu. Ouviu a canção toda uma vez, e a melodia se repetiu, então ele pegou o instrumento e começou a tocar junto. O canto parou; o violão parou. Jo tocou até o fim da melodia, em seguida saiu.

Ela estava sentada no chão na frente de uma pilha de blocos de cristal. A parede de vidro da espaçonave deixava que a luz de Tantamount entrasse. Ela tirou os olhos do violão, e o rosto – era um rosto bonito, de feições finas, escuro, com cabelos castanhos pesados que caíam sobre um dos ombros – contorceu-se em terror silencioso.

— O que está fazendo? — perguntou Jo.

Ela se encostou na parece de blocos de cristal, a mão espalmada sobre a face amarela do violão, os dedos deslizando pela madeira e deixando rastros de brilho sobre o verniz.

— Você viu Ga'd? — perguntou Jo. — Um gato-demônio deste tamanho, oito pernas, chifres? Entrou faz uns quinze minutos?

Ela fez que não com a cabeça de um jeito enérgico, com uma violência no movimento que mostrou para ele que a negação era geral e não relacionada à sua pergunta.

— Quem é você? — perguntou ele.

Só então Ga'd saiu detrás dos blocos de cristal, saltou na frente da garota, deitou de barriga para cima, deu chutinhos para cima, miou, botou a língua para fora e ficou, em suma, perfeitamente convidativo. Jo estendeu a mão e coçou a barriga de Ga'd com o dedão descalço. Ainda estava nu desde a apresentação física, e seu uniforme estava sobre o braço.

A garota estava usando uma blusa branca que subia até o pescoço, e uma saia preta que chegava até abaixo dos joelhos. Fosse lá o que a assustara parecia estar por trás de seu uniforme, porque ela encarava como se estivesse tentando ver através dele. Podia ver nos músculos do rosto em movimento os pensamentos ficando mais confusos.

— Gosto de você cantando — disse Jo. — Não precisa ficar com medo. Meu nome é Jo. O que você está fazendo aqui?

De repente, ela arregalou os olhos, deixou o violão com as cordas voltadas para baixo no colo e tampou os ouvidos com as mãos.

— Cantando — disse ela rapidamente. — Estou apenas cantando. Cantar é a coisa mais importante que há, sabe? Não estou machucando ninguém. Não, não me diga nada. Eu me recuso a responder a qualquer pergunta.

— Você parece bem confusa — disse Jo. — Quer me fazer alguma pergunta?

Ela fez que não com a cabeça, em seguida se encolheu toda como se para evitar um golpe.

Jo franziu a testa, moveu a boca para um lado, depois para o outro. Mordeu o lado de dentro do lábio e, por fim, disse:

— Não acredito que você seja realmente tão simplexa. — Ela apenas se encolheu mais ainda contra os blocos de cristal. — Sabe, não sou um soldado de verdade.

Ela ergueu os olhos.

— Então, por que está com um uniforme?

— Viu! Você fez uma pergunta.

— Ai! — Ela se sentou empertigada e levou a mão à boca.

— Estou com um uniforme porque estive muito perto de ser um soldado. Só tenho que usá-lo quando saio. Se isso assusta você, eu deixo ele de lado. — Ele o jogou sobre a pilha de cristal. A garota abaixou os ombros e relaxou de forma visível. — Você está se escondendo dos soldados — falou Jo, devagar. — Se eles encontrarem você, prefere que eles achem que você é simplexa. Está indo para a Estrela Imperial também?

Ela concordou com a cabeça.

— Quem é você?

Ela segurou o violão.

— Melhor não dizer. Não é que eu não confie em você. Mas quanto menos pessoas souberem nesta nave de guerra, melhor.

— Tudo bem. Mas, então, você responderia outra pergunta?

— Sim. Todos esses soldados sob o comando do Príncipe Nactor estão indo para Estrela Imperial para me matar, a menos que eu chegue lá primeiro.

— Essa não é a resposta à pergunta que eu faria.

Ela pareceu terrivelmente envergonhada.

— Mas acho que essa é bem boa. — Jo sorriu.

Ela estendeu a mão para acarinhar a barriga de Ga'd.

— Um dia vou aprender como fazer o truque de responder antes de me perguntarem. É tão impressionante

quando funciona. Pensei que você me perguntaria o que significava tudo isso.

Jo pareceu confuso. Em seguida, ele riu.

— Você está se escondendo dos soldados ficando bem embaixo do nariz deles! Muito multiplexo! Muito multiplexo! — Ele se abaixou e sentou-se cruzando as pernas no chão ao lado de Ga'd.

— Além disso, se eu for com eles, é bem certo que não vou chegar lá depois deles. No pior dos casos, vamos chegar ao mesmo tempo. — Ela fez um bico. — Mas planejei uma maneira de chegar lá primeiro.

Jo coçou a barriga de Ga'd também, e os nós dos dedos dos dois se tocaram. Ele sorriu.

— Só ia perguntar de onde você está vindo. Sei aonde você está indo e onde você está agora.

— Ah — disse ela. — Você conhece a Senhorita Perrypicker?

— Quem?

— Onde. Academia de Aperfeiçoamento para Moças da Senhorita Perrypicker.

— O que é isso?

— É de onde eu venho. É um lugar perfeitamente terrível onde basicamente garotas boas vindas das melhores famílias aprendem como parecer tão simplexas que você mal acreditaria.

— Não acredito em você — disse Jo.

Ela riu.

— Sou um dos fracassos da Senhorita Perrypicker. Acho que há muito para se aproveitar lá... tênis, voleibol antigravitacional, polo aquático, squash de mão, que é meu favorito, e xadrez 3D. Alguns professores realmente preparados se infil-

traram. Mas cantar e tocar violão, que é o que eu realmente gosto de fazer, aprendi sozinha.

— Você toca muito bem.

— Obrigada. — Ela tirou das cordas um toque descendente de acordes, abriu os lábios e emitiu uma melodia que subia devagar, intervalos surpreendentes que puxavam cordas compassivas de prazer, nostalgia e felicidade que Jo não sentia desde que havia tocado para os LLL.

Ela parou.

— Essa é uma música que os LLL fizeram. Uma das minhas favoritas.

— É linda — disse Jo, piscando. — Continue, por favor. Cante o restante.

— É só isso. Muito curta. Apenas aquelas seis notas. Ela faz o que precisa fazer, então acaba. Tudo que os LLL fazem é muito econômico.

— Ah — disse Jo. A melodia era como um arco-íris deslizando sobre a mente, que acalma e se propaga.

— Vou cantar outr…

— Não — pediu Jo. — Deixe-me pensar um pouco nessa.

Ela sorriu e abaixou a mão sobre as cordas, silenciando.

A mão de Jo percorria a barriga de Ga'd. O gato-demônio estava roncando baixinho.

— Me diga uma coisa — pediu Jo —, por que o Príncipe Nactor quer matar você na Estrela Imperial?

— Meu pai está muito doente — explicou ela. — Eu fui chamada de repente da Senhorita Perrypicker, pois parecia que ele morreria a qualquer momento. Quando ele morrer, herdarei as rédeas do Império… Se eu estiver lá. Se não, o Príncipe Nactor vai tomá-las. Estamos disputando essa corrida até o fim.

— Você é a princesa do Império?

Ela assentiu com a cabeça.

— Você deve ser muito importante — disse Jo, pensativo.

— Não vou ser nada se não derrotar Nactor. Ele está esperando por isso há anos.

— Por que você deve ficar no comando, e não Nactor?

— Por um lado, vou libertar os LLL. O Príncipe Nactor quer mantê-los sob sua proteção.

— Entendo. — Ele meneou a cabeça e abraçou os joelhos. — Como você vai fazer isso, e por que Nactor não vai fazer?

— Economia — disse a garota. — Tenho o apoio dos 26 homens mais ricos do Império. Eles confiam em mim para lidar com a questão multiplexamente. Estão esperando em Estrela Imperial para ouvir qual será o resultado entre mim e Nactor. Recusam-se a apoiar Nactor, e a única coisa que ele tem é o Exército. Embora ele seja um homem bastante multiplexo, tem apenas uma ferramenta de força para conseguir as coisas. Quando se tem apenas uma direção na qual se consegue empurrar, é como ser simplexo, queira você ou não. Então, eles me aguardam, reunidos na Câmara do Conselho, com suas colunas de latão, enquanto os mosaicos de janelas com vitrais lançam suas muitas sombras sobre as lajotas azuis, e em algum lugar, em uma cama de cristal, meu pai está deitado, moribundo…

— Jhup — disse Jo, impressionado.

— Eu nunca estive lá. Li sobre ela em um romance de Muels Aronlyde. Lemos toda a trilogia política dele na Senhorita Perrypicker. Você conhece a obra dele?

Jo fez que não com a cabeça.

— Só que…

— Sim?

— Acho que tenho uma mensagem para eles lá da Câmara do Conselho.

— Tem?

— É por isso que estou indo para a Estrela Imperial. Tenho uma mensagem para entregar, e acho que devo estar muito perto de entregá-la.

— Qual é?

Jo soltou os joelhos.

— Você não está ansiosa para me dizer quem você é; acho que seria melhor eu guardar a mensagem até chegar à Câmara do Conselho.

— Ah. — Ela tentou parecer satisfeita, mas a curiosidade continuou rondando a superfície de seu rosto.

— Te digo isto: — disse Jo com um sorrisinho. — Tem a ver com os LLL.

— Ah — repetiu ela, mais devagar. De repente, ela se pôs de joelhos, inclinando-se sobre o violão. — Olha, vou fazer um acordo com você! Você não vai conseguir entrar na Câmara do Conselho sem minha ajuda…

— Por que não?

— Ninguém consegue. A grande íris de energia que guarda a câmara abre apenas para vinte e oito padrões mentais… é melhor você ler Aronlyde. Vinte e seis deles já estão lá dentro. Meu pai está morrendo, e eu duvido que o padrão dele ainda seja reconhecível. Então, só resta a mim. Vou ajudar você a entrar na Câmara do Conselho se me ajudar a derrotar o Príncipe Nactor.

— Tudo bem — disse Jo. — Tudo bem. É justo. De que tipo de ajuda você precisa?

— Bem — disse ela, sentando-se de novo. — Você conseguiu aquele uniforme, então pode entrar e sair daqui despercebido.

Jo assentiu e esperou ela continuar.

Mas ela deu de ombros. Em seguida, olhou para ele questionadora.

— Já é alguma coisa, não é?

— Você quer dizer que eu tenho que pensar no restante — disse Jo. — Vou tentar. Que tipo de ajuda você já tem?

— Consegui que um pequeno computador fizesse interferências por mim.

— Posso ser pequeno — disse uma voz atrás do uniforme de Jo, de onde ele pendia sobre os blocos empilhados —, mas eu não cheguei ao meu tamanho total ainda.

— Hein? — disse Jo.

— Este é um Moli — explicou a garota. — Ele é um multiplexo...

—... onipresente linguístico — Jo terminou a frase. — É. Eu conheci um antes. — Pela primeira vez ele percebeu que os cristais aleatórios eram blocos lógicos. Mas havia tão poucos que era surpreendente. Ele estava acostumado a vê-los organizados sobre a parede de 18 metros da sala do console.

— Foi ideia dele se esconder no encouraçado.

Jo assentiu com a cabeça, em seguida se levantou.

— Talvez — disse ele —, se todo mundo trabalhar em conjunto, podemos virar essa coisa de cabeça para baixo. Embora eu tenha a sensação de que vai ser um pouco confuso. Digo, uma coisa que eu estava querendo perguntar. Para que planeta na órbita da Estrela Imperial estamos indo?

A garota pareceu bem surpresa.

— Ora, não estamos indo para dentro da própria estrela, estamos?

Moli disse:

— Não acho que ele saiba. Você realmente deveria ler Aronlyde.

— Acho que ele não sabe — confirmou ela, mordiscando o nó de um dedo. — Devo contar para ele?

— Deixe que eu conto.

— Vocês estão dizendo que as pessoas *vivem* dentro da estrela?

— As pessoas poderiam — respondeu Moli. — A temperatura de superfície de Aurigae é mais ou menos de 1.000 graus centígrados. É uma estrela bem escura, e talvez não fosse difícil criar uma usina de refrigeração para reduzir para uma temperatura razo…

— Eles não vivem dentro dela — disse a garota. — Mas não há planetas ao redor de Aurigae.

— Então onde…

— Deixe-me explicar. Por favor — repetiu o Moli. — Aurigae não é apenas a maior estrela na galáxia; centenas de vezes a massa de Sol, milhares de vezes maior. Mas não é simplesmente uma estrela…

— É mais complicado… — começou a garota.

— Multiplicado — disse Moli. — Aurigae ficou conhecida por ser um binário eclipsador por eras. Mas há ao menos sete estrelas gigantes, isto é, gigantes se comparadas ao Sol, fazendo uma dança bem difícil, mas bela, uma ao redor da outra.

— Todas ao redor de um ponto — continuou a garota. — Esse ponto é o centro do Império.

— O ponto fixo — disse Moli — no mundo em rotação. Isso é uma alusão. É o centro gravitacional daquele vasto multiplexo de matéria. Também é o centro do poder do Império.

— É a origem das rédeas do Império — comentou a garota.

— Consegue imaginar a que esforço incrível o espaço e o tempo são sujeitados naquele ponto? Ali, as fibras da realidade são partidas. Ali, o presente temporal junta-se ao passado

espacial com o futuro possível, e eles ficam totalmente misturados. Apenas as mentes mais multiplexas conseguem ir lá e encontrar uma maneira de sair do mesmo jeito que entraram. Sempre se chega às quartas-feiras e se sai às quintas-feiras há uma centena de anos e a mil anos-luz de distância.

— É uma brecha temporal e espacial — explicou a garota. — O conselho a controla, e é como mantém seu poder. Digo, se você pudesse ir ao futuro ver o que vai acontecer, então iria ao passado para garantir que isso acontecesse como quisesse, assim teria o universo no bolso, mais ou menos.

— Mais ou menos — repetiu Jo. — Quantos anos você tem?

— Dezesseis — disse a garota.

— Dois anos a menos que eu — disse Jo. — E quantas vezes você já passou pela brecha da Estrela Imperial?

— Nunca — disse ela, surpresa. — É a primeira vez que eu saio da Senhorita Perrypicker. Só li sobre ela.

Jo assentiu com a cabeça.

— Me diga — ele apontou na direção da pilha de blocos lógicos —, o Moli ali é baseado em uma consciência LLL?

— Eu digo… — começou o Moli.

— Sabe, você é realmente muito mal-educado — anunciou a garota, empertigando-se. — Qual a diferença poderia fazer para você…

— Não faria — disse Jo. Ele suspirou. — Só acho que isso tudo aconteceu antes. Também acho que tenho um monte de coisas para dizer a você.

— Que coisas?

— Do que ele está falando? — perguntou o Moli.

— Olha só — disse Jo. — Vai levar um pouco mais de tempo para libertar os LLL do que você está imaginando agora. Vai ter que passar pela tristeza insuportável da posse de LLL…

— Ah, eu nunca seria dona de um…

— Você vai — disse Jo com tristeza. — Vai ser dona de mais LLL do que qualquer um jamais foi. Provavelmente será a única maneira na qual você poderá libertá-los. — Jo balançou a cabeça. — Vai haver uma guerra, e um monte de coisas que você considera lindas e importantes serão destruídas.

— Ah, uma guerra! Com quem…

Jo deu de ombros.

— Talvez com Príncipe Nactor.

— Ah, mas mesmo com guerra, eu não… Ah, Moli, você sabia que eu jamais…

— Muitas pessoas serão mortas. A economia estará em tal situação que, imagino eu, o conselho e você decidirão que comprar os LLL será a única maneira de reconstruir. E você vai fazer isso. Vai ter um monte de tristeza e coisas piores para carregar, vocês dois. Mas daqui a um bom tempo a partir deste momento, enquanto aquilo que estou dizendo agora está acontecendo, você vai encontrar um garoto. — Jo olhou o próprio reflexo no vidro. — Eu iria dizer que ele se parece comigo. Mas não, não tanto. Seus olhos… bem, ele não terá essa coisa de vidro no lugar do olho direito. As mãos dele… ele terá garras na esquerda. Será muito mais escuro que eu porque passará mais tempo ao ar livre do que passei nos últimos tempos. Sua fala será quase ininteligível. Embora os cabelos sejam da mesma cor dos meus, serão muito mais longos e desgrenhados… — De repente, Jo enfiou a mão no bolso, procurando alguma coisa. — Aqui. Fique com isso até encontrá-lo. Então, entregue isso a ele. — Ele entregou para ela o pente vermelho.

— Vou guardar — disse ela, confusa. Ela o virou para olhá-lo. — Se a fala dele for tão ruim, poderei dar aulas de

dicção em interlíngua. A senhora Perrypicker era realmente uma fanática quanto à dicção.

— Sei que pode — disse Jo. — Vocês dois, lembrem-se de mim, e quando ele vier até vocês, tentem fazer com que ele seja o mais parecido comigo que vocês puderem. Aqui, vocês o reconhecerão dessa maneira. — Ele apontou para Ga'd. — Ele terá um desses como animal de estimação. Ele estará indo para a Estrela Imperial como estamos agora, só que, na época, vocês estarão em outro lugar. Ele terá uma mensagem para entregar, mas não saberá qual é. Será muito inseguro e não vai entender como você é capaz de possuir criaturas incríveis como os LLL.

— Mas *eu* não entendo como...

— Mas vai entender — disse Jo. — Deixem-no tranquilo. Digam que ele vai saber qual a sua mensagem quando ele precisar entregá-la. Ele é um garotinho muito inseguro.

— Você não faz com que ele pareça muito atraente.

Jo deu de ombros.

— Talvez, quando chegar a hora, sua faixa de sensibilidade será mais ampla. Terá algo nele...

— Sabe — disse ela de repente, olhando para o pente —, acho que você é um garoto muito bonito. — Então a surpresa e a modéstia lutaram pela posse de seu sorriso.

Jo soltou uma risada.

— Eu não queria... Ah, desculpe se eu disse alguma coisa...

— Não! — Jo voltou a se sentar no chão. — Não, tudo bem! — Ele lançou os pés para o alto. — Não, está tudo perfeito. — Ele rolou de volta até se sentar. Em seguida, sua gargalhada parou.

Ela havia entrelaçado os dedos, prendendo-os a uma dobra de sua saia.

— Não quis rir de você — comentou Jo.

— Não é isso.

Ele se inclinou para frente.

— Então, me diga o que é.

— É que... bem, desde que saí da Senhorita Perrypicker, coisas das mais estranhas têm acontecido comigo. E todo mundo que encontro parece saber um bleb de coisas sobre o que está acontecendo que eu não sei.

—... bleb?

— Ai, minha nossa. Não quis dizer isso também. A Senhorita Perrypicker teria um treco.

— Hum... o que exatamente é *bleb*?

Ela deu uma risadinha e involuntariamente abaixou a voz enquanto se inclinava na direção dele.

— É o que todas as garotas na Senhorita Perrypicker recolhiam!

Jo assentiu.

— Já tenho uma ideia geral. Não faz muito tempo que você é multiplexa, não é?

— Não. E até poucas semanas atrás — ela apontou para o Moli — ele se chamava Soli.

— Sério — disse Moli —, você não precisa contar tudo para ele.

— Tudo bem — disse Jo. — Eu entendo.

— Estou tendo tantas aventuras desde que comecei. E todas elas acabam de um jeito tão estranho.

— Que tipo de aventuras? — quis saber Jo. — Me conte sobre elas.

— A última foi na nave em que eu estava antes desta daqui; eu não precisava me esconder lá. Havia um navegabundo para quem eu estava dando aulas de interlíngua. Descobri que

ele tinha escrito os poemas mais maravilhosos. Eles mudaram minha vida completamente, eu acho… parece bem melodramático, eu sei, e acho que você não entenderia como. Mas, de qualquer forma, ele me apresentou ao Moli. Moli era amigo dele antes de ser um Moli. Moli diz que a ideia de se esconder no encouraçado veio dele. Aparentemente um exército estava atrás desse garoto também, no passado, e…

— Ni Ty já fez isso antes?

— Como sabia o nome dele?

— Conheço os poemas dele — disse Jo. — Entendo como ele mudou sua vida. Ele mostra o quanto da sua vida é sua e o quanto pertence à história.

— Sim. Sim, foi exatamente isso que me pareceu!

Ela abaixou os olhos para o colo.

— E quando se é uma princesa do Império, tanta coisa pertence à história que mal sobra nada para você.

— Às vezes mesmo se você não é. — Ele pôs a mão no bolso e tirou a ocarina. — Toque comigo.

— Tudo bem — disse ela e pegou o violão. Eles fizeram uma melodia suave e ascendente. Além da parede de vidro, a noite passava a toda velocidade. Talvez também estivesse parada e ouvindo enquanto os jovens faziam sua música e a nave avançava.

— Você me olha — disse ela por fim — como se soubesse tanto sobre mim. Está lendo minha mente?

Jo balançou a cabeça.

— Apenas simplexo, complexo e multiplexo.

— Você fala como se soubesse também.

— Sei que o Moli foi baseado na consciência de Muels Aronlyde.

Ela se virou.

— Moli... você não me contou!

— Eu não sabia. Ni Ty não me contou. Ele só me contou que eu era baseado em LLL. Ele não disse qual LLL.

— E você é San Severina.

Ela se virou de novo para ele.

— Mas você disse que não...

— E agora eu digo que sim.

— Enquanto o tempo avança — declarou Moli —, as pessoas aprendem. É a única esperança.

Através da parede da nave, apenas a escuridão e as massas flamejantes do sistema multiplexo da Estrela Imperial ficaram visíveis.

San Severina foi até a parede e recostou o rosto contra o vidro.

— Jo, você já passou pela brecha temporal da Estrela Imperial? Talvez seja por isso que você sabe tanto sobre o futuro.

— Não. Mas você vai.

Ela ergueu a cabeça, e seus olhos se arregalaram.

— Ah, você vem comigo, não é? Ficaria assustada se eu fosse sozinha! — Ela tocou o ombro dele. — Jo, você sabe se vamos vencer ou não?

— Eu só sei que, ganhando ou perdendo, vai levar mais tempo do que pensamos.

A mão dela deslizou pelo braço e tomou a mão dele.

— Mas você vai me ajudar! Você vai me ajudar!

Ele ergueu as mãos e pousou as duas nos ombros dela. A mão dela subiu com as dele.

— Eu vou ajudar você — disse ele. A Estrela Imperial estava se aproximando. — Claro que vou ajudar você, San Severina. Como eu poderia recusar depois do que você fez por mim?

— O que eu fiz? — perguntou ela, confusa de novo.

— Psiu — disse ele e tocou os lábios dela com um dedo. — Quando faz perguntas que ninguém consegue responder, você apenas precisa esperar para ver.

Ga'd soluçou dormindo e Moli tossiu discretamente. Eles se viraram para olhar novamente a Estrela Imperial, e da órbita protetora de carne e osso eu também olhei e vi muito adiante. Eu sou Joia.

12

O LEITOR MULTIPLEXO a essa altura descobriu que a história é muito, muito mais longa do que você imagina; é cíclica e se autoilumina. Preciso deixar muita coisa de fora; apenas ordene suas percepções multiplexamente e não sentirá falta das lacunas.

Não tem fim mesmo!, ouvi de uma voz complexa.

Injusto. Olhe na oitava página. Lá eu disse a você que havia um fim, e que Ga'd, eu mesma e a ocarina ficamos com ele até lá.

Uma peça do mosaico?

Aqui está a peça. O fim veio um tempo depois que San Severina (depois de muitas viagens através da brecha), careca, enrugada, ferida, curada e envelhecida uma centena de anos, pôde abrir mão de sua soberania e, com ela, de seu nome e de uma boa parte de suas lembranças dolorosas. Assumiu o grande Cão-3 para lhe fazer companhia, o nome Charona, e se aposentou em um satélite chamado Rhys, onde por quinhentos anos não tinha nada mais exigente a fazer do que vigiar o portão da área de transporte e ser gentil com as crianças, o que lhe cabia em sua idade avançada.

Outra peça? *Bleb* é água, recolhida gota a gota das folhas de samambaias lilases na alvorada pelas garotas da Academia de Aperfeiçoamento para Moças da Senhorita Perrypicker.

Ah, eu poderia lhe contar boas e más notícias, de sucessos e derrotas. O Príncipe Nactor empreendeu uma guerra que incinerou oito mundos, destruiu cinquenta e duas civilizações e trinta e dois mil, trezentos e cinquenta e sete sistemas éticos completos e distintos, uma pequena derrota. Agora,

uma grande vitória: o Príncipe Nactor, por meio de uma cadeia de circunstâncias que deixo você deduzir, enlouquecido pelo medo, melado de suor, fugiu à meia-noite pelas selvas do Central Park, na Terra, quando Ga'd bocejou, emergiu detrás de um bosque e pisou sobre ele, por acidente – Ga'd havia atingido nessa época seu tamanho adulto de 15 metros.

Contei a você como San Severina, envelhecida, careca e com o nome de Charona, primeiro ensinou o menino, Cometa Jo, sobre simplexo, complexo e multiplexo embaixo de um lugar chamado Ponte do Brooklyn em um mundo chamado Rhys. Também poderia ter dito como Jo, tão velho e envelhecido e então com o nome de Norn, primeiro ensinou a menina, San Severina, a música que tocaram juntos na câmara abandonada da nave de batalha, em um mundo sem nome nesta história até então... embaixo de um lugar chamado Ponte do Brooklyn.

Eu poderia lhe dizer como, na emancipação final dos LLL, quando a multidão silenciou-se diante da música gloriosa, um homem chamado Ron, que quando garoto tinha ele mesmo cantado para os LLL enquanto era um navegabundo, com as lágrimas trêmulas no canto dos olhos, a garganta meio-engasgada pela emoção, tanto antes como agora, virou-se para o LLL mais próximo ao lado dele na tremenda multidão e sussurrou – indicando não apenas as atenções tensas ao redor dele, o efeito incrível da breve canção, mas também o ápice estilhaçante que a emancipação representava:

— Você já viu algo assim antes?

O LLL estava em silêncio, mas o jovem asiático que estava ao lado dele retrucou com raiva chocada e discreta:

— Sim, eu vi!

E depois o LLL falou:

— *Venha*, Muels, vamos *sair* daqui, está bem? — E o LLL e o garoto começaram a abrir caminho até o entorno da multidão para começar uma jornada tão incrível quanto a que eu recontei, enquanto Ron ficou lá, boquiaberto, incrédulo pelo sacrilégio.

Uma derrota alegre: quando o Príncipe Nactor queimou o corpo de Jo nas planícies arrasadas pelo gelo do planeta que circulava Tantamount – alegre porque isso libertou Jo para ser capaz de usar muitos outros corpos, muitos nomes.

Uma vitória trágica: quando Moli destruiu a mente do Príncipe Nactor, apenas poucas horas antes do incidente com Ga'd no Central Park, ao jogar seu tamanho completo – várias vezes maior do que o vimos até agora – na Estação de Pesquisa Geodética onde Nactor havia secretado seu cérebro em um ovo de marfim lavado com fluído nutriente no fundo da estação – trágico, porque o Moli também foi destruído definitivamente na colisão.

Ou posso dizer a você o final de verdade, que acontece ao mesmo tempo que o começo de verdade, quando finalmente alguém *viera* libertar os LLL, e Cometa Jo – ainda chamado de Norn à época –, Ki, Marbika e eu mesma estávamos levando a mensagem de S. Doradus à Estrela Imperial em uma organiforma, quando de repente o mecanismo enquistador quebrou e saímos de controle. Enquanto o restante de nós lutava para salvar a nave, eu me virei por um momento e vi Norn em pé à frente, encarando o sol reluzente sobre o qual nos lançávamos. Ele começou a gargalhar.

Lutando para nos colocar de volta no curso, questionei:

— Qual é a graça?

Ele balançou a cabeça devagar, sem afastar o olhar.

— Já leu algum poema de Ni Ty Lee, Joia?

Como eu disse, isso foi no começo, e eu ainda não havia lido. Na época, eu também não estava cristalizada.

— Não é hora de discutir literatura — gritei, embora, um momento antes da queda, ele tenha pacientemente me ouvido por horas detalhando um livro que eu pretendia escrever.

Ki veio nadando pelo protoplasma.

— Não acho que haja nada que possamos fazer. — A luz através da gelatina esverdeada brilhava em seu rosto marcado pelo medo.

Olhei de volta para Norn, que ainda não havia se movido, quando a mancha de iluminação se espalhou sobre a escuridão. A gargalhada havia parado, e as lágrimas cintilavam em seu rosto.

— Há um satélite — gritou Marbika da escuridão anterior. — Talvez vamos cair em terra…

Nós caímos.

Em um lugar chamado Rhys, onde não havia nada além de uma sociedade simplexa de monocultura com uma área de transporte.

Eles morreram. Eu fui a única capaz de continuar, embora Norn tenha sido capaz de entregar a mensagem para outra pessoa levar, e eu continuei para garantir que ela fosse entregue…

Ou eu já contei para você esta parte da história antes?

Duvido.

Neste vasto universo multiplexo, há quase tantos mundos chamados Rhys quanto há lugares chamados Ponte do Brooklyn. É um começo. É um fim. Deixo você com o problema de ordenar suas percepções e criar a jornada de um até o outro.

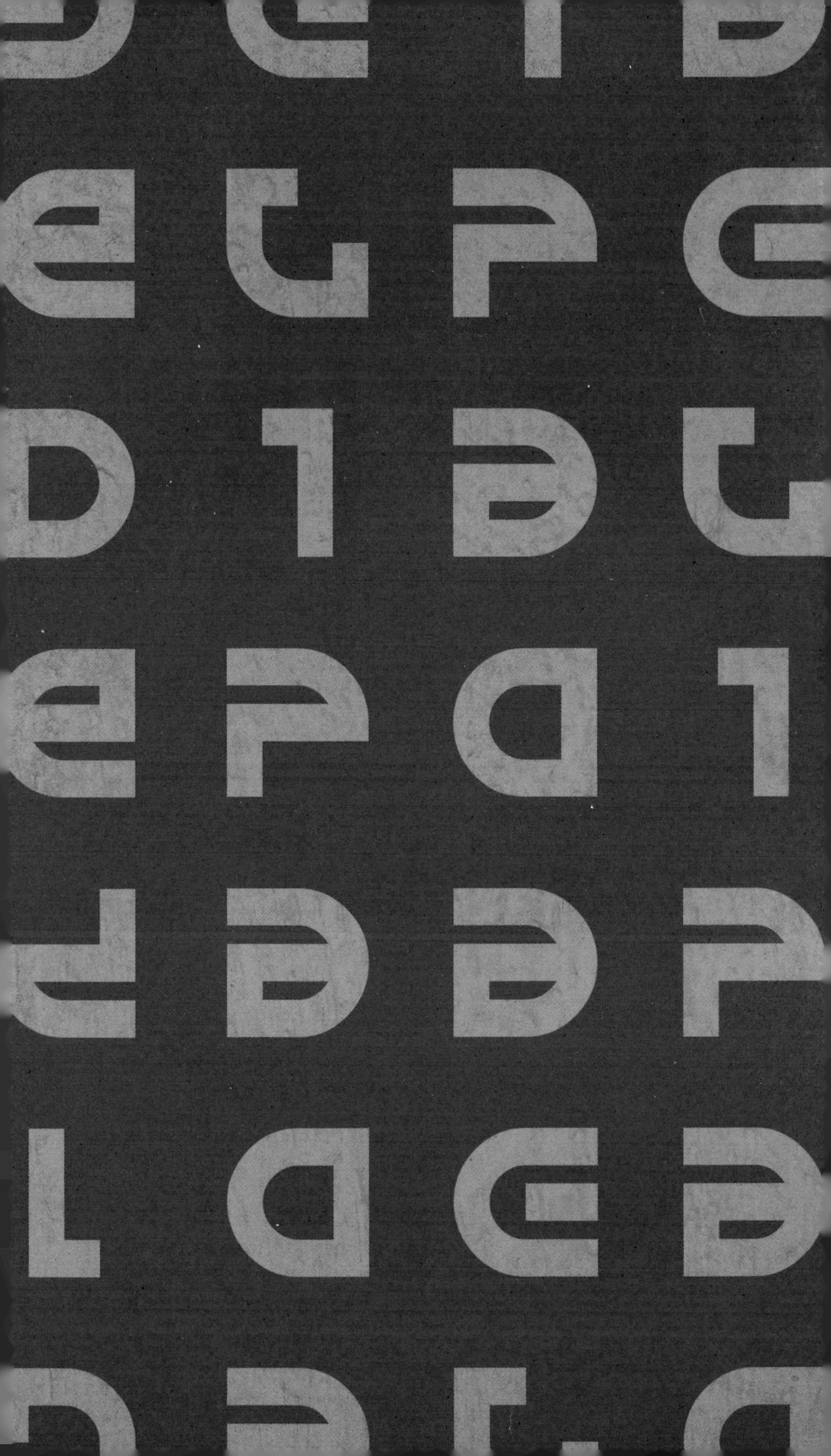

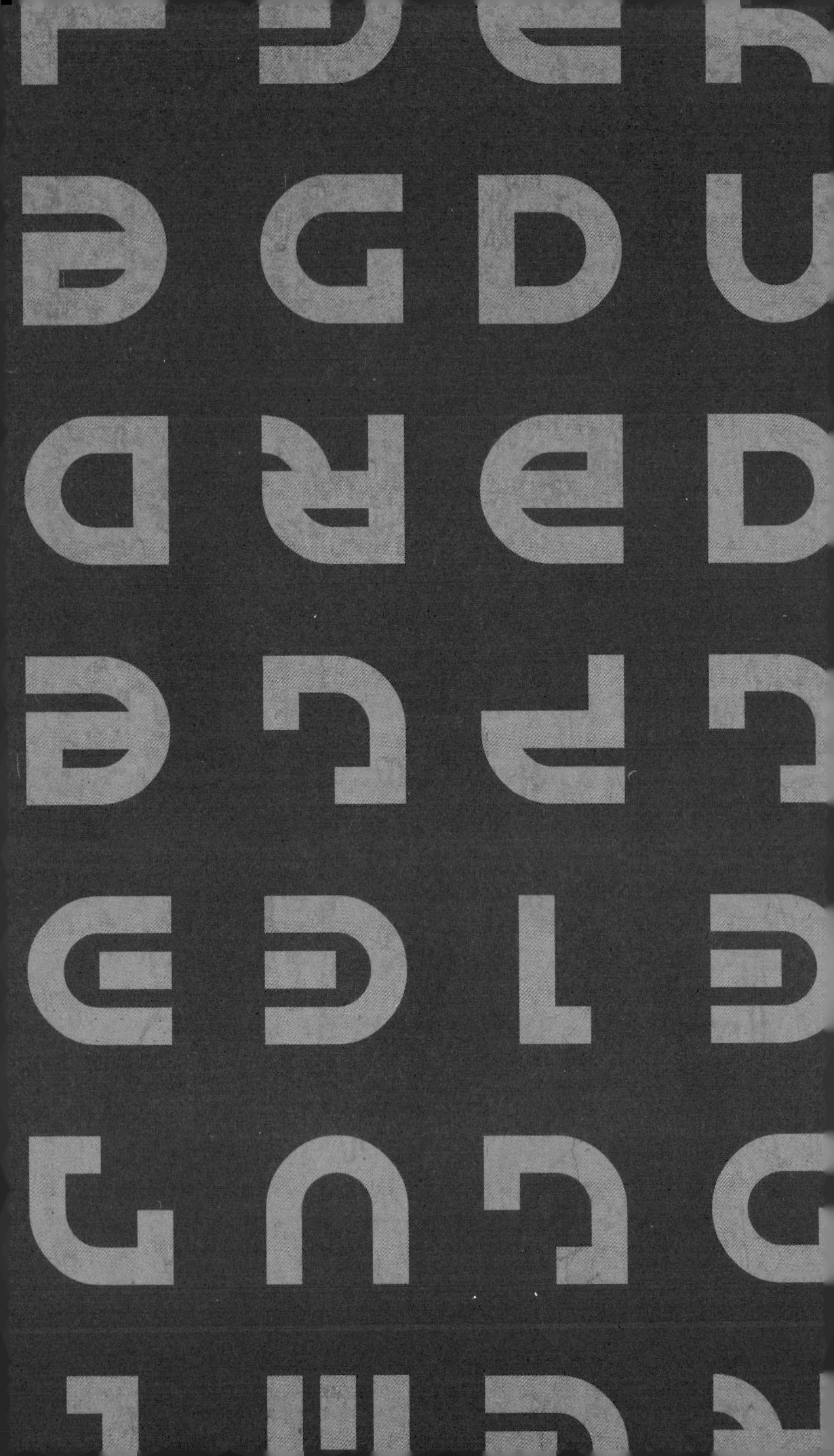